Sophie Hardcastle · Unter Deck

Sophie Hardcastle

Unter Deck

ROMAN

Aus dem australischen Englisch
von Verena Kilchling

KEIN & ABER

Die Originalausgabe erschien 2020 unter dem Titel
Below Deck bei Allen & Unwin, Australia

Deutsche Erstausgabe

Coverdesign: Micaela Alcaino
Satz: Ulrike Groeger
Druck und Bindung: CPI books GmbH, Leck
ISBN 978-3-0369-5831-6
Auch als eBook erhältlich

www.keinundaber.ch

Für Robbie

DUNKELROSA

»Es ist nicht romantisch, wenn du mit Ende zwanzig stirbst«, sagte er zu mir, seine Augen tiefschwarz, halb im Schatten. Er schüttelte den Kopf. »Das wäre eine solche Verschwendung.«

Ich weiß noch, dass wir bei diesem Gespräch in meinem Wohnzimmer waren und dass ich ihm nichts darauf antwortete, aber ich dachte danach noch lange über seinen Satz nach, wobei das Wort *Verschwendung* in meinem Kopf Schlieren bildete wie ein Ölteppich. Mir war klar, dass er recht hatte. Natürlich war es eine Verschwendung. Doch es ging mir nicht um Romantik, als ich vorhersagte, dass ich mit Ende zwanzig sterben würde, auch nicht um die alte Geschichte von der jungen Künstlerin, die ein viel zu frühes Ende findet. Es war eher ein konkretes Wissen – das Wissen, dass meine Zeit gekommen war.

Ich sterbe am Abend vor meinem Geburtstag, mit neunundzwanzig, fast dreißig Jahren. Mir hat die Zahl neunundzwanzig – zwei und neun – schon immer viel besser gefallen als dreißig – drei und null. Zwei ist rot und neun dunkelrosa; drei ist ein unangenehmes Grün und null ein leeres Weiß. Im Gegensatz zu dem, was ihr jetzt vielleicht denkt, sterbe ich jedoch nicht mit Absicht. Nicht wirklich.

Andererseits womöglich doch. Unser Leben besteht aus einer Vielzahl von Entscheidungen.

Ich zucke mit den Schultern. Fröstele. Es ist kalt hier auf dem nassen Achterdeck, am Übergang zwischen den letzten zehn Jahren und den nächsten. Unter mir ist es dunkel, Eisberge schweben im Grau. Alles dehnt sich aus. Ich blicke zu Brooke hinüber, und sie zwinkert, und ich lächle, und mein Gesicht schmerzt.

Ich halte die Luft an. Ist Atmen eine bewusste Entscheidung?

Ich weiß es nicht. Ich weiß es immer noch nicht. Ich wünschte, du hättest es mir gesagt. Ich wünschte, du hättest mir so vieles gesagt.

Zum Beispiel, dass es gleichermaßen erstaunlich und langweilig sein wird, wenn ich endlich das grüne Leuchten sehe.

Oder dass das Leben eine Aneinanderreihung von Wörtern mit völlig falscher Interpunktion ist und dass jemand das Komma an der Stelle entfernt hat an der man Luft holen wollte sodass man, es stattdessen hier tun muss und wenn man es versäumt hat Pech gehabt Chance, verpasst.

Maggie, ich wünschte, du hättest es mir gesagt. Auf See hört niemand deine Schreie.

MEERESGARTEN

ROSE

Ich bin noch im Dazwischen gefangen und stelle mir vor, die Erde würde schaukeln. Alles bewegt sich vor und zurück, vor und zurück.

Dann komme ich zu mir. Mein Kinn ist speichelverkrustet, und meine Zähne sind pelzig. Ich öffne mühsam meine verquollenen Augen und sehe ein kleines Fenster, nur ungefähr einen Meter über meinem Kopf. Die Sonne schwingt am Himmel auf und ab, und mir geht auf, dass die Erde tatsächlich schaukelt. Ich stütze mich auf einen Ellbogen. Mein Kopf hämmert, als hätte mir jemand mit einem Ziegelstein eins übergezogen. Ich sehe mich um, und während meine Augen den Raum scharfstellen, warte ich darauf, dass endlich alles einen Sinn ergibt. Vergeblich. Die Wände sind gewölbt und ragen direkt links und rechts des Betts auf – wenn man es überhaupt ein Bett nennen kann. Ich liege auf einer hauchdünnen Matratze, eingezwängt zwischen einer riesigen Segeltuchtasche und einer Angelrute. Von draußen sind eigenartige dumpfe Schläge zu hören, und als ich den Kopf hebe, schwingt die Sonne immer noch auf und ab. Ich spüre, wie meine Brust eng wird, wie sich mein Brustkorb zusammenschnürt, als wäre ein Atemzug darin stecken geblieben und käme nicht mehr heraus. Wo um alles in der Welt *bin* ich?

Ich bin angezogen, wenigstens das, trage ein Seidenkleid, meine Jeansjacke, zwei rosa Socken und einen Stiefel. Als ich eine Hand unter mein Kleid schiebe, ertaste ich Unterwäsche. Der Inhalt meiner Handtasche liegt um mein Kissen herum verteilt. Geldbeutel – vorhanden. Karten und Bargeld sind noch da. Mit zitternden Händen greife ich nach meinem Handy. Der Akku ist leer. »Scheiße«, murmele ich.

Ich schlängle mich aus dem beengten Bett und finde meinen zweiten Stiefel auf dem Boden neben einem Eimer voller Schwämme. Auf unsicheren Beinen wanke ich aus dem Zimmer. Ich haue mir den Kopf an der Decke an. Welcher Idiot hat dieses Haus gebaut? Ich bin zwar groß, aber nicht *so* groß.

Die Erde schaukelt immer noch, als ich in einen etwas größeren Raum mit Küchenzeile, Stockbetten, Fensterschlitzen und einem am Boden verschraubten Tisch stolpere. Ich taste mich hindurch, halte mich an Ecken und Kanten fest, um das Gleichgewicht zu halten, schleppe mich mühsam zu einer Leiter, die nach oben ins Freie führt. Oben angelangt brauchen meine Augen einen Moment, um sich an das grelle Licht zu gewöhnen.

»O Gott.« Mein Flüstern ist kaum hörbar.

Vor mir sitzt ein alter Mann, der Ölzeug und eine orangefarbene Wollmütze trägt. Seine Haut ist wettergegerbt, salzverkrustet und mit Pigmentflecken übersät, sein Gesicht ziert ein zottiger weißer Bart. Hinter ihm sehe ich nur Meer, so weit ich blicke. Die Wasseroberfläche ist dunkel und aufgewühlt. Mir läuft ein Schauder über den Rücken. Der Horizont ist unendlich weit weg.

»Morgen.«

Ich starre ihn verständnislos an.

Er lacht.

»Wo bin ich?«

»Was?«, fragt er. »Du musst lauter sprechen.« Er zeigt auf sein Ohr. »Bisschen taub.«

»Wo bin ich?«, wiederhole ich lauter.

»Du bist auf der Tasmansee.«

Zu meinen Füßen sehe ich Taue, die um Metallstumpen gewickelt sind, Leinen, die zu einem vor mir aufragenden Mast führen. Der alte Mann zieht an einer Leine, woraufhin sich die Falten in dem über mir hängenden Segel glätten, wie Haut, die sich um einen Knochen strafft. Ich spüre, dass sich das Schiff kaum merklich aufbäumt.

»Der *was*?«

»Der Tasmansee«, antwortet er und zeigt auf die endlose Weite des Meeres, als müsste ich erkennen, worin sich *dieses* Gewässer von jedem *anderen* Gewässer unterscheidet. »Auf einer Segelyacht, falls du es noch genauer wissen willst«, fährt der alte Mann fort. Er legt eine Hand aufs Bootsdeck. »Und diese Segelyacht heißt *Sea Rose*.«

Ich fühle mich, als würde mich jemand mit beiden Händen würgen, und einen Moment denke ich, dass ich mich übergeben muss. »Ich will sofort an Land.«

»Kannst du auch. In ein paar Tagen … wenn wir in Neuseeland angekommen sind.«

Das Blut weicht aus meinem Gesicht. »Was?!«

»Ich überführe die Yacht nach Neuseeland und brauchte noch jemanden, der mir hilft. Du meintest, du würdest gern mitkommen.«

»Das soll ein Witz sein, oder? Wann habe ich das gesagt?«

»Gestern Abend.«

Ich tauche wieder ein in die alkoholvernebelten Stunden der letzten Nacht und suche nach etwas, *irgendetwas*, das mir auf die Sprünge helfen könnte, finde jedoch nur ein klaffendes schwarzes Loch.

»Warum haben Sie mein Gerede für bare Münze genommen? Ich war sturzbetrunken!«

Das Schiff hebt sich über einer Welle und stürzt dann krachend nach unten. Mir dröhnt der Kopf, und ich schmecke Galle auf der Zunge. »Im Prinzip ist das eine Entführung.«

»Eine was?«

»Eine Entführung! Dafür wandern Sie in den Knast!«

»Tja«, erwidert er und lehnt sich mit einem breiten Grinsen zurück. »Das würde voraussetzen, dass jemand davon erfährt ... Ich werde dich wohl einfach umbringen müssen.«

Ich mache einen halben Schritt nach hinten und stoße mit dem Fußknöchel gegen ein aufgerolltes Seil, falle rückwärts aufs Deck. Der Aufprall raubt mir die Luft.

Der alte Mann bricht unvermittelt in Gelächter aus, und seine Augen verschwinden unter tiefen Falten. Zwischen zwei Lachsalven stößt er keuchend hervor: »Alles okay, Kleine?«

Ich versuche etwas zu antworten, aber es gelingt mir nicht.

»Wirf mal einen Blick über die Schulter«, sagt er.

Ich rapple mich vom Boden auf, drehe mich um und sehe Land. Einen lang gestreckten Strand, versprengte, von Grün umgebene Häuser, eine felsige Landzunge, einen Leuchtturm ... Den Leuchtturm kenne ich. Es ist der Barrenjoey-Leuchtturm. Sydney. Wir sind noch in Sydney.

Ich wende mich wieder dem alten Mann zu.

»Weißt du jetzt, wo wir sind?«

Ich nicke.

»Ich bin unterwegs zum Royal Prince Alfred Yacht Club in Newport. Muss meine *Rose* dort zur Reinigung vorbeibringen. Bei diesem Wind müssten wir in einer Stunde da sein. Ich fahre dich von dort zurück in die Stadt.«

»Dass Sie jetzt auf ritterlich machen … ändert auch nichts …« Ich huste, bin immer noch atemlos von meinem Sturz. »Sie … haben mich entführt.«

»Du warst völlig weggetreten, junge Dame. Konntest mir nicht mal deinen Namen nennen. Sollte ich dich etwa so nach Hause fahren lassen? Nein. Jane und ich mussten dich tragen, weil du nicht mehr laufen konntest.«

»Wer ist Jane?«

»Die Restaurantleiterin vom Cruising Yacht Club. Sie meinte, sie hätte dich auf der Damentoilette gefunden. Ich hab dich an Bord deinen Rausch ausschlafen lassen. Als ich dich heute Morgen weckte, um dir zu sagen, dass ich losmuss, sagtest du, ich solle dich in Ruhe lassen.«

»Daran erinnere ich mich gar nicht.« Der kalte Wind packt von allen Seiten meinen Körper. Ich verschränke die Arme und versuche, irgendeine konkrete Erinnerung an die letzte Nacht auszugraben. »Und wo haben *Sie* geschlafen?«

Er sieht mir in die Augen. »In meinem Bett«, antwortet er. »Bei mir zu Hause.« Er sagt es so ernst und mit derartiger Entschiedenheit, dass ich ihm tatsächlich glaube. Mit einem wehmütigen Lächeln versichert er: »Mach dir wegen mir mal keine Sorgen, Kleine. Ich habe immer nur eine einzige Frau geliebt.« Das Lächeln verschwindet, und er fixiert einen Punkt jenseits des Horizonts. »Und diese Frau gibt es nicht mehr.«

Ich lockere die Verschränkung meiner Arme ein wenig. »Wie hieß sie?«

Wieder legt er die Hand aufs Bootsdeck, streicht darüber, als würde er eine geliebte Frau liebkosen. »Robynne. Robynne Rose.« Er räuspert sich. »Wie auch immer. Ich hatte keineswegs vor, dich zu entführen, aber mein Termin in der Werft ist um zehn, und ich dachte, du würdest bis dahin sowieso schlafen.«

Ich werde von Erleichterung überwältigt. »Echt gruselig, so aufzuwachen«, sage ich, schlurfe zu ihm und strecke die Hand aus. »Aber was solls? Ich bin Olivia.«

Er gibt mir seine schwielige Lederpranke, und wir schütteln uns die Hände. »Mac.«

Auf den ersten Blick ist Mac wie grauer Schiefer: kalt und hart. Bis er lacht. Dann wellt sich der Schiefer, und ich erkenne, dass dieser Mann so tiefgründig ist wie der dunkle Ozean um uns herum. Pechschwarze Geschichten schlängeln sich in seinem Inneren wie Seeschlangen in Unterwasserhöhlen.

Wenn mein Vater mir – was selten vorkam – eine Geschichte erzählte, war immer alles überdeutlich und quälend offensichtlich. Als würde er mit einer Nadel Worte in glattes Metall ritzen und sie immer wieder nachfahren.

Bei Mac ist das anders. Seine Art zu erzählen besteht darin, mich durch Felsspalten zu führen, die gespickt sind mit Seepocken, garniert mit Seesternen. Die voller tanzender Algen stecken.

Sofort fühle ich mich an meinen Großvater erinnert, dessen Geschichten jeden Raum mit Farbe füllten.

Mac schildert mir, wie Robynne und er einmal an einem Strand auf Barbados so viel Rum tranken, dass sie nachts zum falschen Schiff zurückruderten und in einem fremden Cockpit miteinander schliefen. Ich beuge mich vor. Macs Stimme klingt wie Donner in einer Gewitterwolke, verwegen und aufregend. Spannungsgeladen. Ich könnte ihm stundenlang zuhören.

Er hält inne. »Ist dir kalt?«

Ich schüttle den Kopf. »Nein, der Tee tut mir gut.«

Er lächelt. »Prima.«

Ich sitze mit Mac im Cockpit und trage eine seiner Öljacken. Sie ist riesig und schlägt Falten, wenn ich die Hände hebe, um einen Schluck Tee zu trinken. »Danke.«

Ich blicke an Macs Schulter vorbei. Die Wasseroberfläche ist hügelig wie Gänsehaut, als würde das Meer jetzt, am Übergang von Herbst zu Winter, frösteln.

»Wie alt bist du?«, fragt Mac.

»Man fragt eine Frau nicht nach ihrem Alter.«

Er schnaubt. »Du bist doch keine Frau.«

»Wie bitte?«

»Jedenfalls noch nicht.« Er zieht das Steuerrad näher zu sich heran, und das Boot legt sich noch mehr auf die Seite. »Bist du überhaupt schon so alt, dass du Alkohol trinken darfst?«

»Ich bin einundzwanzig«, stelle ich klar. Zwei: rot. Eins: elfenbeinfarben. »Ich darf sogar schon in Amerika Alkohol trinken.«

Er verdreht die Augen und verzieht den Mund zu einem schiefen Lächeln. »Wie gehts deinem Kopf?«

»Schlecht.«

Mac lacht. »Kann ich mir vorstellen. Du konntest dich gestern kaum noch auf den Beinen halten.«

Beim Gedanken an meinen Zustand stellen sich meine Nackenhaare auf. »Nicht … ich will es gar nicht wissen.«

»Kann ich verstehen«, lenkt er ein. »Tut mir leid. Dass du so betrunken warst, scheint ja auch gar nicht deine Schuld gewesen zu sein.«

Ich lege den Kopf schief. »Wie meinen Sie das?«

»Der junge Mann, mit dem du da warst – der sah nicht aus, als wäre es immer ganz einfach mit ihm.«

Ganz plötzlich werde ich vom vorherigen Abend überspült wie ein Schiffsdeck von einer Welle.

Gemeinsames Abendessen mit Adam im Cruising Yacht Club am Hafen von Sydney. Mit dem glatt rasierten, Rolex tragenden Adam.

»Wir sind zusammen.«

»Dein Freund lässt dich bewusstlos auf der Damentoilette liegen?«

»Wir hatten uns gestritten.« Im Grunde meine ich damit, dass Adam sich mit Adam gestritten hat. Während ich gleichzeitig zwischen die Fronten geriet und abseits stand. Stumm. Abgewürgt.

»Worum ging es bei dem Streit?«

»Um meine … meine berufliche Laufbahn. Wir stehen kurz vor unserem Abschluss in Wirtschaftswissenschaften, und mir wurde ein Praktikum bei Lazard angeboten, dieser großen Investmentbank. Gestern habe ich ihm eröffnet, dass ich noch nicht weiß, ob ich es annehme«, erkläre ich. Ich rechne so fest mit der üblichen Reaktion – *Was für eine einmalige Gelegenheit!* –, dass ich Macs Antwort zunächst gar nicht höre.

»Sorry«, entschuldige ich mich. »Was meinten Sie?«

»Ich habe gefragt, was ihn das angeht.«

»Na ja, sein Argument war, ich dürfe eine Chance, die

ich nur einmal im Leben bekomme, nicht einfach so ausschlagen«, antworte ich und höre wieder Adams Stimme: *Ich kenne mindestens zehn Leute, die für so eine Möglichkeit töten würden!* Und: *Du hast ein Riesenglück, dass dir so ein Praktikum überhaupt angeboten wird.*

Glück, denke ich. Nach der ganzen Plackerei.

Reines Glück. Ein Zufallstreffer.

Mac schüttelt den Kopf und sagt dann mit einer Bestimmtheit, die meine bisherige Welt ins Wanken bringt: »Du bist ein eigenständiger Mensch, Oli. Vielleicht macht ihm das Angst.«

Ich lache. »So hat mich noch nie jemand genannt.«

»Oli?«

»Ja.«

»Gefällt dir der Name?«

Ich lächle. »Ja, gefällt mir.«

Vom Restaurant des Yachtclubs aus beobachten wir, wie die *Sea Rose* mit einem Kran aus dem Wasser gehievt und aufgebockt wird. Mac hat mich zu einem riesigen Erdbeer-Milchshake und einer Portion Pommes eingeladen. Ich vermische Mayonnaise und Ketchup auf meinem Teller, bis eine lachsrosa, mit Pfeffer gesprenkelte Mischung entsteht. Mac sagt: »Dein Akzent – du bist nicht hier aufgewachsen, oder?«

Ich schüttle den Kopf. »Bis ich fünf war, wohnten wir in Manly, danach in Hongkong und Singapur.« Ich nehme schlürfend einen Schluck von meinem Milchshake.

»Wie kam es denn dazu? Haben deine Eltern dort gearbeitet?«

»Mein Vater leitete damals den Südostasienbereich eines Ölkonzerns.«

»Öl, aha.«

»Ja.«

Mac öffnet den Mund, um etwas zu sagen, scheint es sich dann aber anders zu überlegen. Er blickt zur Werft hinüber, wo sich die *Sea Rose* in ihre über dem Boden schwebende Wiege schmiegt.

»Im Moment wohne ich bei meinem Großvater in Manly«, erkläre ich. »Mein Vater hat mich zum Studieren hierher zurückgeschickt.«

Mac wendet sich wieder mir zu. »Für den Business-Abschluss?«

»Wirtschaftswissenschaften.«

»Und, was hast du jetzt vor?«

»Keine Ahnung. Lazard, vermute ich mal …«

Mac mustert mich mit stechendem Blick. »Ich dachte, du hättest keine Lust auf das Praktikum.«

»Na ja, wenn es nach mir gegangen wäre, hätte ich Kunst studiert, aber Dad meinte, dass er dafür nicht zahlt.«

Schweigen senkt sich über uns herab.

Ich seufze. »Mit Kunst lässt sich sowieso kein Geld verdienen.«

Mac lacht. »Du solltest unbedingt eine Freundin von mir kennenlernen.«

»Wen?«

»Maggie.« Sein Mund legt sich mit rosaroter Herzlichkeit um ihren Namen. »Sie war jahrelang Kuratorin in London. Jetzt ist sie im Ruhestand und wohnt hier bei mir in Sydney.«

Ich rutsche auf meinem Stuhl nach vorn. »Wow, voll cool.«

»Du würdest sie mögen«, versichert mir Mac. »Eine unglaubliche Frau.«

»Wann kann ich sie kennenlernen?«

»Ich komme am Mittwoch wieder her, um die *Sea Rose* zurück zum Cruising Yacht Club zu segeln. Maggie begleitet mich. Willst du nicht auch mitkommen?«

Ich denke an unseren Törn zur Pittwater-Bucht heute Morgen, daran, wie oft ich aus vollem Hals lachen musste. »Ja, klar. Liebend gern!«, antworte ich mit einem Grinsen.

»Aber kein Alkohol am Dienstagabend, okay, Kleine?«

»Nie wieder«, schwöre ich mit heißen Wangen.

»Ha! Das habe ich schon mal irgendwo gehört.« Er schnappt sich meine letzte Pommes frites. »Na los, machen wir uns auf den Rückweg.«

Wir schlendern quer über den Parkplatz, während die Sonne durch ein Wolkenloch späht. Mac entschuldigt sich und verspricht, gleich wieder da zu sein. Er kehrt noch einmal zur Werft zurück und legt seine flache Hand von unten an die *Sea Rose*. Ihr Kiel ist voll und rund, verfärbt von Algen und anderem Bewuchs. Während Mac über den Rumpf seiner Yacht streicht und ihn zärtlich küsst, flüstert er etwas vor sich hin. Mir ist auf einmal unbehaglich zumute, und ich verlagere nervös das Gewicht. Ich fühle mich, als würde ich heimlich zwei Liebende beobachten und Zeugin eines Moments werden, der nur für sie bestimmt ist.

Im Auto schaltet Mac das Radio ein.

Die Musik durchströmt mich in einem Schwall zarter Rottöne. »Ich liebe diesen Song«, sage ich. »Er fühlt sich so schön rosa an.«

»Wie war das?«

»Ich sagte, er fühlt sich rosa an.« Als mir aufgeht, wie seltsam das für ihn klingen muss, lache ich verlegen und füge hinzu: »Ich weiß auch nicht. Nur so ein Gefühl von mir.«

Mac schüttelt den Kopf und lächelt. »Ich kann es kaum erwarten, bis du endlich Maggie kennenlernst.«

LAVENDEL

Ich kann meinen Wohnungsschlüssel nicht finden und kippe daher meine Handtasche auf Pas Fußabtreter aus. WILLKOMMEN IM PARADIES.

Auf Knien durchwühle ich das Chaos. »Scheiße«, murmele ich und stehe auf, um an die Tür zu klopfen. Nichts hasst Pa mehr. Ich weiß noch genau, wie ich vor vier Jahren hier ankam, schweißbedeckt, müde vom Jetlag, mein gesamtes Leben auf dem Rücken mit mir herumschleppend. Damals erhielt ich keine Antwort auf mein Klopfen, obwohl drinnen eindeutig der Fernseher plärrte. Schließlich rief ich laut: »Hallo?«

»WAS?!«

Sein ungehaltener Schrei war ein Schock in Lindgrün.

Früher wäre Nan da gewesen, hätte zartrosa wie eine Pfirsichblüte die Tür geöffnet und mich willkommen geheißen. Es hätte frisch aufgebrühten Tee gegeben, und ein Blech Kekse wäre frisch aus dem Ofen geholt worden. Früher wäre ich von Pas liebevollen Armen umschlossen worden, die mich hochnahmen und herumwirbelten. Nans lächelnde Augen und ihr fröhliches Geplänkel wären da gewesen. Pas wilde Geschichten und sein heiseres Gelächter.

Wie schrill es dagegen klang, dieses »WAS?!«.

»Ich bins, Olivia!«, rief ich zurück.

»WER?«, übertönte er den laut dröhnenden Fernseher.

Ich hämmerte inzwischen mit der Faust an die Tür. »Olivia!«

Erst waren schlurfende Schritte zu hören, dann ging die Tür einen Spalt auf. »Kein Interesse. Verschwinden Sie.«

Ich packte die Tür, bevor er sie wieder zuknallen konnte. »Pa, hör auf damit. Ich bin es – Olivia.«

Da ging die Tür ganz auf, und der alte Mann, dessen Haut grauer war als bei unserer letzten Begegnung, musterte mich von Kopf bis Fuß. Er trug eine Cricket-Kappe, ein gebügeltes weißes Hemd, eine beigefarbene Hose und Lederschuhe. »Ich dachte, du kommst erst heute Nachmittag«, sagte er.

Ich blickte auf die Uhr. »Es ist drei.«

Pa zuckte mit den Schultern und machte einen Schritt nach hinten, um mich hereinzulassen. »Sieht schwer aus«, knurrte er und wies auf meinen Rucksack. »Ich würde dir ja helfen, aber mein Rücken ist kaputt.« Er rieb sich die Hüfte.

»Kein Problem«, beruhigte ich ihn und folgte ihm nach drinnen. Er bewegte sich quälend langsam.

»Hier ist das Wohnzimmer«, sagte er, als wäre ich noch nie hier gewesen. »Küche.« Er zeigte in die beengte Küche mit ihrem Linoleumboden und einer leeren Obstschale. »Auf dem Balkon ist es morgens am schönsten.«

Ich blickte auf den Balkon hinaus, auf dem eine halb verdorrte Sukkulente in einem Terrakottatopf vor sich hin vegetierte.

»Ich dachte, man legt sich Sukkulenten zu, weil die alles überleben«, sagte ich.

Pa lachte, es klang wie seichtes Wasser. »Nichts lebt für immer.« Er tippte an eine geschlossene Tür. »Das ist mein Zimmer. Wenn ich da drin bin, möchte ich nicht gestört werden. Verstanden?«

Ich nickte.

Dann zeigte er mir das Badezimmer und das Zimmer, das von nun an meins sein würde – wobei er mich anwies, die Kisten unter dem Schreibtisch und die Kiste ganz unten im Schrank nicht anzurühren. Anschließend entschuldigte er sich und kehrte zu seinem Cricketspiel im Fernsehen zurück.

Ich packte meinen Koffer aus und ging dann ins Wohnzimmer zurück, wo er mich ignorierte, als ich ihn fragte, ob er auch eine Tasse Tee wolle.

Erst als Werbung lief, drehte sich Pa zu mir um. »Entschuldige, dass ich dich nicht am Flughafen abholen konnte. Ich hatte zu tun.«

Ich sah mich um, ließ den Blick über das halb ausgefüllte Kreuzworträtsel auf dem Wohnzimmertisch gleiten, das Cricketspiel im Fernsehen, das gerade weiterging, die drei leeren Bierflaschen. »Schon gut«, sagte ich. »Mir gefällt deine Kappe.« Aber er hatte seine Aufmerksamkeit bereits wieder voll auf das Spiel gerichtet. Er griff unter den Tisch, zog eine Schachtel Zigaretten hervor und zündete sich eine an. Auch das war neu.

Ich stand in der Küche und sah ihm dabei zu, wie er an der Zigarette zog, wie die Glut aufloderte. Er atmete aus, und eine Rauchwolke erfüllte den Raum. Pa räusperte sich. Es klang, als hätte er Schleim im Hals. Seine Hände zitterten. Ich blickte auf seine Finger, dünn und knotig, seine gelblichen Fingernägel, seinen locker sitzenden Ehering. Schon damals erkannte ich, dass er ohne Nan buchstäblich verhungerte. Dass die Zeit an seinem Körper nagte. Aber nicht schnell genug.

Der Wasserkessel auf dem Herd begann zu pfeifen. Ich goss Wasser über meinen Tee, beobachtete, wie es die Farbe wechselte, eine andere Form annahm. Auf dem Küchentresen lag ein Strauß Lavendel, braune Stiele mit schlaff herunterhängenden, pelzigen Blüten. Wie lange er wohl schon dort lag?

Wenn ich als Kind zu Besuch hier gewesen war, hatte Nan immer Lavendel in meinen Kleiderschubladen versteckt, damit ich den Duft, der so typisch für sie war, überall mit mir herumtrug. Mir war das damals wie Zauberei erschienen. Die Blumen auf dem Küchentresen hingegen siechten so langsam dahin wie Pa selbst.

Ich gesellte mich zu ihm ins Wohnzimmer und blickte durchs Fenster den Hügel hinauf, wo gerade die Lichter des St.-Patrick-Konvikts angingen. »Weißt du noch, wie du mir immer erzählt hast, St. Pat's würde nachts im Dunkeln leuchten, weil dort Feen wohnen?«, fragte ich neben ihm stehend.

Pa schüttelte den Kopf. »Ich kann mir nicht vorstellen, warum ich so etwas erzählt haben sollte.«

Ich setzte mich neben ihn. Und so begann es, das vier Jahre währende Ritual, das darin bestand, dass Pa jedes Mal zusammenzuckte, wenn ich mich auf Nans Platz setzte.

Auch jetzt plärrt der Fernseher wieder hinter der Tür, nur dass heute eine Serie zu laufen scheint. Pa sieht sich nie Serien an. Er muss besonders schlechte Laune haben.

Ich wappne mich innerlich und klopfe.

Keine Reaktion.

Ich klopfe lauter.

Immer noch nichts.

Ich rufe laut, klopfe erneut. Brülle durch die Tür.

»Verdammter Mist«, murmele ich. Es ist schon das dritte Mal diesen Monat, dass ich mich aussperre. Bestimmt ignoriert mich Pa absichtlich.

Die Tür auf der gegenüberliegenden Seite des Treppenabsatzes geht auf, und Will steckt den Kopf heraus. »Ausgesperrt?«, fragt er.

»Ja, leider.«

»Du solltest dir ein Schlüsselband zulegen und es um den Hals tragen.«

Ich verdrehe die Augen. »Hat deine Mutter noch den Ersatzschlüssel?«

»Ja, leider.«

»Sehr witzig«, sage ich. Er verschwindet in der Wohnung, kehrt kurz darauf mit dem Schlüssel zurück und wirft ihn mir zu.

»Gut gefangen.«

»Gut geworfen.«

Er zwinkert mir zu, sagt »Bis dann« und verzieht sich.

Ich schließe die Tür auf. »Hallo«, sage ich, als ich an Pa vorbeikomme, der auf seinem üblichen Sessel im Wohnzimmer sitzt.

Er ignoriert mich.

In meinem Zimmer werfe ich die Handtasche aufs Bett, streife meine Stiefel ab und schäle mich aus meiner Jacke. Dann gehe ich in die Küche und setze Wasser auf.

»Tut mir leid, dass ich letzte Nacht nicht nach Hause gekommen bin. Du wirst nicht glauben, was mir passiert ist.«

Stille. Nicht einmal ein Grunzen, um Interesse zu heucheln.

»Pa?«, frage ich.

Der Kessel fängt an zu pfeifen.

Er muss stinksauer auf mich sein. Dabei habe ich schon öfter spontan bei Adam übernachtet, ohne ihm Bescheid zu sagen. Keine Ahnung, warum er heute so ein Drama daraus macht.

»Pa?«, wiederhole ich und greife nach dem Kessel. Ich nehme ihn vom Herd und beginne mit dem Eingießen, wobei ich jedoch nicht meine Tasse, sondern meinen Großvater ansehe, der zusammengesunken vor dem Fernseher sitzt und schweigt.

Kochend heißes Wasser spritzt von der Arbeitsfläche, dringt durch meine Socken und verbrennt mir die Füße. Ich mache einen Satz nach hinten. »Aua, Scheiße!«

Er rügt mich nicht für den Kraftausdruck.

»Pa?«, flüstere ich und umrunde den Küchentresen. Diese eigenartig gekrümmte Körperhaltung … Ich schaudere und gehe langsam auf ihn zu.

Sein Kopf hängt seltsam schlaff zur Seite.

Ich wage noch einen Schritt.

Und dann sehe ich sie, seine Augen: glasig, halb geöffnet, milchig. Ich strecke eine zitternde Hand aus, berühre mit der Fingerspitze seine Wange. Sie ist warm. Das bedeutet, dass er noch lebt, oder?

»Pa!«, schreie ich.

Will öffnet lachend die Tür. »Hast du es etwa schon wieder geschafft, dich …« Er verstummt und runzelt die Stirn. »Alles okay?«

»N-nein«, stottere ich. »Mit meinem Großvater stimmt was nicht.«

»Mum!«, ruft Will über die Schulter nach hinten.

»Was?«, trällert sie aus einem anderen Zimmer der Wohnung.

»Mum!«

»Was ist denn? Ich bin beschäftigt!«

»MUM!«, brüllt Will.

Sekunden später erscheint Annie.

»Ich glaube, mein Großvater hat einen Schlaganfall«, teile ich ihr mit.

»Ach, herrje«, sagt Annie und drängt sich an mir vorbei. »Will, ruf einen Krankenwagen.«

Ich folge ihr in die Wohnung meines Großvaters. Annie berührt ihn. Schreckt zurück.

Draußen gehen die Lichter von St. Pat's an, ein goldener Schimmer in der rosa Abenddämmerung.

Annie nimmt Pas Handgelenk, sucht nach einem Puls. Sie stößt einen Atemzug aus, ins blaue Halbdunkel des Wohnzimmers hinein.

»Schätzchen, es tut mir so leid«, sagt sie.

»Aber er ist warm! Ich habe ihn berührt.«

Will kommt hinter mir in die Wohnung. »Der Krankenwagen ist unterwegs.«

Annie schüttelt den Kopf.

Und plötzlich merke ich, wie ich schwer auf dem Boden aufsetze. Als wäre ich mein ganzes bisheriges Leben durchs All geschwebt und würde nun zum ersten Mal die Schwerkraft spüren. Er ist ein Schock für mich, dieser Druck, der da auf meinen Körper einwirkt.

Sein Gewicht ist niederschmetternd.

BLÜTE

Ich übernachte auf Wills und Annies Sofa, finde jedoch kaum Schlaf. Es ist mehr ein Warten. Warten worauf? Die Stunden reiben an mir. Aber ich bin nicht traurig. Glaube ich zumindest. Bisher habe ich keine Träne vergossen.

Während Will und ich uns am Abend die Zähne putzten, nuschelte er: »Du kannst ruhig weinen.«

»Ich weiß«, antwortete ich mit Zahnpastaschaum in den Mundwinkeln. Meine Augen blieben dennoch trocken.

Alles, was ich empfinde, ist die Dichte meiner Knochen, ihr neues, unglaubliches Gewicht.

Ich liege auf dem Sofa und sehe zu, wie die Nacht erst grau und dann weiß wird. Irgendwann steht Annie auf, um schwimmen zu gehen. Ich schließe die Augen und höre, wie sie an mir vorbeischleicht, auf leisen Sohlen.

Als sie zurückkommt, habe ich zugesehen, wie sich das Rosa der Morgenröte in Blau verwandelt hat.

»Wie hast du geschlafen?«, fragt sie mich.

»Ganz okay«, lüge ich.

»Haben sich deine Eltern schon zurückgemeldet?«

»Ich habe eine E-Mail von meinem Vater bekommen. Sie haben Flüge gebucht. Am Dienstag sind sie hier.«

»Morgen?«

»Nein, nächsten Dienstag.«

Annie starrt mich verständnislos an.

»Mein Vater hat am Wochenende noch einen wichtigen Kongress«, erkläre ich.

»Ich dachte, deine Mutter will vielleicht früher kommen. Er war ihr Vater, oder?«

Ich schüttle den Kopf. »Nein. Der Vater von meinem Vater. Mums Eltern sind beide schon vor meiner Geburt gestorben.«

»Verstehe ... Ich hätte trotzdem gedacht, dass sie früher kommt.«

»Mein Vater will sicher, dass sie mit ihm zusammen fliegt«, sage ich.

»Okay.« Annie sieht mich besorgt an und verspricht, mir zu helfen, wo immer sie kann. Ich könne gern so lang ich möchte auf ihrem Sofa schlafen.

Ich gehe in die Wohnung hinüber und stelle fest, dass es nicht der Abdruck von Pas zusammengesunkener Gestalt in seinem Sessel ist, der mir eine Gänsehaut einflößt, sondern die Stille, die schrecklich grüne Stille, schlammig und unergründlich.

Ich schalte den Fernseher ein, drehe die Lautstärke auf und warte, bis das belanglose Gerede einer Frau über die Vorzüge eines Staubsaugers den Raum apricot gefärbt hat. Draußen erstreckt sich der blaue Himmel. Ich gehe in mein Zimmer und starre aus dem Fenster, blicke über die Pinien, die den Strand säumen, zum Meer. Es liegt da wie plissierter Stoff, die Wellen erheben sich in gleichmäßigen Abständen, eine nach der anderen, bis zum Horizont. Das ist es, was ich an Australien am meisten vermisst habe:

den glatten, sauberen Übergang vom Meer zum Himmel. Das abrupte Abbrechen dieses Himmels. Ohne Smog, ohne rosa-graue Schlieren. Nur eine feine, perfekte Linie.

Ich höre ein Husten hinter mir und zucke erschrocken zusammen.

»Oh, sorry«, entschuldigt sich Will. »Ich wollte dir keine Angst einjagen.«

Er steht in Trainingshose und T-Shirt in der Tür.

»Müsstest du nicht eigentlich in der Schule sein?«, frage ich.

»Mum hat gesagt, ich darf heute zu Hause bleiben.«

»Was? Weil du einen Toten gesehen hast?«

Will weicht meinem Blick aus und zuckt mit den Schultern.

»Lieb von deiner Mutter.«

»Ich dachte, wir könnten vielleicht was zusammen machen.«

»Klar.«

»Nur wenn du willst. Wenn du lieber alleine bist …«

»Nein, nein. Schon gut. Ich freue mich, wenn ich ein bisschen Gesellschaft habe …«, antworte ich. »Lust, die Sachen von einem Toten durchzusehen?«

Will reißt die Augen auf. »Voll makaber«, sagt er. »Aber klar, okay. Meinst du, seine Klamotten passen mir?«

»Und das findest du nicht makaber?!«, schimpfe ich.

Wir starren uns einen Moment an und brechen dann in Gelächter aus. Der Schmerz des heftigen Lachens tut gut: Meine Brust wird wieder weiter, die Hitze entweicht, und kalte, frische Luft strömt herein. Beißende, munter machende Winterluft.

Will kommt in mein Zimmer, lässt sich aufs Bett plumpsen und sieht mir dabei zu, wie ich endlich die

Kisten unter dem Schreibtisch und die eine Kiste im Schrank öffne. Vier Jahre lang habe ich mich gefragt, was sich wohl darin verbirgt, aber mir war klar, dass ich Pas Wünsche zu respektieren hatte, solange ich unter seinem Dach wohnte. In gewisser Hinsicht war es mir sogar lieber, nicht zu wissen, was in den Kisten war – es machte mehr Spaß zu raten. Ich fand es immer schon spannend, im Dunkeln zu stochern.

Wie sich herausstellt, lag ich mit meinen Fantasien von Edelsteinen und schwarzen Perlen meilenweit daneben. Die Kisten unter dem Schreibtisch enthalten Kochbücher und Tischtücher. Bei der Kiste im Schrank habe ich mehr Glück: Zu meiner großen Freude ist sie voll mit Nans Schminkutensilien. Es gibt Lippenstifte in sämtlichen Schattierungen, Parfumflakons mit vergilbten Etiketten, Kompaktpuder und Nagellack in den verschiedensten Rottönen. Ich gehe die Lippenstifte durch und entscheide mich für ein tiefes Kirschrot. Nachdem ich es aufgetragen habe, werfe ich Will eine Kusshand zu.

Er lacht. »Welche Farbe würde mir stehen?«

»Hm …«, überlege ich. »Wir brauchen etwas, das deine Augen zum Strahlen bringt.« Ich entdecke ein grelles Pink. »Perfekt.«

Will spitzt die Lippen.

»Stillhalten«, ermahne ich ihn, während ich seine Lippen schminke. »Oh, wie hübsch!«

»Ich sehe umwerfend aus«, sagt er und macht einen Schmollmund, während er sich im Spiegel über meinem Schreibtisch betrachtet.

»Wir brauchen noch passende Outfits«, verkünde ich.

Pas Zimmer ist kleiner, als ich es in Erinnerung habe, kaum breiter als das Bett. Beim Betreten geht mir auf, dass ich vermutlich keinen Fuß mehr hier hineingesetzt habe, seit ich als Kind immer am Weihnachtsmorgen zwischen Nan und Pa ins Bett geschlüpft bin. Wie groß mir der Raum damals vorkam! Wie warm und breit sich das Bett anfühlte! Pa mochte in seinem Sessel gestorben sein, doch in Wahrheit hatte sein Leben schon vor Jahren geendet, nämlich an dem Tag, als Nan von ihm gegangen war.

Ich öffne den Schrank, und eine Wolke abgestandenen Tabakgestanks schlägt uns entgegen.

»Alles okay?« Will sieht mich fragend an.

»Ja«, antworte ich. »Und bei dir?«

»Es ist nur irgendwie seltsam, findest du nicht? Dass das hier mal Kleider waren, die jemandem gehört haben, und jetzt sind es plötzlich nur noch … ich weiß auch nicht …«

»Kleider.«

»Ja.«

Ich zucke mit den Schultern.

»Oh, den finde ich toll!«, ruft Will und schnappt sich einen Tweedmantel, schlüpft mit seinen langen Gliedmaßen sofort hinein.

»Steht dir«, sage ich anerkennend und ziehe einen dunkelblauen Blazer aus dem Schrank. »Wie wäre der hier für mich?«

Er nickt. »Kommt gut, würde ich sagen.«

Ich komplettiere mein Outfit mit einer Anzughose, knallroten Socken und einem Paar extravaganten Stiefeln von Nan, die mit goldenen Blüten bestickt sind. Will entscheidet sich für eine smaragdgrüne Cordhose, gestreifte Socken und schicke Lederschuhe. Den krönenden Abschluss bildet eine rosarote Perlenkette.

»Wir sehen richtig nobel aus.«

Will lacht. »Wir *sind* nobel.«

»Den Rest sollte ich wahrscheinlich aussortieren und spenden«, überlege ich laut.

»Ja, kannst du eigentlich machen. Früher oder später musst du ja.«

»Kannst du mir bitte ein paar Mülltüten aus der Küche holen? Die sind in der dritten Schublade von unten.«

»Klar«, antwortet er und verschwindet, bis er kurz darauf mit einer Handvoll Tüten zurückkommt. »Hier.« Er gibt mir eine.

»Danke«, sage ich und ziehe eine Jacke von einem Kleiderbügel. »Du kannst gern alles behalten, was dir gefällt … Was übrig bleibt, wird gespendet.«

Will lächelt schweigend und macht sich daran, mir zu helfen.

Sobald der Inhalt des Kleiderschranks in den Tüten verschwunden ist – bis auf ein paar Stücke für unsere eigene Garderobe –, nehmen wir uns die Nachttischschubladen vor.

»O Gott!«, ruft Will. »Schau dir die an!« Er zieht ein Kartenspiel aus der Schublade. Auf der Rückseite jeder Spielkarte ist in satten Farben eine nackte Frau abgebildet – mit kecken Brustwarzen und üppiger Schambehaarung.

»Dieser Lüstling«, sagt Will und durchmischt die Karten. Er blickt zu mir auf. »Hattest du eigentlich schon mal Sex?«

»Oha«, antworte ich. »Die Frage ist so was von unangemessen.«

»Ich weiß, sorry. Mum sagt, ich bräuchte einen Filter.«

»Das finde ich auch.«

»Also, hattest du?«

»Was?«

»Schon mal Sex?«

»Was geht dich das an?«, frage ich kühl, spüre jedoch, wie mir das Blut in die Wangen steigt.

Will zuckt mit den Schultern. »Ich schon.«

»Ich auch. Mehr oder weniger.«

»Wie hat man denn mehr oder weniger Sex?«

»Na ja, ich hatte zwar Sex, aber ohne ... du weißt schon. Ohne Orgasmus. Zumindest glaube ich, dass ich keinen hatte.«

»Ich denke mal, du wüsstest es, wenn du einen gehabt hättest.«

»Dann hatte ich wohl keinen.«

»Adam ist mir auch nie wie ein besonders einfühlsamer Liebhaber vorgekommen.«

»Hey!«, protestiere ich. »Du bewegst dich auf sehr dünnem Eis.«

»Entschuldige«, sagt er, sieht aber nicht aus, als würde es ihm leidtun. »Apropos: Wo ist Adam eigentlich?«

Ich zucke mit den Schultern.

»Ich meine, warum ist er nicht hier?«, hakt Will beharrlich nach.

»Weil ich ihm noch gar nicht erzählt habe, was passiert ist.«

Will runzelt die Stirn. »Warum nicht?«

»Wir haben uns neulich Abend gestritten.«

»Na und? Du solltest es ihm trotzdem erzählen.«

»Ich weiß. Mache ich auch noch.«

»Jetzt gleich?«

Beim Gedanken daran, mit Adam zu sprechen, beschleunigt sich mein Puls. Ich wechsle rasch das Thema: »Nein, jetzt muss ich erst mal hier raus. Wie wärs, wenn wir zusammen die Tüten wegbringen?«

»Gerne«, antwortet Will. »Ich finde trotzdem, dass du ihn anrufen solltest.«

»Später«, erwidere ich. »Versprochen.«

Wir gehen in unserer extravaganten Aufmachung den Hügel hinunter ins Zentrum von Manly, wo wir die Kleidertüten bei einem Secondhandladen abgeben. Auf dem Rückweg kommen wir an einem Eisverkäufer vorbei, und ich ziehe an Wills Arm.

»Ich habe kein Geld«, wehrt er ab.

»Ich aber«, teile ich ihm mit und beäuge die verschiedenen Sorten. Dann sage ich zum Eisverkäufer: »Eine Kugel Cookies and Cream und eine Kugel Karamell, bitte, in einer Waffel mit Schokoüberzug.«

»Für mich das Gleiche«, schließt Will sich an. Er trägt immer noch den grellen Lippenstift und die Perlen. Alle um uns herum starren ihn an. Aber das ist uns egal. Der Tod bewirkt diese Gleichgültigkeit, denke ich. Details verlieren an Bedeutung.

Am Ende der Fußgängerzone ziehe ich Stiefel und Socken aus, hüpfe die Treppe hinunter, vergrabe meine Füße im Sand und wackle mit den Zehen. Ich gehe näher ans Wasser, setze mich und spüre, wie sich der Sand unter mir verschiebt. Will lässt sich neben mir nieder und streckt die langen Beine vor sich aus.

Als die Sonne hinter uns untergeht, scheint sich das vor uns liegende Meer in Glas zu verwandeln.

»Der Winter war immer schon meine Lieblingsjahreszeit in Sydney«, sage ich.

»Warum? Es ist voll kalt!«

»Weil das Wasser noch so schön warm ist. Pa hat mir früher immer erzählt, das läge daran, dass die Sonne nachts unter dem Meer wohne. Obwohl die Tage kürzer würden, würde das Wasser daher warm bleiben bis zur Wintersonnenwende. Dann würde die Sonne aus ihrem nächtlichen Versteck hervorklettern, und die Tage würden wieder länger werden.«

Ich blicke zu Will auf. Sein Mund ist mit Eis verschmiert.

»Zumindest glaube ich, dass die Geschichte so ging.«

»Klingt, als wäre er ein toller Geschichtenerzähler gewesen.«

Über uns tauchen nach und nach die ersten Sterne auf. Sie sprenkeln den Himmel wie Sommersprossen. »Ja. Das vergesse ich nur manchmal. Er hat mit dem Erzählen aufgehört, nachdem meine Großmutter starb.«

Will legt den Arm um mich. Er hängt rührend unbeholfen auf meinen Schultern.

GÄNSEBLÜMCHEN

Am Donnerstag wache ich frühmorgens vom Eintreffen einer E-Mail auf: Mein Tutor teilt mir mit, dass er keine Verbesserungsvorschläge mehr für meine Masterarbeit hat. *Glückwunsch!*, schreibt er.

Ich schließe die E-Mail, lege mein Handy beiseite und schnappe mir meinen Laptop vom Schreibtisch. Nachdem ich ihn aufgeklappt habe, logge ich mich ins Studierendenportal meiner Uni ein und rufe meine Evaluationsseite auf. Dort lade ich meine Masterarbeit hoch und beobachte den Ladebalken dabei, wie er sich nach und nach mit blauer Farbe füllt. Nachdem das Dokument hochgeladen ist, klicke ich auf Absenden. Und schon ist mein Studium abgeschlossen. Einfach so.

Ich klappe den Laptop zu, krieche wieder ins Bett.

Und warte. Ich warte auf ein Gefühl der Erleichterung. Der Freiheit. Aber die inzwischen so vertraute Schwere hält an. Erdrückend und kalt, als wären meine Knochen mit Blei gefüllt. Der Schmerz, den diese Schwere auslöst, ist dunkellila.

Ich rolle mich zur Seite, starre zur Wand. Über meinem Kopf ist ein Wasserfleck. Wie unreine Haut. Ich schließe die Augen und schlafe nach einer Weile wieder ein.

Ein paar Tage später treffe ich mich mit Adam am Hauptbahnhof von Sydney. Wir umarmen uns, und er küsst mich auf die Wange. Zwischen uns ist eine Distanz, die sich keiner von uns beiden eingesteht. »Ich dachte, wir könnten ein bisschen spazieren gehen«, schlage ich vor.

Er zuckt mit den Schultern. »Okay.«

Nachdem wir ein Stück die Straße entlanggeschlendert sind, kommen wir an einem asiatischen Supermarkt vorbei. Der Geruch von getrockneten sauren Pflaumen, Seetang und Fünfgewürzpulver erinnert mich daran, wie ich als Zehnjährige mit Charlotte durch einen Wet Market in Hongkong gebummelt war. Wir waren Mavic und Elvie durchs Getümmel gefolgt und hatten die Einkaufstüten getragen, während die beiden an den Ständen feilschten und die Lebensmittel für unsere Familien kauften.

Mavic war Charlottes zweite Mutter. Sie war einen Meter fünfzig klein, hatte breite Hüften, einen dicken Hals und Arme, die einen fest umschlossen. Obwohl sie schon ewig für Charlottes Familie arbeitete, nannte sie die Kinder nie bei ihren richtigen Namen. Während der ganzen Zeit, in der Charlotte und ich beste Freundinnen waren, war Charlotte »Nummer eins« und ihre Brüder »Nummer zwei« und »Nummer drei«.

Elvie, die für meine Familie arbeitete, hatte eine scharfe Zunge und Augen, die einen von hinten durchbohrten. Sie trug Hemden in Übergröße, die an ihr herunterhingen wie von einem Drahtbügel. Elvie war ernst und resolut, und am Anfang ging mir ihre humorlose Art auf die Nerven. Bis sie eines Tages, nachdem mein Vater aus Wut einen gläsernen Wohnzimmertisch zerschmettert hatte, in der Küche meine Hand nahm und mich auf eine Art anlächelte, die mir Sicherheit gab und mein Zuhause ein wenig erträglicher für mich machte.

Nach unserem Umzug nach Hongkong konnte ich die Gerüche zunächst kaum ertragen. Unser Fahrer fuhr mit mir jeden Morgen auf dem Weg zur Schule an einem Wet Market vorbei, und ich hielt mir selbst bei geschlossenen Autofenstern die Nase zu, um dem Gestank von rohem Fleisch und frisch ausgenommenem Fisch zu entgehen. Dann lernte ich Charlotte kennen, und von da an erschienen mir die Gerüche Hongkongs aufregend und verheißungsvoll. Charlottes Eltern fanden es toll, dass Mavic mit uns auf den Markt ging; ich glaube, sie ermunterten sie sogar dazu. Als meine Mutter hingegen erfuhr, dass Elvie mich mit dorthin nahm, erzählte sie es meinem Vater, und er feuerte sie auf der Stelle. An Elvies Stelle engagierte er Mae Grace, die in unserer Küche Schlangensuppe kochte und sie zum Mittagessen aß. Insgeheim freute ich mich darüber, denn mein Vater wäre allein beim Gedanken daran, Schlange essen zu müssen, ausgerastet.

Ich drehe mich zu Adam um. »Ich gehe kurz in diesen Supermarkt, okay?«

Adam zögert. »Äh ja«, sagt er. »Klar.« Dann folgt er mir hinein.

Ich schlendere durch die Gänge und suche die Regale ab. Es gibt Hello-Panda-Kekse, Tintenfisch-Cracker, getrockneten Tintenfisch und Mochi. Adam hält sich nervös hinter mir und scheint nicht zu wissen, wo er stehen oder was er anschauen soll.

»Ja, es gibt sie hier!«, rufe ich und stürze mich auf eine Packung Haw Flakes. Ich kaufe sie und dazu eine Handvoll Litschi-Cups.

»Was ist das?«, fragt Adam, als ich auf der Straße die Packung aufreiße.

»Haw Flakes«, erkläre ich. »Das sind Kekse aus chinesischem Weißdorn.«

»Chinesischem was?«

»Weißdorn. Das ist ein Strauch.«

Ich denke an Vormittage im Winter, wenn die Luft in Hongkong nicht ganz so feucht und heiß war und wir von Händlern an Straßenecken kandierte Weißdornbeeren kauften und anschließend wie verrückt um Mavic herumrannten, aufgedreht vom Zucker und mit scharlachroten Lippen.

»Möchtest du einen probieren?«, frage ich Adam.

Er wirft mir einen ungläubigen Blick zu. »Nein, danke«, sagt er.

Ich lehne mich mit dem Rücken an die Fensterfront des Supermarkts.

»Du meintest am Telefon, dass du reden willst«, kommt Adam zum Punkt. »Worüber?«

Bevor ich antworten kann, sagt er: »Du bist sauer wegen neulich, stimmts?«

Im ersten Moment weiß ich gar nicht, wovon er spricht. Unseren Streit habe ich schon völlig vergessen.

»Ich habe im ganzen Restaurant nach dir gesucht«, fährt er fort und klingt defensiv.

»Warte mal, was?«

»Du bist einfach vom Tisch aufgestanden und abgehauen.«

»Ich war auf der Toilette.«

»Zwanzig Minuten lang?«, fragt er schroff.

Plötzlich geht mir auf, dass er keine Ahnung hatte, wo ich war. Ich habe mich selbst vor Augen, wie ich bewusstlos in der Toilettenkabine liege, halb um die Kloschüssel gewickelt. Erbärmlich. Mir glühen die Wangen. »Sorry, dass ich einfach so abgehauen bin«, murmele ich.

»Ja«, sagt er.

»Aber ich fand es blöd, was du gesagt hast«, fahre ich fort. »Das war echt nicht fair.«

Er weicht meinem Blick aus, holt tief Luft. »Du hast recht. Tut mir leid … Ich bin einfach gestresst momentan. Keine Ahnung, was ich jetzt machen soll. Ich hab keinen der Jobs bekommen, für die ich mich beworben habe.«

Ich nehme seine Hand, verschränke meine Finger mit seinen.

»Dass sie dir dieses Praktikum angeboten haben, ist echt unglaublich«, sagt er. »Ich fände es einfach schade, wenn du diese Gelegenheit nicht nutzen würdest.« Er drückt meine Hand. »Das sage ich, weil du mir wichtig bist.«

»Ich weiß.«

»Ich liebe dich nämlich, okay?«, fügt er hinzu. Ich spüre, wie die Anspannung von mir abfällt.

»Okay.«

»Ist wieder alles gut zwischen uns?«

»Da ist noch was anderes, was ich dir erzählen wollte.«

»Und was?«

»Mein Großvater ist gestorben.«

»Echt?«, fragt er überrascht. »Wann?«

»Am Montag.«

»Tut mir leid, das zu hören«, sagt er. »Du hättest mich anrufen sollen.« Er lässt meine Hand los und dreht sich mit ausgestreckten Armen zu mir um. »Komm her.« Er zieht mich an sich.

»Danke«, flüstere ich an seiner Schulter.

Adams Finger sind in meinen Haaren, streicheln meinen Nacken.

Als er mich wieder loslässt, sage ich: »Die Beerdigung ist am Mittwoch. Meine Eltern kommen morgen früh am Flughafen an.«

»Soll ich dich zur Beerdigung begleiten?«

Ich zucke mit den Schultern.

»Könnte allerdings ein bisschen komisch wirken. Dass ich deine Eltern ausgerechnet bei diesem Anlass zum ersten Mal treffe, meine ich.«

Beim letzten Besuch meiner Eltern hatten wir gerade eine Beziehungspause eingelegt.

»Ja«, antworte ich. »Könnte schon sein.«

»Ich kann natürlich trotzdem gerne mitkommen«, beeilt er sich zu sagen. »Wenn du willst.«

Ich schüttle den Kopf. »Nein, ist schon in Ordnung.« Mir kommt der Gedanke, dass es nur eins gäbe, was schlimmer wäre, als wenn mein Vater Adam nicht mögen würde: dass die beiden sich gut verstehen.

Ich öffne einen Litschi-Cup und schlürfe das Gelee heraus, lasse es in meinem Mund herumwandern.

»Gehts dir einigermaßen mit der ganzen Sache?«, fragt Adam endlich.

»Ja. Ich fühle mich irgendwie wie betäubt, wenn ich ehrlich bin.«

»Mm ... wenigstens standet ihr euch nicht so nahe, du und dein Großvater.«

»Was?«

»Ich dachte, du wohnst nicht gerne bei ihm?«

Ich gehe zu einem Abfalleimer und spucke das Gelee hinein, weil mir schlecht davon wird.

»Er war trotzdem mein Großvater, Adam.«

Er seufzt. »Sorry, das kam jetzt falsch rüber.«

Ich wende den Blick ab.

»Ich weiß nicht so richtig, was ich sagen soll …«, gesteht er.

Offenbar ist noch nie jemand aus seinem näheren Umfeld gestorben. Ich lächle, um ihm zu verstehen zu geben, dass ich ihm nicht böse bin.

»Wollen wir zu mir nach Hause?«, schlägt er vor. »Ich lasse dir ein Bad ein.«

»Das wäre schön«, antworte ich. »Danke.«

Adam wohnt noch bei seinen Eltern. Obwohl wir seit vier Jahren zusammen sind, nehmen wir immer noch den Weg durch den Garten, um zu seinem Zimmer zu gelangen. Wenn wir durchs Haus gehen, nötigt mich seine Mutter, am Küchentresen Platz zu nehmen und mir Tee und Kekse servieren zu lassen. Hin und wieder merkt sie dann an, wie dünn ich doch sei, jedoch nie, wenn Adam in Hörweite ist.

»Deine Mutter hat Angst, dass ich nicht genug esse«, erzählte ich Adam einmal hinterher.

Er warf mir einen zweifelnden Blick zu und sagte: »*So* dünn bist du jetzt auch wieder nicht.«

Stimmt, dachte ich. *Ich könnte schlanker sein.*

Wir betreten Adams Zimmer, und er schaltet das Licht ein. Zimmer ist eigentlich untertrieben, denn es handelt sich um ein ganzes Stockwerk, das er für sich allein hat. Überall glänzende Fliesen und vornehme Ledermöbel, dazu Kunst an den Wänden und riesige Fenster mit Blick auf den Hafen. Er hat sogar eine Küchenzeile und ein eigenes Badezimmer mit der größten Wanne, die ich je gesehen habe. Statt eines Fernsehers besitzt er einen Filmprojektor.

Ich schiebe die Glastür hinter mir zu und ziehe die Schuhe aus. Die Bodenfliesen fühlen sich kalt an unter meinen Füßen, als ich zum Sofa schlurfe. Ich sinke hinein, ziehe die Knie bis unters Kinn und schlinge fröstelnd die Arme um meine Beine. Adam küsst mich auf die Stirn und geht ins Bad, um das Wasser einzulassen.

Als die Badewanne voll ist, hebt er mich vom Sofa und trägt mich ins Badezimmer. Er hat eine Kerze angezündet, und nun riecht es im ganzen Raum nach Vanille und Gänseblümchen. Adam stellt mich auf die Füße, legt seine Hände auf meine Hüften und schiebt langsam mein Shirt und meinen Pullover nach oben. Ich hebe die Arme und lasse zu, dass er mir beides über den Kopf zieht. Er knöpft meine Jeans auf, und ich schäle mich heraus. Als ich anschließend in BH und Slip vor ihm stehe, drückt er leicht mit einem Daumen gegen meinen Hüftknochen. Er reibt sanft darüber, auf und ab.

Über seine Schulter hinweg erhasche ich einen Blick auf mich im Spiegel. Ich sehe krank aus. Wie eine leere, ausgehöhlte Muschelschale. Mir fällt ein, dass ich – von den paar Weißdornkeksen heute Vormittag abgesehen – seit Pas Tod kaum etwas gegessen habe. Jedes Mal, wenn ich versuche, etwas zu essen, bekomme ich Brechreiz. Kerzenlicht flackert an meinen Wangen, füllt die Hohlräume mit Gold.

Adam dreht den Kopf, sodass wir uns beide im Spiegel betrachten. Er grinst und schwärmt, was für ein heißes Paar wir doch seien. Dann senkt er den Blick auf meinen Körper und flüstert mir ins Ohr: »Du bist so sexy.«

Eine Welle der Erleichterung durchfährt mich. Ich klammere mich daran fest. Was bleibt mir anderes?

Als meine Finger schrumpelig werden, steige ich aus der Badewanne. Adam sieht sich im Wohnzimmer gerade die Wiederholung eines Rugby-League-Spiels an und echauffiert sich immer wieder laut, obwohl er bereits weiß, welche Mannschaft am Ende gewinnt. Ich trockne mich ab und schlüpfe in Unterwäsche und das seidene Nachthemd, das er mir zum Valentinstag geschenkt hat. Ich bewahre es hier auf, weil wir nur selten zusammen in Großvaters Wohnung übernachten. Adam weigert sich, ein Einzelbett mit mir zu teilen. Außerdem sind die spitzenbesetzten Träger nicht besonders bequem, ich würde das Nachthemd also ohnehin nur in Adams Anwesenheit tragen.

Die Wanne läuft leer und macht ein lautes, gurgelndes Geräusch. Ich höre, dass Adam den Fernseher ausschaltet und den Flur entlang ins Schlafzimmer geht. Auch ich tappe ins Schlafzimmer und schalte die Nachttischlampe neben dem Bett ein. Adam löscht die Deckenbeleuchtung. Sanftes Gelb umhüllt uns.

Ich wickle ein Handtuch um meine nassen Haare und lege mich aufs Bett. Er zieht sich unterdessen aus und lässt seine Kleider achtlos auf den Boden neben den Wäschekorb fallen.

Adam sieht mich an und lächelt. Ich habe eine Gänsehaut. »Du siehst so perfekt aus auf meinem Bett«, sagt er.

Ich lächle. Mir tut das Gesicht weh.

Er steigt in Unterwäsche ins Bett, legt sich neben mich und streckt den Arm aus, damit ich mich seitlich an ihn schmiegen kann. Ich schließe die Augen, meine Wange ruht warm auf seiner Brust. Es fühlt sich an, als würde ich nach unten sinken, meine Knochen sind schwer und schmerzen.

Adam streichelt meine Wange, fährt meinen Kiefer

entlang, dann meinen Hals. Er streicht mit den Fingerspitzen über meine Brust, seitlich an meinem Brustkorb entlang, bis hinunter zum Saum meines kurzen Nachthemds. Sein Finger schlüpft unter den Stoff, schiebt ihn über meine Hüfte hoch, sodass er sich an meiner Taille bauscht. Sein tiefer und schneller werdender Atem ist erst rosa und wird dann rot. Knallrot. Intensiv und satt.

»Baby«, sage ich, ohne die Augen aufzumachen. »Ich bin zu müde.«

Er streicht mit der Hand über meinen Hintern. Ich spüre seine Erektion an meinem Oberschenkel.

»Ich begehre dich so sehr«, flüstert er.

Ich lächle matt. Es fühlt sich gut an, dieses Begehren. Das Wissen, begehrt zu werden.

Und dann küsst er mich und zieht behutsam meinen Slip herunter. Zieht seine eigene Unterhose aus. Spreizt meine Beine.

Er kniet jetzt dazwischen, sein Oberkörper ragt über mir auf. Ein violetter Schatten erstreckt sich über die Wand. Er bewegt sich zwischen meinen Beinen, berührt mich, aber ich bin noch nicht feucht genug. Eigentlich bin ich überhaupt nicht feucht. Er dringt in mich ein, und ich keuche. Es ist, als würde ich im Traum rückwärts fallen. Wie wenn man plötzlich aus dem Schlaf schreckt. Sich abrupt aufsetzt und nach Luft ringt.

»Fühlt sich das gut an?«, fragt er, und ich antworte nicht, denn es wird sich mit der Zeit gut anfühlen. Wenn ich es zulasse. Wenn ich mich entspanne.

Also tue ich genau das. Ich kapituliere. Und die guten Gefühle schleichen auf leisen Sohlen heran, vermischen sich mit den schlechten, bis ich genauso viel Vergnügen empfinde wie Schmerz. Ein blaues Äquilibrium.

Danach sinkt Adam auf mich herab und sagt mir, dass er mich liebt.

Der Mond vor der Tür ist eine geschwollene Scheibe, blutorangerot. Darunter funkelt die nächtliche Stadt.

Ich entschuldige mich, gehe ins Badezimmer und schließe die Tür hinter mir. Dann lasse ich den Wasserhahn laufen, damit er mich nicht pinkeln hört.

Als ich mich abwische, ist ein wenig Blut auf dem Toilettenpapier.

Dabei habe ich gar nicht meine Periode. Aber das passiert eben manchmal.

LILIE

Meine Eltern treffen mit einem Strauß Lilien ein. Sie sehen absolut makellos aus: die Blumen, meine Eltern. Sie sehen makellos aus, und ich glaube, wenn es keine Lilien wären, würde man den heutigen Anlass gar nicht vermuten.

Mum arrangiert die Blumen in einer Vase und stellt sie auf den Küchentresen. Es ist ein umwerfend schöner Strauß, ganz in Rosa und Weiß. Rosa und gespenstischem Weiß.

Sie nimmt Dads Jacke und hängt sie an einen Haken neben der Tür.

Dad schüttelt sich und knurrt: »Mein Gott, ist das kalt hier drinnen. Warum ist die Heizung nicht an?«

Ich zucke mit den Schultern.

»Ich dachte, ich hätte für die Reparatur gezahlt?«, hakt er nach.

»So kalt ist es doch gar nicht«, antworte ich.

»Du hast dich nur noch nicht akklimatisiert, Schatz«, sagt Mum zu ihm. Dann dreht sie sich zu mir um. »In Singapur ist es im Moment schrecklich heiß«, erklärt sie, als hätte ich nie dort gelebt, als wäre ich nicht von meinen Freunden in Honkong weggezerrt worden, von Charlotte, deren Verlust mich am meisten geschmerzt hatte. Als hätte ich vergessen, wie heiß und klebrig meine Tränen damals waren.

Dad marschiert zur Heizung und dreht sie bis zum Anschlag auf.

Zu Abend essen wir auswärts, weil meine Eltern grundsätzlich nicht kochen. Als ich anbiete, etwas zu essen für sie zu machen, fragt mein Vater: »Warum denn?« Zum Frühstück am nächsten Morgen gehen wir ebenfalls aus, in ein Café an der Strandpromenade. Da wieder niemand über die Beerdigung spricht, könnte man fast meinen, es fände keine statt.

Als wir vom Frühstück nach Hause kommen, gehe ich in mein Zimmer und ziehe das Outfit an, das ich mir zusammen mit Will aus Pas Kleiderschrank zusammengestellt habe. Mit dem dunkelblauen Anzug, den knallroten Socken und den goldbestickten Stiefeln komme ich ins Wohnzimmer. Mum mustert mich flüchtig und sagt dann: »Ich hatte mir gedacht, du könntest das hier tragen.« Sie zieht eine glänzende Tüte aus ihrem Koffer, und aus dieser Tüte zieht sie rosa Seidenpapier, und aus diesem Seidenpapier wickelt sie wiederum ein geblümtes Kleid. Weiße Lilien in einem Meer aus blaugrüner Seide.

»Aber mir gefällt, was ich anhabe«, protestiere ich.

»Ich fände es hübscher, wenn du ein Kleid anziehen würdest«, sagt sie.

»In diesem Outfit fühle ich mich wohler.«

»Olivia«, ermahnt mich Mum und hält mir das Kleid hin. »Ich habe es für *dich* gekauft.«

»Ich habe schon was zum Anziehen.«

Mein Vater kommt in einem edlen schwarzen Anzug

aus Pas Zimmer. Er mustert mich, macht ein finsteres Gesicht. »Zieh das Kleid an, Olivia«, befiehlt er über Mums nächsten Satz hinweg.

»Aber …«, setze ich an.

»Dein ›Outfit‹ ist unangemessen«, sagt er. »Ende der Diskussion.«

»Ist ja schon gut«, gebe ich mich geschlagen und nehme das Kleid von Mum entgegen.

Wie immer, wenn meine Mutter mir ein Kleid kauft, ist es eine Nummer zu klein. Ich muss den Bauch einziehen, um den Reißverschluss zuzubekommen.

Nur wenige Freunde haben Pa besucht, während ich bei ihm wohnte, und meine Eltern haben keinen von ihnen zur Beerdigung eingeladen. Auf dem Friedhof von Fairlight, kaum zehn Minuten von der Wohnung in Manly entfernt, in der Pa sein gesamtes Leben verbrachte, sind nur wir drei anwesend, außerdem Pas Nachbarn Will und Annie und zwei Geschäftspartner meines Vaters. Ich überlege, ob Pa sich wohl daran stört, bis mir klar wird, dass er tot ist. Wie könnte ihn also noch etwas stören?

Wir versammeln uns um ein Loch im Boden und sehen dabei zu, wie ein glänzend schwarzer Sarg in die Erde hinabgelassen wird. Pa wird neben Nan beerdigt, und obwohl ich mir sicher bin, dass er nichts mehr empfindet und es daher keine Rolle spielt, wie nah sein Grab an ihrem ist, kann ich nicht anders, als die eineinhalb Meter Erde zwischen ihnen zu bedauern. Denn selbst wenn sein Sarg um ihn herum verfault und irgendwann auseinanderbricht, selbst wenn die Erde die Hohlräume in seinem verwesenden Körper füllen wird, werden für immer eineinhalb Meter Dreck, Würmer, Käfer und

Steine zwischen seinen Knochen und ihren Knochen sein. Und dieser Gedanke hat etwas entsetzlich Schmerzhaftes. Ich habe plötzlich das Gefühl, selbst auch voller Erde zu sein, spüre sie überall, in meinen Ohren, meiner Nase, unter meiner Zunge. Kieselsteinchen zwischen meinen Zähnen. Schwarzer Sand unter meinen Fingernägeln.

Die erste Schaufel Erde landet auf einem Kranz weißer Lilien, und meine Mutter bricht in Tränen aus. Perfektes Timing. Dann folgt die nächste Schaufel, und ihr Weinen wird intensiver und schwerer. Dad legt den Arm um ihre Schultern. Die Farbe ihres Geheuls ist ein unbehagliches Orangerot. Orangerot wie nasses Herbstlaub, matschig und halb verrottet.

»Na komm«, sagt Dad und tätschelt ihr die Schulter. »Komm schon … jetzt reicht es aber.«

Dad hat fürs Abendessen einen Tisch in einem vornehmen Restaurant in der Innenstadt reserviert und seine beiden Geschäftspartner eingeladen, uns dort Gesellschaft zu leisten. Es ist eins jener Restaurants, in denen man ein Degustationsmenü serviert bekommt und in denen ein Sommelier zu jedem Gang die passende Flasche Wein auswählt. Ein Restaurant, in dem man nicht fragt, ob man eine Beilage durch eine andere ersetzen kann, weil das gesamte Gericht dann nicht mehr stimmig wäre. Und weil man damit den Koch beleidigen würde.

»Das kann ich nicht essen«, sage ich, als ein Teller Rinderbäckchen vor mir auf den Tisch gestellt wird. »Ich bin Vegetarierin.«

Mein Vater spuckt um ein Haar seinen Wein zurück ins Glas. »Du bist was?«

»Vegetarierin. Ich esse kein Fleisch.«

»Seit wann das?«, fragt er, und sein Blick schießt von seinen Geschäftspartnern zu mir, zu den Rinderbäckchen, zurück zu den Geschäftspartnern. Es ist ein Blick, der sich bei ihnen entschuldigt und mich gleichzeitig bestraft.

»Seit einem Jahr«, lüge ich. Dabei habe ich gestern noch einen Hühnersalat gegessen. Genau genommen habe ich erst heute Morgen Räucherlachs bestellt. Aber etwas an der Farbe der Rinderbäckchen weckt in mir Gedanken an Pas im Morast verwesendes Fleisch.

Draußen werden die Wolken von gleißendem Gold umrahmt. Dem gleichen Gold, das Mums Hals ziert. Das ihre Ohrläppchen in die Länge zieht. Wie schwer es ist, dieses Gold. Ihre Uhr. Ihre Fingerringe. Ihre Armreifen. Gold. Gold. Gold.

»Wir bestellen etwas anderes für dich«, sagt Mum.

»Ganz sicher nicht«, widerspricht Dad.

»Simon, ich denke …«, setzt sie an.

Er fällt ihr ins Wort: »Lass es.« Wütend starrt er mich an. »Olivia, weißt du, wie schwer es war, einen Tisch in diesem Restaurant zu bekommen?«

»Nein«, murmele ich.

»Wie bitte?«

»Nein, habe ich gesagt!«

Die Zornesröte wandert von seinem Gesicht seinen Hals hinunter. »Du blamierst dich maßlos mit diesem Verhalten.«

Es ist mir aber nicht peinlich, hätte ich gern erwidert.

Doch dann fällt mein Blick auf seine Hand, die auf dem Tisch liegt; ich sehe, dass er die Gabel umklammert, dass seine Fingerknöchel weiß vor Anspannung sind. Ich kenne diese Hand. Ich weiß, wie sie auf der Wange brennt. Also verkneife ich mir meinen Kommentar, greife stattdessen zu Messer und Gabel und schneide ein Rinderbäckchen in der Mitte durch.

Und kaue das Fleisch, das schlammige, verwesende Fleisch. Ich kaue und schlucke.

»Olivia hat einen Praktikumsplatz bei Lazard«, wechselt meine Mutter mit fröhlicher Stimme das Thema. Das kann sie gut: eine angespannte Atmosphäre aufheitern.

Dad lockert seinen Griff um die Gabel.

»Das ist ja toll!«, sagt einer seiner Geschäftspartner, woraufhin sich die Muskeln um Dads Augen zu entspannen beginnen.

»Sie hat gerade ihren Abschluss in Wirtschaftswissenschaften gemacht«, fährt Mum fort.

»Jetzt, im Mai? Das ist aber ungewöhnlich«, wendet sich der andere Geschäftspartner direkt an mich.

»Sie hat ihre Masterarbeit früher abgegeben«, kommt Mum meiner Erklärung zuvor.

Der Geschäftspartner sieht meinen Vater an und lächelt. »Beeindruckend.«

»O ja«, bestätigt meine Mutter. »Wir sind sehr stolz auf sie, nicht wahr, Simon?«

Ich lehne mich auf meinem Stuhl zurück und blicke aus dem Fenster, betrachte das verglühende Gold.

»Ja«, antwortet Dad.

Vor meinen Augen wird Gold zu Grau.

Es ist dasselbe gleichgültige *Ja*, mit dem er auf die Frage des Kellners geantwortet hat, ob er groben Pfeffer auf seine Suppe wünsche.

Dann wendet sich mein Vater einem seiner Geschäftspartner zu und fragt ihn nach seiner Arbeit, die irgendetwas mit Kohlebergbau zu tun hat. Auf der Stirn des Mannes glänzen Schweißperlen. Er hat einen dicken Hals, der unterhalb seines Kinns schwabbelt, wenn er spricht. Die Kohleindustrie floriere trotz dieses ganzen Öko-Unsinns, versichert er meinem Vater. Unmengen von Menschen auf der ganzen Welt hätten noch immer keinen Zugang zu Elektrizität, sagt er und zitiert Statistiken. Die Zahlen überraschen mich. Zugang zu Elektrizität sollte ein Menschenrecht sein, fährt er fort, und Kohle sei nun mal billig und daher vorerst unsere beste Option. Er sorge doch nur dafür, dass sich *jeder* einen Stromanschluss leisten könne.

Für einen kurzen Moment klingt es fast schon heldenhaft.

Meine Eltern verlassen Sydney, noch bevor die Lilien im Wohnzimmer zu welken begonnen haben. Wieder allein in der Wohnung mache ich mir eine Tasse Tee und nehme sie mit auf den Balkon, von wo ich auf den Anleger und das alte Aquarium blicken kann. Eine Fähre trifft gerade ein. Dahinter rast eine Flotte Segelyachten auf die Landspitzen am Ende der Halbinsel zu. Ich denke an die *Sea Rose.*

»Scheiße«, flüstere ich, als mir einfällt, dass ich Mac nicht angerufen habe, um ihm mitzuteilen, dass ich nicht mit kann, um sein Boot abzuholen. Ob seine Freundin wohl sauer war?

Ich gehe in mein Zimmer und schnappe mir mein Handy. Die Nummer ist in meinen Kontakten unter *Mac der Kidnapper* gespeichert.

Er geht beim zweiten Klingeln dran. »Mac hier«, meldet er sich, mit tiefblauer Stimme.

»Hallo, hier ist Olivia.«

»Oli!«, ruft er. »Wie gehts dir, Kleine?«

»Ganz okay. Und dir?«

»Super!«

Ich lache. Sein Enthusiasmus ist ansteckend. »Das ist gut. Sorry, dass ich letzte Woche nicht angerufen habe …«

»Kein Problem. Maggies Vermutung war, dass ich mit dieser ganzen Geschichte, dass wir angeblich nach Neuseeland unterwegs seien, zu weit gegangen bin.«

»Mit dem Kidnapping, meinst du.«

Er wirft sich weg vor Lachen. »Ja, genau!«

Schweigen kehrt ein, und nach kurzem Zögern fährt er fort: »Na ja, ich bin jedenfalls froh, von dir zu hören.« Ich spüre, wie sich der Knoten in meinem Inneren löst.

»Wie war dein Törn zurück zum Cruising Yacht Club?«

»Wie sich herausgestellt hat, braucht die Werft länger, um die gute alte *Sea Rose* auf Vordermann zu bringen. Wir holen sie erst morgen.«

»Oh«, sage ich. »Heißt das, ich kann doch noch mitkommen? Bitte!«

»Wir stehen um acht bei dir vor der Tür.«

VEILCHEN

Der Wind weht heftig von der Seite, als ich am nächsten Morgen aus dem Haus trete. Während ich mit Mac zur Straße gehe, prophezeit er mir, dass wir einen wilden Ritt vor uns haben. Ich spüre, wie sich mein Brustkorb weitet. Etwas zieht an mir, es ist ein gleichzeitig erregendes und angsteinflößendes Gefühl.

Als ich zum Auto komme, sitzt eine Frau auf dem Beifahrersitz. Sie hat lange silbergraue Haare, die am Hinterkopf zu einem Zopf geflochten sind.

»Das ist Maggie«, stellt Mac sie vor, während ich hinten einsteige. Die Frau dreht sich zu mir um. Sie trägt eine Sonnenbrille mit dicken schwarzen Gläsern. Maggie blickt in meine ungefähre Richtung und streckt die Hand aus. Ich ergreife sie. In dem Moment, als meine Haut ihre berührt, vollzieht sich gleichzeitig ein Entfalten und ein Zusammenschließen. Als würde sich der Himmel ausbreiten und größer werden. Als würde sich die Erde zusammenziehen und kleiner werden. Unsere Körper nähern sich einander an, bis nur noch sie und ich existieren. Sie und ich.

»Ich bin Maggie«, sagt sie, und ihre Stimme hat eine Farbe, die ich noch nie zuvor gesehen habe. *Maggie.* Ein helles Lila, samtweich.

Wie wilde Veilchen in der Tundra.

»Ich bin Oli.«

Sie lächelt. »Ich weiß.«

Eine halbe Stunde Autofahrt nördlich von Pas Wohnung halten wir vor dem Royal Prince Alfred Yacht Club, der sich ans Ufer der Pittwater-Bucht schmiegt. Die in ordentlichen Reihen vertäuten Segelyachten bilden mit ihren steifen weißen Masten ein Streifenmuster vor dem Blau des Himmels und des Meers. Mir ist schwindelig vor Aufregung.

Sobald Mac die Handbremse zieht, taucht zwischen Maggies Knien ein Hundekopf auf. Der plötzliche Anblick erschreckt mich zu Tode. Ich kreische auf.

Maggie blickt immer noch nach vorn und starrt durch die Windschutzscheibe, wie sie es schon während der gesamten Fahrt getan hat. Sie lacht und tätschelt ihrem Hund den Kopf. »Das ist Coco«, sagt sie.

Coco hat glänzend schwarzes Fell und große Knopfaugen. Sie ist wohlgenährt, selbst für einen Labrador.

»Hallo du«, begrüße ich sie.

Coco wedelt begeistert mit dem Schwanz. Er schlägt klopfend gegen das Armaturenbrett.

»Sie ist aufgeregt«, erklärt Maggie, ohne den Kopf zu drehen. »Wir lernen nur selten neue Freunde kennen.«

Mac steigt aus dem Auto und öffnet meine Tür. Ich folge ihm zum Kofferraum, wo wir zwei Taschen ausladen. Maggie macht unterdessen die Beifahrertür auf, und Coco springt auf den Asphalt hinaus. Maggie steigt hinter ihr aus dem Wagen, mit einer Art Geschirr in der Hand. Sie ruft Coco zu sich, greift nach unten und zieht ihr das Geschirr über. Da trifft es mich wie ein Schlag.

Maggie ist blind. Nicht nur sehbehindert, sondern vollkommen blind.

Und trotzdem marschiert sie nun selbstsicher mit Coco los und ruft über die Schulter: »Was ist? Kommt ihr?«

Ich blicke auf meine Füße hinunter, die auf dem Asphalt festgewurzelt scheinen. Was ich gerade gesehen habe, hat mich sprachlos gemacht.

»Ich habs dir ja gesagt«, raunt mir Mac mit einem breiten Lächeln zu. »Sie ist unglaublich.«

Ich nicke wortlos, und er lacht und klopft mir auf die Schulter. »Na los, Kleine, gehen wir.«

Wir folgen Maggie und Coco den Kai und den Bootssteg entlang zum Liegeplatz der *Sea Rose.* Wie Coco das Schiff unter all den anderen gefunden hat, geht über meinen Verstand.

Maggie löst Cocos Geschirr, wirft es an Deck und klettert dann über die Reling an Bord. Coco springt hinterher und folgt Maggie ins Cockpit. Sie setzt sich ihr zu Füßen und leckt ihr den Knöchel. Maggie grinst und tätschelt der Hündin den Kopf. »Ich dich auch, Süße.«

Mac und ich gehen ebenfalls an Bord. »Hier hinauf«, sagt er und bedeutet mir winkend, ihm nach oben aufs Vorschiff zu folgen. »Aber zuerst die Schuhe ausziehen«, weist er mich an.

Ich lockere die Schnürsenkel meiner Sneakers, ziehe sie aus und lasse sie im Cockpit zurück, bevor ich mich zu Mac geselle.

»Bist du schon mal gesegelt? Außer letzte Woche, meine ich?«

»Meine Eltern und ich haben unsere Urlaube früher immer auf einer Yacht verbracht«, antworte ich.

»Was für einer Yacht?«

Ich zucke mit den Schultern.

»Hatte sie Segel?«

»Nein, nur einen Motor.«

»Dann zählt es nicht.«

»Weil sie keine Segel hatte?«

»Genau, Captain Schlauberger«, sagt er. »Motoryachten machen Lärm. Sie wühlen das Wasser auf, verursachen Abgase. Beim Segeln – und ich meine beim *echten* Segeln – geht es ums Zuhören.«

»Verstehe.«

»Wenn man Segeln lernen will, besteht der erste Schritt darin, herauszufinden, wie viel man noch nicht weiß.«

»Tja, ich weiß gar nichts«, gestehe ich.

Maggie lacht und ruft aus dem Cockpit herüber: »Geniale Antwort!«

Ich spüre, wie mir warm ums Herz wird, und kichere.

»Der zweite Schritt besteht darin, sich einzugestehen, dass das Meer und der Wind unberechenbar sind.«

»Was heißt das?«

»Das heißt, dass du immer mit dem Unerwarteten rechnen musst, egal, wie viel du zu wissen glaubst. Ich segle schon mein ganzes Leben lang, und dennoch überrascht mich das Meer immer öfter, je älter ich werde.«

»Überfordere sie nicht gleich, Mac!«, ruft Maggie.

»Ich glaube, ich verstehe, was du meinst«, sage ich zu Mac.

»Das Dritte und Letzte, was du dir merken musst, ist Folgendes: Den Wind kannst du nicht ändern. Okay? Du kannst nur lernen, die Segel an die Windverhältnisse anzupassen.«

»Aber man kann sich doch die Vorhersagen anschauen, oder?«

»Was war Schritt Nummer zwei?«

»Rechne immer mit dem Unerwarteten?«

»Genau. Schiffe kentern immer dann, wenn die Leute glauben, sie könnten den Wind kontrollieren, das Meer kontrollieren. Beim Segeln geht es aber nicht um Kontrolle. Es geht darum, zuzuhören, sich hinzugeben, sich anzupassen.«

»Und es geht darum, nass zu werden und zu frieren, während man nur im Schneckentempo vorankommt«, wirft Maggie ein.

Mac kennt die *Sea Rose*, als wäre sie eine Erweiterung seiner selbst – ähnlich wie man einen Partner kennt, mit dem man fünfzig Jahre lang die Nächte verbracht hat, nehme ich an. Irgendwann lernt man, den anderen selbst im Dunkeln zu sehen.

Ich helfe Mac, das größte Segel zu hissen – er nennt es das Großsegel –, indem ich mit ihm an einem dicken roten Seil ziehe. Als das Segel die Spitze des Masts erreicht, scheint sich Mac mit ihm auszudehnen, seine Brust wird breiter, genau wie sein Lächeln.

»Siehst du das?«, fragt er und zeigt auf eine dunkle Stelle jenseits des Bugs, an der sich die Wasseroberfläche kräuselt. »Das ist Wind.«

Ich beobachte, wie die Stelle sich fächerförmig durch die Bucht ausbreitet. Sie rückt näher; noch näher. Mac zählt herunter: »Vier, drei, zwei …« In dem Moment, als er »eins« flüstert, berührt das dunkle, geriffelte Wasser den Rand der Yacht. Die Böe schwillt an, erfasst das Segel. Ein Ruck geht durch die *Sea Rose*, sie bäumt sich auf, will vorwärts.

»Wunderbar«, sagt Mac und betrachtet das Segel, das

sich weiß und straff vom grauen, wolkenverhangenen Himmel abhebt.

Ich folge ihm zurück hinunter ins Cockpit, wo Maggie am Steuerrad sitzt, Coco zu ihren Füßen. In Maggies Nähe ist ein Audiokompass an der Sitzbank angebracht, der sie mit die Navigation betreffenden Informationen versorgt.

Beim Segeln geht es ums Zuhören.

Eine Schar Möwen fliegt über uns vorbei, ihre Schatten fallen auf Maggies Gesicht. Kann man einen Schatten spüren?

»Wenn ihr ein Tier sein könntet, welches Tier wärt ihr?«, fragt sie.

»Ich weiß es nicht«, antworte ich wahrheitsgemäß.

»Ich wäre ein Wal«, sagt Maggie, und Mac lacht sich kaputt.

»Du kannst doch gar nicht singen«, wirft er ein.

»Wenn ich ein Wal wäre, könnte ich es.«

»Und was wäre Coco?«

»Sie ist ein Hund, Mac. Sie wäre ein Hund.«

Ich lache und frage Maggie dann: »Was für ein Wal?«

»Ein Buckelwal.«

»Warum?«

»Weil Buckelwale jedes Jahr vom Korallenmeer zur Antarktis schwimmen. Was für eine Reise!«

»Ich wäre ein Albatros«, verkündet Mac. »Genau wie Robynne.«

»Kanntest du Robynne auch?«, frage ich Maggie.

»Ob ich sie auch kannte? Ich kannte sie zuerst!«

»Ihr beide habt euch also durch Robynne kennengelernt?«

Mac lacht. »Könnte man so sagen.«

»Robynne und ich haben uns nach dem Abitur ein Brückenjahr gegönnt, lange bevor das üblich wurde«, erklärt Maggie. »Zumindest, bevor es für Frauen üblich wurde. Wir tauchten also am Strand von Bondi auf, zwei junge, naive Britinnen, und stellten fest, dass die Mädchen hier nicht schwammen – sie sonnten sich nur. Robynne war das natürlich egal. Sie marschierte einfach in die Wellen hinein, und ich folgte ihr. Wir hatten überall Sand und wären fast ertrunken. Irgendwann mussten dieser Kerl und seine Schwester ins Wasser kommen und uns rausholen.« Sie zeigt auf Mac. »Er konnte gar nicht mehr aufhören zu lachen.«

Mac grinst. »Ich konnte mein Glück kaum fassen.«

»Robynne klingt, als ob man mit ihr viel Spaß haben konnte.«

»Konnte man auch«, bestätigt Maggie. »Sie hat jeden mitgerissen.«

»Was ist mit ihr passiert?«

Schweigen senkt sich aufs Cockpit herab.

»Tut mir leid«, murmele ich und bereue meine Frage.

»Muss es nicht«, beteuert Mac und tätschelt mir den Rücken.

»Mein Großvater ist letzte Woche gestorben«, platze ich heraus.

Ein Windstoß durchbricht die Stille im Cockpit, verfängt sich im Segel wie ein Schmetterling in einem Netz. Maggie zieht an einer Leine zu ihren Füßen und holt den Baum dicht. Alles wird straffer. Wir nehmen Fahrt auf.

»Oh, Oli«, sagt sie. »Es tut mir so leid, das zu hören!«

Wir nähern uns inzwischen dem Ende der Pittwater-Bucht und sehen Wellen aus den Tiefen hinter der Landspitze emporsteigen. Die *Sea Rose* hebt und senkt sich, immer wieder aufs Neue.

»Ich habe ihn gefunden.«

Maggie klopft auf die Sitzbank, bedeutet mir, dass ich mich neben sie setzen soll. Ich bewege mich durchs Cockpit und zwänge mich neben sie. Sie legt den Arm um meine Schulter und zieht mich noch enger zu sich heran – eine Geste voller Zärtlichkeit, als wollte sie, dass ich ein Teil von ihr werde, ein Teil ihres Körpers, eine Hautfalte. Ihre Umarmung ist warm, rund und voll. Mac kommt und setzt sich auf meine andere Seite. Mit beiden Armen umschließt er Maggie und mich. Drei Personen werden zu einer, heben und senken sich mit dem Schiff.

Und die Last, diese erdrückende Last, die ich mit mir herumgeschleppt habe, fällt von mir ab. Weil die beiden mich auf eine Weise festhalten, die es mir erlaubt, mich selbst loszulassen. Ich löse mich in ihnen auf und breche in Tränen aus. Das Geräusch, das aus mir herauskommt, ist hellblau.

»Jemand hat mir mal eine besondere Geschichte über den Tod erzählt«, sagt Maggie. »Die Geschichte geht so, dass wir Flüsse sind, wir alle. Am Anfang sind wir Wolken, bis wir eines Tages abregnen und ein Rinnsal werden. Wir wachsen zu einem Bach heran … verbreitern uns zu einem Fluss. Wir legen große Entfernungen zurück, schlängeln uns durch Täler und Wälder. Manchmal vereinen wir uns mit anderen Flüssen, fließen gemeinsam dahin, bilden große Seen, trennen uns wieder, setzen unsere Reise allein fort … Aber am Ende treffen wir uns alle wieder an der Flussmündung, wo wir uns ins Meer ergießen.«

Ich denke an all die Jahre, in denen Pas Fluss mit Nans

Fluss vereint war, wie herzzerreißend es gewesen sein muss, als sich ihre Wege trennten. Mein Weinen ist hellblau, befeuchtet meine Wangen, durchnässt Macs Ärmel. Es fühlt sich gut an, sich auf diese Weise zu entleeren. Ich stelle mir vor, wie sich Nan und Pa an der Flussmündung wiedertreffen, wie sie umeinander herum fließen und Strudel bilden, blau und goldgelb.

»Wer hat dir diese Geschichte erzählt?«, frage ich.

»Robynne«, antwortet Mac.

Maggie nickt.

»Robynne verschwand eines Nachts im Südpolarmeer«, erzählt Mac.

Ich spüre ein Schlingern in meinem Inneren. »Verschwand?« Wie konnte sich ein Körper, der aus Erinnerungen und Sehnsüchten bestand, einfach so auflösen? Wie Eis im Grau des Ozeans?

Mac holt tief Luft. »Es waren nur wir beide an Bord. Wir waren dreißig und segelten um die Welt.« Er hält inne. Erinnert sich und schließt die Augen. »Ich wachte auf, weil ich mit der Nachtwache an der Reihe war, und sie war einfach nicht mehr da.«

»Nicht mehr da?«, flüstere ich. »Das verstehe ich nicht.«

Mac umarmt uns noch fester. »Ich weiß, es klingt seltsam, aber ich hoffe, dass es kein Unfall war. Ich gehe davon aus, dass es ihre eigene Entscheidung war.«

»Echt?«

»Ja«, antwortet er. »Sie hat mich wirklich geliebt, das weiß ich. Und ich sie auch. Das wusste sie. Doch sie hatte auch dunkle Tage … Ich möchte gern glauben, dass sie für sich eine Wahl getroffen hat.«

Ich atme tief ein. Wir entscheiden uns dazu, zu atmen, nicht wahr?

Ich stelle mir vor, wie Mac aufwacht, um die Nachtwache zu übernehmen. Seine Panik. Wie er im dunklen Einerlei um sich herum nach einem Detail sucht. Das Meer wie ein Gemälde. Ein Ort der Sehnsucht.

Ein Schauder durchfährt mich. »Wünschst du dir nicht, du könntest die Zeit zurückdrehen? Versuchen, sie aufzuhalten? Sie zu retten?«

»Das habe ich mir tatsächlich gewünscht. Viele Jahre lang. Aber es ist das schlimmste Gefühl der Welt, die Zeit zurückdrehen zu wollen. Denn dadurch bist du nicht mehr anwesend, nicht mehr im Hier und Jetzt.« Mac wischt sich die Augen. »Robynne und ich … unsere Zeit wird wieder kommen. An der Flussmündung.«

Maggie nimmt meine Hand. Mir geht auf, dass ich zittere. Sie hält mich fest, bis das Zittern aufgehört hat.

»Im Leben reiht sich ein Ende ans andere – ob happy oder weniger happy. Doch es kommen auch immer wieder neue Anfänge – vergiss das nicht, Oli.«

TULPE

Nachdem wir die *Sea Rose* im Cruising Yacht Club festgemacht haben, überqueren wir die Straße und gehen ein kleines Stück die Anhöhe hinauf zu Macs und Maggies Wohnung. Der Himmel ist ein Wirrwarr aus grauen, pink geränderten Wolken. »Was für ein schöner Abend«, sagt Maggie im schwächer werdenden Licht.

Ich sehe sie an. »Ich will nicht unhöflich sein, aber …«

»Aber woher weiß ich, dass der Himmel gerade schön aussieht?«

»Ist das eine dumme Frage?«

»Ich habe Synästhesie«, erklärt Maggie. »Synästheten sehen Farben, wenn sie Geräusche, Wörter, Zahlen oder sogar Zeiten hören oder an sie denken.«

»Cool, oder?«, kommentiert Mac.

»Meine Sehkraft ließ nach, als ich etwa Anfang vierzig war, mit fünfzig war ich vollkommen blind. Doch ich nehme immer noch Farben wahr, die in der echten Welt gar nicht existieren. Ich sehe Räume in Farbe, Stimmen in Farbe.«

Ich denke an mein Weinen, hellblau. Die Zahl Eins, elfenbeinfarben. Den Tag Mittwoch, blutorangenrot. Maggie, samtiges Helllila.

»Ich sehe auch Farben, genau wie du«, stoße ich hervor, und Maggie streckt die Hand in meine Richtung aus. Ich greife nach ihr und halte sie fest.

»Ich wusste, dass wir eine ganz besondere Freundin kennengelernt haben«, sagt sie leise.

Maggies und Macs Wohnung gleicht einer Kunstgalerie. Die beiden haben alles, von australischen Landschaften, gemalt von Aboriginal-Künstlern, über Drucke von Matisse' Tänzerinnen und moderne minimalistische Werke, bis hin zu zeitgenössischen Fotografien von schwarz verfärbten Gletschern. Dazu Sandsteinskulpturen von Brüsten und geschwungenen Hüften. Maggie erklärt, dass ihre Eltern Künstler waren und sie selbst Kuratorin in London.

»Eine sehr gute«, fügt Mac hinzu.

Sie erzählt mir, dass sie nach Robynnes Verschwinden nach Neuseeland flog, um Mac zu sich nach London zu holen.

»Sie hat mir das Leben gerettet«, sagt Mac.

»Und dann hat er meins gerettet«, erwidert Maggie und beschreibt die tiefe Depression, in die sie rutschte, als sie begann, ihr Augenlicht zu verlieren. Mac, der damals wieder in Australien lebte und dabei war, die *Sea Rose* zu bauen, kam nach London und brachte sie schließlich mit dem Entschluss hierher, mit ihr zusammenzuwohnen und ihr durch die Zeit der Trauer und Dunkelheit zu helfen, wie sie es zuvor bei ihm getan hatte.

Mac kocht Pasta, während Maggie und ich im Wohnzimmer Tee trinken. Knoblauchgeruch weht herüber und erfüllt den Raum. Im Regal hinter Maggie stehen mehr Bücher, als ich je zuvor in einem Haus oder einer

Wohnung gesehen habe. Hängepflanzen, deren Töpfe an der Decke befestigt sind, hangeln sich daran zu Boden. Eine Bibliothek aus Wörtern und Pflanzen. Auf den Fensterbänken reihen sich Glasgefäße mit Sukkulenten, deren Wurzeln wie Tentakel im Wasser schwimmen.

»Mac hat mir erzählt, dass du Künstlerin bist«, sagt Maggie.

Ich lache. »Na ja, wie man's nimmt. In der Schule fand ich Malen toll. Und Zeichnen. Ich wollte eigentlich Kunst studieren. Inzwischen habe ich schon seit einer Ewigkeit nichts mehr gemalt.«

»Weißt du, was einen Künstler ausmacht?«, fragt sie. »Oder ein Kunstwerk?«

Ich zucke mit den Schultern. Dann geht mir auf, dass sie mein Schulterzucken nicht sehen kann. »Nicht wirklich.«

»Ein Künstler oder eine Künstlerin ist eine Person, die die Welt aus einer eigenen, ganz speziellen Perspektive wahrnimmt«, sagt sie. »Dementsprechend ist ein Kunstwerk ein Objekt, das ebenso komplex und facettenreich ist wie die Realität.« Sie nimmt ihre Sonnenbrille ab. Ihre Augen sind ein milchiger Himmel. »Verrate es mir, Oli: Welches Bild gefällt dir am besten?«

Ich sehe mich im Zimmer um, und mein Blick bleibt an einem gerahmten Yves-Klein-Druck hängen. »Das einfarbig blaue«, antworte ich.

»Warum?«

»Weil es … Ich weiß auch nicht. Weil es alles und nichts ist.«

Sie lacht. »Das ist auch mein Lieblingsbild.«

»Warum?«

»Wie du schon sagtest, es ist alles und nichts. Denn

egal, wie brillant und kühn und *präsent* das Blau ist, es geht immer auch um Abwesenheit, immer auch um etwas Unbekanntes, etwas, das sich nicht *greifen* lässt.«

»Genau!«, stimme ich ihr zu.

Mac ruft aus der Küche herüber: »Freut mich, dass du kapiert hast, was sie meint, Oli, ich habe nämlich keine Ahnung, wovon sie redet.«

Maggie kichert und schüttelt den Kopf.

»Ich glaube, blind zu sein ist ein bisschen so wie Einfarbigkeit. Das Fehlen von Details. Die Leute haben Angst davor. Angst davor, blind zu werden. Wenn man aber so lange mit Blindheit gelebt hat wie ich, wird einem klar, dass immer noch ein *Sehen* stattfindet, wenn auch auf eine andere, ganz eigene Art. In diesem Sinne ist Blindsein eine Form von Kunst.«

»Man nimmt die Welt aus einer eigenen, speziellen Perspektive wahr.«

Mac streckt den Kopf aus der Küche und sagt: »Alles, was ich sehe, wenn ich dieses Bild anschaue, ist das Meer.«

»*So* blau habe ich das Meer noch nie gesehen«, wende ich ein.

Maggie lächelt. »Du warst noch nie im Korallenmeer.«

Ich schüttle den Kopf. »Wo ist das?«

»Vor Queensland«, antwortet sie. »Mac segelt jeden Winter mit der *Sea Rose* dort hinauf. Wir nehmen an der Hamilton-Island- und der Magnetic-Island-Regatta teil, auch wenn wir uns nicht wirklich Mühe geben. Wir kommen immer als Letzte ins Ziel.«

»Dieses Jahr wird anders!«, behauptet Mac.

»Das sagt er jedes Jahr. Aber mal im Ernst: Wir machen das nur, weil wir alt sind und Zeit haben. Warum denn auch nicht?«

Ich starre auf das Bild und stelle mir vor, in dieses Blau hineinzutauchen. Darin zu schwimmen. »Irgendwann will ich auch mal dorthin.«

»Warum kommst du dann nicht mit?«, fragt Maggie.

Ich öffne den Mund. Zögere.

»Wann brecht ihr denn auf?«, will ich wissen.

»Ende nächster Woche.«

»Und wie lange braucht man für die Strecke?«

»Theoretisch ist sie in einer Woche zu schaffen. Bei unserem Tempo sind es meistens eher drei Wochen.«

»In zwei Wochen beginnt mein Praktikum.«

Maggie runzelt die Stirn. »Ich dachte, du wolltest es ablehnen?«

Mac kommt mit zwei Tellern Pasta ins Wohnzimmer und reicht jeder von uns einen. »Ich sagte, sie *denkt* darüber *nach*, es abzulehnen.«

»Wie auch immer«, erwidert Maggie, »das Angebot steht.«

»Ich werde darüber nachdenken«, verspreche ich ihr.

»Tu das. Das Korallenmeer ist wunderbar im Winter!«

MOHN

Am Freitagnachmittag tauche ich in Schlabberhose und ausgeleiertem Pullover bei Adam auf. Ich habe meine Tage, und mir tun die Brüste weh, deshalb trage ich darunter einen bequemen Sport-BH.

Die Sonne geht über dem Hafen unter, das Wasser leuchtet in geriffeltem Orange. Adam sitzt auf seiner Terrasse, mit einer offenen Bierdose vor sich auf dem Tisch. Als er mich durch die Seitenpforte in den Garten treten sieht, verkündet er: »Die Jungs gehen heute was trinken.«

»Ich bin echt müde«, antworte ich.

»Liv, *alle* meine Freunde werden da sein.«

Am liebsten würde ich ihm entgegenschleudern: *Mein Großvater ist gerade gestorben. Die Woche war furchtbar. Ich bin verdammt noch mal am Ende!* Aber ich lasse es bleiben, denn er steht von seinem Stuhl auf und kommt zu mir herüber. Um mich zu küssen. Zu küssen. Zu küssen. Dann fragt er: »Gehst du so, oder ziehst du dich noch um?«

Ich betrete hinter Adam den Pub. Es riecht nach biergetränkten Untersetzern und altem Teppich. Er bestellt mir ein Glas Wein, obwohl ich ihm sage, dass mir nicht nach Alkohol ist. Wir tragen unsere Getränke zu einem Tisch, an dem fünf junge Männer in Anzügen sitzen. Jake, ein Neuankömmling in der Clique, den ich jedoch bestimmt schon dreimal getroffen habe, stellt sich mir vor.

»Freut mich, dich kennenzulernen«, sagt er.

»Ja«, antworte ich knapp, während Adam einen Stuhl für mich heranzieht. Ich setze mich neben ihn und nippe an meinem Wein.

Henry, der Einzige in der Gruppe, der nicht trinkt, begrüßt mich: »Hi, Olivia. Wie gehts dir?«

»Ziemlich müde, wenn ich ehrlich bin«, antworte ich. Unser Zwiegespräch gerät ins Stocken, daher füge ich betont munter hinzu: »Aber sonst alles gut! Und wie gehts dir?«

»Super. Ich hab gerade bei der Deutschen Bank angefangen. Anstrengend, macht allerdings auch viel Spaß. Adam meinte, du hättest einen Praktikumsplatz bei Lazard? Voll krass.«

»Ja, danke. Ich fange nächste Woche an.«

»Wie aufregend!« Er hebt sein Glas Mineralwasser. »Cheers.« Wir stoßen an, und ich tue so, als würde ich einen Schluck trinken. Dann dreht sich Henry zu Jake um und beginnt mit ihm ein Gespräch über die Aktien, in die Jake gerade investiert hat. *Ein großes Risiko … bereit, Verluste hinzunehmen … der Gewinn wäre enorm.*

Nach einer Weile fängt mein Rücken an zu schmerzen. Diese hohen Stühle ohne Lehne sind schrecklich unbequem.

»Schmeckt dir der Wein nicht?«, fragt Adam. Er lallt bereits ein wenig. Sein Whiskey-Atem brennt mir in den Augen.

Ich zucke mit den Schultern. Dann beobachte ich, wie Adam unter dem Tisch etwas von Jake entgegennimmt.

Es ist nicht so, als ob es etwas Neues wäre, dass in Adams Clique gekokst wird. Aber ich bin unendlich müde – eine Müdigkeit, die den ganzen Körper erfasst, wie wenn man zu viel Zeit in der Sonne verbracht hat. Ich habe nicht die geringste Lust, einen zugekoksten Adam zu ertragen, der mir wieder und wieder die gleichen Geschichten erzählt.

Inzwischen läuft mir der Schweiß herunter. Es ist unerträglich heiß im Pub, ich gehe ein vor Hitze. Warum trage ich diesen dämlichen Pullover, den ich nicht ausziehen kann, weil ich darunter nur einen verdammten Sport-BH anhabe?

Ich hole mein Handy heraus und schreibe Adam eine Textnachricht: *Wenn es das ist, was ich vermute, bin ich hier weg, das schwöre ich dir.*

Sein Handy gibt in seiner Tasche ein *Pling* von sich. Er zieht es heraus. »Oh, seht mal, ich habe eine Nachricht von Olivia! Komisch, dabei sitzt sie doch direkt neben mir.«

Jake lacht. »Vorlesen!«

Ich krümme die Schultern, ziehe den Kopf ein. Das macht er nicht, auf keinen Fall.

Und ob er es macht.

»Wenn es das ist, was ich vermute, bin ich hier weg, das schwöre ich dir«, liest Adam laut vor.

Ich hebe den Kopf, sehe ihn an.

Er begegnet meinem Blick. »Okay – dann verpiss dich.«

Es regnet, als ich aus dem Taxi steige. Tränen und Himmel vermischen sich auf meinen Wangen. Ich betrete das

Gebäude und finde eine Mitteilung an der Aufzugtür. *Außer Betrieb. Die Hausverwaltung entschuldigt sich für eventuelle Unannehmlichkeiten.*

Als ich meine Wohnung im siebten Stock erreiche, brennen mir die Oberschenkel. Ich schließe die Tür auf, gehe hinein und lege mich im Wohnzimmer auf den Boden. Dann rolle ich mich auf den Rücken, wische mir die Augen und schnäuze in den Ärmel meiner Jacke. An der Decke wuchern Wasserflecken wie Algenblüten. Mir fallen Maggies Worte wieder ein: *Das Korallenmeer ist wunderbar im Winter.* Ich stelle mir vor, die Zimmerdecke würde zu Wasser werden. Würde auf mich herabregnen. Würde sich in einen Nachthimmel voller Sterne verwandeln. Wie weit und offen sich dort alles anfühlen muss, in einem Meer aus blühenden Korallen. Wie *magisch*.

Ich ziehe mein Handy heraus.

Mac nimmt beim zweiten Klingeln ab.

»Hier ist Oli«, sage ich. »Ich habe es mir anders überlegt. Kann ich immer noch mit euch zum Korallenmeer kommen?«

»Was anderes würde für uns gar nicht infrage kommen.«

LÖWENZAHN

Ich sitze auf meinem Balkon und halte eine Tasse grünen Tee in der Hand, als ich ein Klopfen an der Haustür höre. Obwohl der Tee noch glühend heiß ist, nippe ich daran und zucke zusammen. Schlucke. Verbrühe mir den Hals. Es brennt in meiner Brust.

Erneutes Klopfen. »Liv!«, höre ich ihn rufen.

Ich stehe auf. Meine Beine zittern. Mit leisen Schritten gehe ich durch die Wohnung, unsicher, ob ich die Tür öffnen soll. Zwei Tage habe ich nichts von ihm gehört, aber jetzt ist Sonntagnachmittag, die Party ist vorbei. Seine Freunde sind alle nach Hause gegangen, und er fängt an, mich zu vermissen. Diese Erkenntnis ist einerseits nichts Neues und andererseits erschütternd. Als würde man an sich herunterblicken und eine Wunde sehen, woraufhin der Verstand plötzlich reagiert und dafür sorgt, dass der Schmerz einsetzt.

Zerstreut stelle ich meinen Tee auf dem Wohnzimmertisch ab. Der Keramikbecher landet zu nah am Rand, fällt auf den Boden und zerbricht.

»Liv!«, brüllt er. »Ich weiß, dass du da drinnen bist!«

Ich greife nach einem Geschirrtuch und wische den verschütteten Tee auf.

»Bitte!«, fleht er. »Mach einfach auf!«

Ich werfe die Keramikscherben in den Müll und gehe zur Tür. Als ich durch den Spion spähe, sehe ich, dass seine Augenlider verquollen sind und sein Gesicht gerötet. Er hat dunkle Ringe um die Augen, die dadurch so blau wie eine brennende Leuchtfackel wirken.

Ich öffne die Tür, schiebe mich nach draußen und schließe sie hinter mir, sodass wir zusammen auf dem Treppenabsatz stehen.

Er zieht mich in seine Arme. Dann küsst er mich. Er schmeckt sauer. Meine Nase ist vom vielen Weinen verstopft, aber ich rieche trotzdem den Zigarettenqualm an seinen Kleidern und schiebe sein Gesicht weg. »Geh weg von mir.«

»Liv …«, flüstert er und weicht verletzt zurück. Er greift nach meiner Hand, drückt sie sanft. Stößt einen Seufzer aus. Sein Atem stinkt. Ich brauche Luft.

»Komm«, fordere ich ihn auf, »gehen wir spazieren.«

Ich beginne die Treppe hinunterzugehen, doch er folgt mir nicht. Auf dem nächsten Treppenabsatz bleibe ich stehen und blicke zu ihm nach oben.

»Können wir nicht hierbleiben?«

»Nein«, antworte ich unerbittlich, mit einer Stimme, die ich kaum wiedererkenne.

»Du hast nicht mal Schuhe an.«

»Ist mir egal«, erwidere ich und gehe weiter die Treppe hinunter.

Er beeilt sich, mir zu folgen, und schließt im Foyer zu mir auf, wo ich durch die Haustür aus dem Gebäude stürme, ohne auf ihn zu warten.

Auf der Straße marschiere ich den Hügel hinunter Richtung Innenstadt. Adam läuft einen halben Schritt hinter mir. Schweigend legen wir die ganze Strecke zum Strand zurück, wo ich meine Füße in den kalten Sand grabe, mich hinsetze und die Arme um den Oberkörper schlinge. Mich festhalte, damit ich nicht auseinanderfalle.

Adam setzt sich neben mich. »Ich hätte nie gedacht, dass du dich wegen so etwas so aufregst.«

»Ich rege mich nicht auf«, blaffe ich ihn an.

»Aha. Und was soll das alles dann?« Er legt eine Hand auf meine Schulter, und ich rutsche von ihm weg. Diesmal verwandelt sich seine Bestürzung in Wut. »Du bist genauso im Unrecht wie ich, das weißt du«, zischt er.

»Wie bitte?«

»Du hast mich vor meinen Freunden blamiert!«

Adam, du *hast* mich *gedemütigt*, würde ich gern kontern, doch meine Stimme gehorcht mir nicht. Ich mache den Mund auf, ohne dass etwas herauskommt.

Das ist es, was Demütigungen mit einem machen: Sie bringen einen effektiv zum Verstummen.

»Ich kapiere einfach nicht, warum du mit ein bisschen Koks so ein Problem hast.«

»Ich war am Freitag nicht in der richtigen Stimmung.«

»Was, darf ich jetzt keinen Spaß mehr haben, nur weil du nicht in Stimmung bist?«

Ich hasse es, wie er das Wort *Stimmung* sagt – als wäre das etwas völlig Absurdes, Unmenschliches.

»Ich finde nur, du hättest ein bisschen gefühlvoller mit mir umgehen können.«

»Du willst, dass ich mehr *Gefühle* zeige?«

Während er diese Frage stellt, blinzle ich, um die Tränen zurückzuhalten, aber sie strömen nur so aus mir hervor.

»Soll ich jetzt auch anfangen zu heulen?«

»Fick dich.«

Das bringt ihn zum Lachen. »Na komm …« Er schiebt einen Arm um meine Taille und zieht mich zu sich heran. »So sind wir nun mal, Liv! Wir streiten uns. Und dann versöhnen wir uns wieder. Und dann streiten wir wieder. Und dann versöhnen wir uns.«

»Tja, vielleicht mag ich dieses *Wir* nicht mehr«, sage ich.

Sein Griff um meine Taille erschlafft. Ich spüre, dass er mich fassungslos anstarrt. Ein Frösteln durchfährt mich.

»Was soll denn das heißen?«

Ich zucke mit den Schultern. Mein Weinen ist in Schluchzen übergegangen.

»Hör zu, wenn du nicht mehr mit mir zusammen sein willst, dann sag es einfach.« Seine Stimme klingt unendlich weit entfernt.

»Ich will nicht mehr mit dir zusammen sein«, murmele ich kaum hörbar.

»Was?«

»Ich habe gesagt, dass ich nicht mehr mit dir zusammen sein will.«

In diesem Moment beginnt eine Gruppe von Menschen ein Stück den Strand hinunter zu klatschen und zu jubeln. Ich hebe den Kopf und sehe einen Mann im Sand knien, vor einer Frau, die knöcheltief im Wasser steht und lacht.

Adam hat die beiden auch entdeckt. Er sieht mich an und fragt: »Ziemlich ironisch, was?«

Ich antworte nicht, vergrabe nur mein Gesicht in den Händen und schließe die Augen. Neben mir bewegt sich der Sand. Als ich nach einer Weile den Kopf hebe, ist Adam verschwunden.

Nachdem ich wieder an meinem Wohngebäude angekommen bin, tippe ich den Zugangscode ein und gehe die Treppen hinauf. Erst vor meiner Wohnungstür merke ich, dass ich ohne Schlüssel aufgebrochen bin. Ich klopfe an Annies Tür, und Will macht mir auf. Er wirft einen einzigen Blick auf mich und sagt: »Scheiße. Alles okay bei dir?«

»Ich brauche den Ersatzschlüssel.«

Er holt ihn für mich und fragt dann noch einmal: »Sicher, dass alles okay ist?«

»Ich glaube, ich habe gerade mit Adam Schluss gemacht«, antworte ich.

»Oh. So richtig?«

Ich nicke.

»Willst du, dass ich mit rüberkomme?«

»Nein«, wehre ich ab. »Mir gehts gut. Ich muss nur ein bisschen allein sein.«

Er umarmt mich und sagt: »Ich bin hier, falls du irgendwas brauchst.«

»Danke«, antworte ich und schließe meine Wohnungstür auf.

Nachdem ich sie hinter mir zugemacht habe, ist es auf einmal totenstill. Ich fühle mich nackt. Wie ein Löwenzahnstängel, nachdem alle Samen davongeflogen sind. Also umgebe ich mich mit mehreren Schichten Kleidern und Decken, baue eine Schutzhülle um mich herum auf. Doch es nützt nichts. Ich fühle mich weiterhin entblößt.

Irgendwann schlafe ich ein.

ORCHIDEE

Die Nacht, bevor wir lossegeln, verbringe ich bei Maggie und Mac und helfe ihnen, die Verpflegung für unsere Reise vorzubereiten. Die Mahlzeiten für die erste Woche kochen wir vor. »Danach«, sagt Mac, »zaubern wir uns was aus länger haltbaren Lebensmitteln.«

Um Mitternacht stapeln sich die Tupperware-Dosen auf dem Küchentresen: vegetarische Aufläufe, ein Auberginen-Curry, scharfe Kürbissuppe. Mac verstaut die letzte Dose im Kühlschrank und fragt mich dann, ob ich meinen Eltern erzählt habe, dass ich verreise.

»Ich habe ihnen heute Morgen eine E-Mail geschickt, um ihnen mitzuteilen, dass ich das Praktikum abgesagt habe.«

»Was glaubst du, wie sie reagieren?«

»Wer weiß?«, sage ich. »Mein Vater hat auch bisher schon so getan, als würde ich nicht existieren.«

Maggie, die neben mir in der Küche steht, umarmt mich und drückt meinen Körper an sich. »Falsch«, sagt sie. »Ich spüre dich. Du existierst eindeutig.«

Als ich am nächsten Morgen auf dem Sofa erwache, strömt dottergelbes Sonnenlicht durchs Fenster herein.

Maggie kommt mit Coco aus ihrem Zimmer. Die Sonnenstrahlen erfassen Maggies Haare. Sie schimmern rotgolden.

Es sieht aus, als würde sie mit ihrem Nachthemd durch flüssiges Eigelb schweben, als wäre sie unter Wasser.

Vor dem Bücherregal bleibt sie stehen. Coco setzt sich neben ihre Füße und wartet. »Oli«, sagt Maggie. »Wir müssen noch die Bücher aussuchen, die wir mitnehmen wollen.«

»Na klar«, antworte ich und stehe vom Sofa auf. Mac taucht aus seinem Zimmer auf und reibt sich den Schlaf aus den Augen. Ich betrachte unterdessen das Regal. Es enthält Sachbücher über Geschichte und Philosophie, Abenteuerromane und eine große Auswahl an Ausstellungskatalogen, wie man sie sonst nur im Buchladen eines Kunstmuseums findet. »Eine beeindruckende Sammlung«, staune ich.

»Danke. Es gab kein einziges Buch in dieser Wohnung, bevor ich hier ankam«, lacht Maggie. »Ich schwöre, dieser Mann hatte in seinem Leben vorher noch nie ein Buch angefasst.«

»Ich bin ein einfacher Bursche.«

»Und jetzt liest er mir vor.«

»Sie hat mir die Augen geöffnet«, gesteht Mac, mit einer Stimme so warm wie die Morgensonne.

»Könntest du *Der verlorene Mondreiseführer* von Mina Loy und *Ausgewählte Gedichte* von H.D. für mich heraussuchen?«, bittet mich Maggie. »Die Gedichtbände stehen ganz oben.«

Ich zeige auf die gewünschten Werke, und Mac holt sie vom obersten Regalbrett.

»Und *Die Kunst, sich zu verlieren* von Rebecca Solnit.«

Ich finde das genannte Buch im Regal, es ist schon sehr abgegriffen. Ich schlage die erste Seite auf. Auf dem Titelblatt prangen Kaffeeflecke.

»Mein absolutes Lieblingsbuch«, sagt Maggie. »Ich könnte mir vorstellen, dass es dir genauso gut gefällt. Es enthält einen vorzüglichen Essay über Yves Klein. Wäre toll, wenn du mir den unterwegs vorlesen könntest.«

Ich lege das Buch zu den Gedichtbänden. Dann fordert Maggie mich auf, mir auch ein paar Bücher auszusuchen. Ich entscheide mich für *Inselleben* von Tim Winton und *Die Wellen* von Virginia Woolf und berichte Maggie von meiner Wahl, wobei ich zugebe, dass ich keins der beiden Bücher gelesen habe. »Mir haben die Bilder auf dem Cover gefallen.«

»Beschreib sie mir«, bittet sie mich, und das tue ich.

»Auf dem Einband von *Inselleben* ist ein Foto von einem Strand zu sehen. Aus der Vogelperspektive. Eine weite Sandfläche, die im Meer endet. Und ein winziger Mensch, der mit einem winzigen Hund spazieren geht. Das könntest du sein, mit Coco!«, sage ich. »Auf *Die Wellen* ist ein Foto vom Meer abgebildet – vom Strand aus aufgenommen, glaube ich. Überall Silber und Blau. Die Sonne selbst sieht man nicht, aber hier und da blitzt ihr Licht in den Wellen auf.«

»Wie schön«, lächelt Maggie. »Mac, was nimmst du mit?«

»Eins meiner Lieblingsbücher«, antwortet er und zieht einen Roman aus dem Regal.

»Wetten, es ist *Noch so eine Tatsache über die Welt*?«, flüstert sie mir zu.

»*Noch so eine Tatsache über die Welt* von Brooke Davis«, antwortet er. »Darin geht es um ein kleines Mädchen, das zusammen mit zwei alten Leuten ein Abenteuer erlebt. Die beiden haben die eine oder andere Schraube locker!«

Maggie lacht. »Klingt genau wie wir zwei!«

Wir passieren die Landspitzen, wenden die *Sea Rose* und nehmen Kurs Richtung Norden. Das Meer ist wie Wellblech. Maggie sitzt am Steuerrad, manövriert uns die Küste entlang. *Beim Segeln geht es ums Zuhören.*

Mac kommt mit zwei Fläschchen Nagellack aus der Kabine und ruft mich zu sich. »Backbord«, sagt er und hält den roten Nagellack hoch. »Und Steuerbord.« Er wedelt mit dem grünen Nagellack. »Damit kannst du es dir leichter merken.«

»Warum sagst du nicht einfach links und rechts, dann muss ich mir gar nichts merken«, wende ich ein.

»Weil du jetzt eine Seglerin bist und anfangen musst, wie eine zu reden.«

»Das Leben auf See hat seine eigene Sprache«, fügt Maggie hinzu.

»Da hat sie recht«, nickt Mac. »Du kannst jeden Segelclub der Welt betreten – wenn du die richtige Sprache sprichst, ist es völlig egal, wer du bist oder wie du aussiehst. Dann wirst du dich nie fehl am Platz fühlen.«

»Also gut«, sage ich und setze mich ins Cockpit.

Mac reicht mir die Fläschchen. »Rot kommt auf deinen linken Fuß, Grün auf deinen rechten.«

Ich fange an, mir die Fußnägel zu lackieren, eine Aufgabe, die ich schon an Land schwierig genug finde – bei dem Seegang hier draußen und dem schwankenden Schiff landet genauso viel Nagellack auf meinen Zehen wie auf meinen Zehennägeln. »Hättest du mir den Nagellack nicht schon geben können, bevor wir ablegen?«

Mac lacht. »Wo bleibt denn da der Spaß?«

Für unser erstes Mittagessen an Bord kochen wir Reis und wärmen unser Auberginen-Curry auf. Wir sitzen zusammen im Cockpit und essen aus Schälchen auf unserem Schoß. Mac übernimmt das Steuer, damit Maggie beide Hände zur Verfügung hat. »Für eine blinde Seglerin bin ich zwar verdammt gut«, sagt sie, »aber *so* gut dann auch wieder nicht.«

Ich habe mein Curry fast fertig gegessen, als sich etwas am Bug des Schiffes löst. Das Vorsegel beginnt zu flattern wie ein aufgeregter Vogel. Mac springt auf und rennt nach vorn. »Oli, hilf mir mal bitte!«, ruft er mir zu.

Ich helfe ihm, das Vorsegel zu bergen. Wir holen eine Leine aus dem Wasser, die wir hinter uns hergezogen haben. Mac inspiziert ihr Ende. »Ach, Mist«, sagt er. »Ich glaube, wir haben einen Karabiner verloren.«

»Sorry«, entschuldige ich mich, weil ich weiß, dass es mein Knoten war, der sich gelöst hat.

»Meine Schuld, ich hätte noch mal alles überprüfen müssen.«

»Versagen deine Knoten, hilft nur knoten, knoten, knoten!«, ruft Maggie laut.

»So ist es«, bestätigt Mac. »Am besten setzt du dich ins Cockpit und übst, bis du die wichtigsten Knoten sicher beherrschst.« Mac befestigt das Vorsegel wieder, geht mit mir ins Cockpit zurück und drückt mir eine Seilrolle in die Hand. Zuerst zeigt er mir den halben Schlag. »Hundert davon, bitte.« Als Nächstes demonstriert er mir einen Achterknoten. »Und hundert von diesem.«

»Was soll das? Bin ich in einem Bootcamp gelandet?«

»Knoten sind eine ernste Sache, Kleine. Wenn auf hoher See etwas schiefgeht, kann man im Handumdrehen in eine echte Notsituation geraten. Deshalb musst du lernen, die Leinen richtig festzumachen.«

Ich sitze also während der nächsten zwei Stunden da und binde und löse Knoten, bis meine Hände wund gerieben sind.

»Zeig mir deinen halben Schlag«, fordert mich Mac auf.

Ich führe vor, was ich geübt habe.

»Gut. Und dein Achterknoten?«

Auch der gelingt mir fehlerlos.

Er grinst. »Gute Arbeit, Kleine.«

Obwohl meine Haut rau ist und brennt, kribbeln meine Fingerspitzen vor Stolz.

Mac nimmt mir das Seil ab und verstaut es wieder in einer Tasche unter der Sitzbank des Cockpits.

»Und was jetzt?«, frage ich, woraufhin sich Mac und Maggie wegschmeißen vor Lachen. »Was ist daran so witzig?«

»Auf See verstreichen die Stunden anders«, erklärt Maggie.

»Meistens passiert überhaupt nichts«, fügt Mac hinzu.

»Und was macht man den ganzen Tag?«

Maggie lächelt. »Mit der Zeit wird man einfallsreich.«

Maggie übernimmt wieder das Steuer, während Mac unsere Teller hinunter in die Kombüse bringt. Er kehrt mit dem Logbuch zurück.

Wir denken uns ein Spiel aus, bei dem man für verschiedene Leistungen an Bord Punkte bekommt. Mac schreibt die Regeln ganz hinten ins Buch rein. Wir beginnen mit der Sichtung von Tieren: dreißig Punkte, wenn man einen Hai sieht; fünfzehn Punkte für einen Wal. Vierzig Punkte für die Höchstgeschwindigkeit des Tages. Dann gibt es noch Punkte für das Zurücklegen bestimmter Distanzen, während man am Steuer sitzt. Hundert Seemeilen: zehn Punkte. Fünfhundert Seemeilen: fünfzig Punkte. Tausend Seemeilen: hundert Punkte.

»Wie soll ich mir Punkte verdienen, wenn ich nie am Steuer bin?«, frage ich. »Das bedeutet, dass ich nur Punkte sammeln kann, wenn ich ein Tier sehe.«

»Du kommst noch früh genug ans Steuer«, verspricht Mac. Hinter ihm geht gerade die Sonne unter. Sie ergießt sich über weit entfernte Berge, überzieht sie mit flüssigem Licht. »Aber jetzt gehen wir erst mal vor Anker.«

Mac übernimmt das Steuer und manövriert uns in den Hafen von Newcastle, wo wir uns einen freien Anlegeplatz suchen. »Wenn du so weit bist, können wir auch die Nächte durchsegeln. Dann wechseln wir beide uns mit der Nachtwache ab. Vier Stunden am Steuer, vier Stunden im Bett.«

»Und wann bin ich so weit?«

»Wenn ich einschlafen kann.«

»Wie meinst du das?«

»Oli, wenn ein Mitsegler Wachdienst hat, legt man sein Leben in die Hände dieses Menschen. Man muss ihm erst voll und ganz vertrauen, um beruhigt einschlafen zu können.«

Nachdem die *Sea Rose* vertäut ist, sehe ich Maggie am Heck des Schiffs stehen und eine Kusshand in die Luft werfen.

»Für wen war das?«

»Coco«, antwortet sie und lächelt versonnen. »Ich habe ihr gerade eine gute Nacht gewünscht.«

Ich werfe ebenfalls eine Kusshand für Coco in die Luft, die sich in diesem Moment vermutlich in der Hundepension schlafen legt, in die wir sie heute Morgen gebracht haben. Dann gehe ich nach unten in die Kabine, um Reis für unser Abendessen aufzusetzen. Maggie und Mac bleiben an Deck, um die Segel einzurollen und zu verschnüren und die Leinen aufzuwickeln.

In der Kombüse schalte ich den Herd ein, wie Mac es mir gezeigt hat, und fülle einen Topf mit Wasser. Während es heiß wird, gehe ich zu meiner Reisetasche und ziehe mein Handy hervor. Auf unserem Törn entlang der Küste würden wir nicht immer den besten Empfang haben, hatte mich Mac gewarnt, deshalb hatte ich mein Handy weggesteckt. Als ich es jetzt einschalte, sehe ich, dass ich eine Mailbox-Nachricht habe. Ich erkenne Adams Nummer sofort.

Mac und Maggie kommen durch die Luke nach unten in die Kabine.

»Alles okay bei dir, Oli?«, fragt Mac. »Du siehst aus, als hättest du ein Gespenst gesehen.«

»Mir gehts gut«, stoße ich hervor und verkünde, ich müsse nur schnell nach oben an Deck, um eine Mailbox-Nachricht abzuhören.

Die Lichter der Stadt sprenkeln die Bucht und erhellen die Ränder des Himmels. Ich gehe nach vorn zum Bug der *Sea Rose* und setze mich im Schneidersitz auf ein zusammengefaltetes Segel.

Mit zitternden Händen wähle ich die Nummer meiner Mailbox und halte mir das Telefon ans Ohr.

»Liv, ich bins«, sagt Adam heiser, dann versagt ihm die Stimme. »Ich habe noch einmal über alles nachgedacht. Wenn ich ehrlich bin, denke ich an *nichts anderes mehr. An nichts anderes als an dich.*« Wieder lässt ihn seine Stimme im Stich, und er fängt an zu schluchzen. »Verdammte

Scheiße.« Er hustet, räuspert sich. »Ich will dich wiederhaben. Mich macht das alles total fertig. Es tut mir leid, okay? Ich werde mich bessern. Ich tue alles, was du willst.« Er hält inne. Im Hintergrund ist ein Geräusch zu hören, das ich nicht identifizieren kann. »Ich liebe dich, okay? Ich liebe dich.«

Ich höre mir die Nachricht noch zweimal an, dann steckt Mac den Kopf aus der Luke und ruft zu mir nach vorn: »Gehts dir gut, Kleine?«

»Klar«, antworte ich und wische mir im Schatten des Masts die Augen.

»Das Abendessen ist fertig.«

»Ich komme!«

Ich klettere durch die Luke nach unten in die Kabine und setze mich an den Tisch. Falls Mac registriert, dass ich geweint habe, lässt er sich nichts anmerken. Er schlägt vor, dass wir nach dem Essen noch ein wenig lesen.

»Würde ich liebend gern, aber ich bin völlig erledigt«, antworte ich.

»Sicher, dass bei dir alles okay ist, Oli?«, hakt Maggie nach.

»Ja«, antworte ich. »Versprochen.«

»Du kannst mit uns über alles reden, ja? Auf einem Schiff gibt es keine Geheimnisse.«

Ich helfe mit dem Aufräumen und ziehe mich dann zum Schlafen zurück. Ich habe eine kleine Kabine für mich allein, sie liegt unterhalb des Cockpits. Die Decke ist niedrig, aber durch ein Bullauge kann ich den Mond sehen.

Als ich ins Bett klettere, wiegt sich die *Sea Rose* sanft hin und her, als wollte sie mich in den Schlaf schaukeln. Ich spiele in Gedanken immer wieder Adams Nachricht durch.

Mir kommt das erste Mal in den Sinn, als er es aussprach: *Ich liebe dich.* Wie betrunken er war. Was für ein unglaubliches Gefühl er in mir auslöste. Er sagte es vor Henry, und als er kurz darauf aufstand, um zum Tresen zu gehen, blickte ich zu Henry hinüber und fragte ihn: *Hast du das gehört?* Nur, um mich zu vergewissern, dass es wirklich passiert war. Adam liebte mich. Der *coole* Adam. Der Mann, der jeden Raum beherrschte, den er betrat. Liebte *mich.*

Vom einen Moment auf den anderen fühlte ich mich vollständig, und gleichzeitig unendlich verletzlich.

Dann denke ich an unsere erste Begegnung. Ich hatte gerade den Hörsaal der Sydney University betreten und drückte unsicher meine Bücher an die Brust, während sich mir sämtliche Blicke zuwandten. Das Gefühl, dass sich alle anderen bereits kannten, ist mir noch lebhaft in Erinnerung. Es war dieses Gefühl der Einsamkeit, das einem nur eine Horde Fremder einflößen kann. Bis seine Stimme das Getuschel übertönte: *Hey, willst du hier bei mir sitzen?*

Ich weiß noch genau, wie einladend mir sein offener Arm erschien. Wie sich alles andere danach von selbst ergab. Mit welcher Leichtigkeit er mich in seine Welt einführte. Durch ihn kam mir diese neue, fremde Stadt plötzlich beglückend vor, denn er hatte hier Freunde und Familie, die mich in ihrem Kreis aufnahmen, die mich an all ihren Festen und Feiertagen teilhaben ließen. Nachdem wir einen Monat zusammen waren, überreichte er mir Blumen, und zum Geburtstag bekam ich Geschenke. Adam hatte auch stille Momente, in denen er wunderschöne Dinge sagte, die nur ich hören konnte.

Doch das ist reine Nostalgie. Ein Ausblenden der Schattenseiten.

In unserer zweiten Nacht auf See, als wir vor Broughton Island vor Anker gehen, bekomme ich eine weitere Mailbox-Nachricht, in der Adam mir mitteilt, ich sei eine Hure und die Trennung von ihm die schlechteste Entscheidung meines Lebens. Er brüllt regelrecht ins Telefon und prophezeit mir, dass ich es noch bereuen werde, weil ich nichts sei ohne ihn. Alle meine Freunde seien eigentlich seine Freunde und wollten jetzt ganz sicher nichts mehr mit mir zu tun haben. Damit hat er vollkommen recht.

Doch nachdem ich mein Handy ausgeschaltet habe und tränenüberströmt ins Cockpit zurückkehre, nimmt mich Mac in die Arme und zieht mich zwischen sich und Maggie. Die beiden legen sich um mich herum wie die Ringe eines Baums, bilden Schutzschicht um Schutzschicht, damit ich mich nicht mehr nackt und ausgeliefert fühle. Sie schaffen es, dass ich mich wieder ganz fühle. Weil mich die Liebe der beiden nicht schwach macht, fühle ich mich unverwüstlich.

FRANGIPANI

Am nächsten Morgen weckt mich die Stimme eines Mannes, der laut telefoniert, direkt über meiner Kabine. Ich kann weder Maggie noch Mac an Deck hören, deshalb schlüpfe ich in meinen Pullover und eine Leggings und gehe hinauf, um nachzusehen. Als ich ins Cockpit komme, stelle ich fest, dass niemand an Deck ist. Niemand außer mir. Trotzdem höre ich den Mann weiterhin sprechen.

Und dann sehe ich ihn: Er steht auf einem anderen Schiff auf der gegenüberliegenden Seite der Bucht. Es ist so still hier, dass seine Stimme klar und deutlich übers Wasser zu mir herüberschallt, als würde er direkt neben mir stehen.

Mac erscheint in Boardshorts in der Luke. Er marschiert an mir vorbei zum Bug der *Sea Rose*, steigt über die Reling und stellt sich an die Kante. Richtet sich auf. Fällt nach vorn und stößt sich im letzten Moment ab. Mit einem perfekten Kopfsprung taucht er ein, fast ohne zu spritzen. Als er wieder an die Oberfläche kommt, reicht sein Grinsen von einem Ohr zum anderen. »Ah«, seufzt er und lässt sich auf dem Rücken treiben. »Das nenne ich Leben!«

Beim Frühstück bittet mich Maggie, ihr ein Gedicht von H.D. vorzulesen.

Ich lese »Mondaufgang« und ende mit den Zeilen:

Sie ist groß, die Mondsilhouette,
die Bäume sind unser Maß.

»Ich liebe vor allem die Zeile ›*Wir haben ein Lied*‹.« Maggie lächelt. »Frauen sind alle möglichen ungehörten Lieder.«

Mac reicht mir einen Becher Orangensaft. Ich nehme einen Schluck, während Maggie mir von der ersten rein weiblichen Ausstellung erzählt, die sie in London kuratiert hat. »Eine der ersten, die es in London je gab. Kaum jemand kam, doch das war mir vollkommen egal. Ich war noch nie so stolz auf eine Ausstellung gewesen.«

»Aber wenn du so stolz auf sie warst, wolltest du doch bestimmt auch, dass die Leute sie sehen.«

»Da hast du schon recht«, räumt sie ein. »Trotzdem, was zählte, war, dass *ich* diese Frauen sah. Und dass sie einander sahen ... Denn oft nehmen nicht einmal wir Frauen uns gegenseitig wahr.«

»Hast du danach noch weitere Ausstellungen nur mit Künstlerinnen organisiert?«

»Natürlich.«

»Obwohl bei der ersten niemand gekommen ist?«

»In diesen frühen Ausstellungen stellten wir die Frage: Sind wir *weibliche* Kunstschaffende? Oder sind wir einfach Kunstschaffende, die sich unmissverständlich Geltung verschaffen?«

»Spielt es eine Rolle, wie wir uns selbst nennen?«, frage ich.

»Wie könnte es *keine* Rolle spielen? Wir erschaffen unsere Welten mit Wörtern.«

Mac kommt mit einer Angel aus der Kabine. »Ich finde, wir sollten eine neue Regel hinzufügen: zwanzig Punkte für denjenigen, der einen Fisch fängt«, sagt er.

»Ich dachte, du wärst Vegetarier?«, wundere ich mich.

»Wir essen Fisch, wenn wir ihn selbst gefangen haben«, erklärt Maggie.

»Außer Lachs«, fügt Mac hinzu.

Ich verschränke die Arme. »Warum keinen Lachs?«

»Weil Lachse monogam sind. Das respektiere ich.«

Maggie lacht. »Also, ich würde schon einen Lachs essen.«

»Du bist ja auch eine Herzensbrecherin.«

Maggie wirft ihm eine Kusshand zu.

»Glaubt ihr an Seelenverwandtschaft?«, frage ich.

Mac nickt.

Maggie schüttelt den Kopf. »Ich glaube durchaus, dass man jemanden treffen kann, bei dem man das Gefühl hat, angekommen zu sein. Aber für mich war die Liebe schon immer vielfältig.«

»Und das heißt?«

»Das heißt, dass ich viele geliebt habe und von vielen geliebt wurde.«

Ich denke an Adam, an die guten Gefühle, die sich mit den schlechten vermischen. Schmerz und Freude, die sich die Waage halten. Ein blaues Äquilibrium. »Ich wäre froh, wenn ich mich nie wieder verlieben müsste«, sage ich.

»Hm«, macht Maggie. Dann fordert sie mich auf: »Verrätst du mir, warum?«

»Ich denke einfach, dass …« Ich halte inne. Wie soll ich ihr einen Kummer erklären, der auf derart komplizierte Weise mit Erleichterung verknüpft ist? »Ich weiß auch nicht … Im einen Moment fühle ich mich gut und im nächsten fühle ich mich vollkommen leer.«

»Wie lange warst du mit dieser Person zusammen?«, fragt sie.

»Vier Jahre.«

»Das ist natürlich ein gewaltiger Lebensabschnitt. Vor allem, wenn man in deinem Alter ist.«

Ich versuche, mich an Erlebnisse in Sydney zu erinnern, die nichts mit Adam zu tun haben. Aber er ist immer da, mogelt sich überall hinein.

»Meine erste große Liebe hat mich nach und nach ausgehöhlt«, erzählt Maggie. »Meine Güte, ist das lange her! Trotzdem weiß ich noch genau, wie ich mich damals gefühlt habe.« Sie holt tief Luft. Atmet wieder aus. »Ich habe mich gefühlt, als hätte er Teile aus mir herausgemeißelt, so langsam, dass ich gar nicht gemerkt habe, was er da tat.«

Der Horizont verschwimmt vor meinen Augen.

»Erst viel später habe ich erkannt, dass meine erste große Liebe überhaupt keine Liebe war«, fährt Maggie fort.

Ich habe Adam aber wirklich geliebt, denke ich.

»Oli, hast du je gesehen, wie ein Wald nach einem Feuer nachwächst? Die Blätter sprießen aus allen Ritzen, sogar aus Baumstümpfen.«

»Ja«, antworte ich, kann ihr jedoch nicht wirklich folgen.

»Genau so sollte auch die Liebe sein, finde ich.«

Eine Sekunde später strafft sich die Angelschnur, erschlafft kurzzeitig wieder und spannt sich dann erneut mit einem gewaltigen Ruck. »Oh-oh!«, rufe ich. »Die Angel! Wir haben was gefangen!«

Mac holt die Angelschnur ein und befördert einen Fisch ins Cockpit. Er ist silbrig grau mit blauen Streifen und schillert in der Sonne. Mac bedeutet mir, dass ich ihn festhalten soll. Ich kauere mich neben ihn, um ihn vom

Zappeln abzuhalten, während Mac unter die Sitzbank greift und eine Flasche Rum hervorholt. Er schraubt sie auf, bedeckt den Kopf des Fischs mit der Hand und bespritzt seine Kiemen mit Alkohol. Der Fisch erschlafft sofort. Mac räumt den Rum wieder weg und zieht ein Messer hervor.

»Danke«, flüstert er dem Fisch zu und beginnt dann, ihn aufzuschlitzen. Ich wende den Blick ab. »Oli«, tadelt er mich, »wenn du die Tatsache, dass wir einen Fisch töten, nicht erträgst, verdienst du es auch nicht, ihn zu essen.«

Wir essen Makrelen-Sashimi zu Abend, nachdem wir für die Nacht in Port Macquarie vor Anker gegangen sind. Danach klettere ich mit lädierten Schienbeinen und angestoßenen Zehen in meine Koje. Mir schwirrt eine Bemerkung im Kopf herum, die Maggie vorhin gemacht hat. Irgendetwas über Fisch, den man frisch aus dem Meer isst: dass ein Teil des Meeres dadurch ein Teil von einem selbst wird.

Als wir am nächsten Morgen zusammen frühstücken, sagt Mac zu mir: »Wird Zeit, dass du mal ein paar Streckenpunkte sammelst.« Wir holen den Anker ein, starten den Motor und fahren aus der Bucht aufs offene Meer hinaus, wo die Brise immer mehr auffrischt. Die Wolken am Himmel sind übereinandergeschichtet wie fächerförmig angeordnete Fischschuppen.

»Makrelenhimmel«, sagt Mac mit nach oben gerichtetem Blick. »Ein Glücksfall für jeden Segler, denn das heißt, dass es gleich richtig windig wird.«

Er bedeutet mir, mich ans Steuer zu setzen. »Du bist doch schon mal Auto gefahren, oder?«

Ich nicke. »Ja.«

»Das Steuer eines Schiffs funktioniert genauso wie bei einem Auto. Links ist links. Und rechts ist rechts.«

»Du meinst Backbord ist Backbord und Steuerbord ist Steuerbord?«

Mac wirft Maggie einen Blick zu. Sie lacht in sich hinein und sagt: »Sie ist echt gut, findest du nicht?«

»Doch, doch. Tja, es gibt trotzdem einen Unterschied: Die Straße ist unbeweglich. Sie bleibt an Ort und Stelle. Du siehst den vor dir liegenden Straßenabschnitt und kannst daran ablesen, wie er auf dein Auto einwirken wird und wie du es zu steuern hast. Das Meer hingegen ist ständig in Bewegung, du musst es also, während du dich darin fortbewegst, immer wieder neu lesen. Was noch viel wichtiger ist: Das Meer spricht mit deinem Schiff, und das Schiff reagiert darauf. Deine Aufgabe besteht darin, bei diesem Zwiegespräch zuzuhören und das Schiff dahin zu führen, wo du es haben willst.« Er nimmt meine Hand, legt sie aufs Steuerrad und lässt seine eigene leicht darauf ruhen. »Du musst ihm gut zureden, es nur gerade *genug* lenken, nicht zu viel … Zu heftiges Steuern ist so, als würdest du das Schiff anschreien. Du musst bestimmt sein und zuversichtlich, aber dennoch sanft.«

Mac lässt meine Hand los und setzt sich gegenüber von mir ins Cockpit, neben Maggie.

Ich spüre, wie die *Sea Rose* schlingert, sich gegen meine Hand stemmt.

»Ganz sanft«, wiederholt Mac.

Ich lockere meinen Griff ums Steuer, spüre, wie das Schiff eine Welle hinuntergleitet.

»Jetzt das Steuerrad festhalten.«

Ich umklammere das Rad und lenke das Schiff die nächste Welle hinauf.

»Bravo!«, lobt mich Maggie.

»Mit der Zeit wird dir die Melodie des Meeres immer vertrauter werden«, verspricht Mac. »Seine trällernden Wiegenlieder und seine tosenden … was auch immer!« Er lacht. »Mir fällt nicht das richtige Wort ein.«

»Und wenn dir einmal alles zu viel wird, mach einfach die Augen zu«, rät Maggie. »Dann fällt dir das Zuhören leichter.«

HIBISKUS

Ich klettere langsam hinauf in die Nacht. Das Schiffsdeck ist feuchtschwarz. Die Wellen überspülen den Bug, der Seegang nimmt zu. Die Luft ist schwülwarm, wir nähern uns den Tropen. Ich bin barfuß, trage eine Regenhose, ein Tanktop und eine Öljacke, die ich wegen der Hitze offen lasse. Meine Haare sind feucht, meine Hände schweißnass und zittrig.

Mac ist am Steuer. Er klopft auf die Bank neben sich. Ich setze mich. Im rosa Schein der Navigationsinstrumente sehe ich sein Lächeln. »Du bist so weit«, sagt er, umarmt mich, steht auf und schlurft quer durchs Cockpit zur Luke. Im letzten Moment dreht er sich um und sagt: »Bis in vier Stunden.« Dann verschwindet er in der Kabine.

Dunkelheit umschließt das Schiff. Mond und Sterne verbergen sich hinter einer dichten Wolkendecke. Die Navigationsinstrumente bilden die einzige Lichtquelle, verleihen der Gischt einen rosa Schimmer. Jenseits davon ist die Welt tiefschwarz. Wie bei einem Yves-Klein-Bild ist der Himmel gleichzeitig alles und nichts, denn egal, wie nah und greifbar die Finsternis wirken mag, sie bleibt tief und unergründlich.

Und so sitze ich hier in diesem eigenartigen rosigen

Dunst, eine Hand am Schiff und die andere am Steuerrad, beides so fest umklammernd, dass meine Fingerknöchel weiß werden. Ich wage es nicht loszulassen, aus Angst, in dieser Nacht, in der sich das Meer nicht vom Himmel unterscheidet, in die Finsternis hineingesaugt zu werden, wie ein Wasserfall in den Abgrund zu stürzen. Ins Alles. Ins Nichts.

Zuerst traue ich meinen Augen nicht, als sich backbord plötzlich ein schmaler orangeroter Streifen den Horizont entlangzieht.

Quälende Minuten verstreichen. Mein Puls wird immer schneller.

Der orangerote Streifen wird dicker und länger, dann nimmt er auf einmal Gestalt an. Er bewegt sich, krümmt sich, tanzt in der Nacht.

Ich kneife die Augen zusammen, und die Konturen werden schärfer. Ich schnappe nach Luft.

Flammen. Der Streifen besteht aus Flammen!

Das Meer brennt. Ist es ein Ölteppich?

Meine Hände zittern, und mein Herz hämmert. Ich haste durchs Cockpit, stürze den Niedergang hinunter zum Navigationstisch, wo ich die Lampe einschalte und auf dem Bildschirm eine Seekarte aufrufe.

»Was ist das nur?«, flüstere ich laut. Backbord. Dort ist Land! Wir sind hier nah an der Küste, nur wenige Kilometer von ihr entfernt. Mein Herzschlag beruhigt sich. Es ist kein Ölteppich.

Ich klettere wieder die Leiter hinauf ins Cockpit, steige aufs Vorschiff und starre nach Backbord. Jetzt erkenne ich es deutlich: züngelnde Flammen. Das Land brennt.

Mir fällt ein, dass Mac uns am Nachmittag auf eine

graue Schliere am Himmel hingewiesen hat. »Wir nähern uns Zuckerrohrgebiet.« Er erklärte mir, dass die Farmer hier Brandrodung betreiben.

Ich setze mich wieder ans Steuer und atme tief durch. Jenseits der Dunkelheit steigen glühende Kohlestücke in den Himmel auf, wie Nachtfalter, die den Mond umschwärmen. Ein beängstigend schöner Anblick.

Mac kommt mit zwei Bechern Tee herauf, als der Himmel sich öffnet und weiß zu werden beginnt. Der Tag erwacht. Am Horizont durchbricht ein Sonnenstrahl das Halbdunkel. Mac reicht mir meinen Tee.

»Wie hast du geschlafen?«

»Wie ein Baby«, antwortet er, atmet tief ein und sieht mich dann mit einem breiten Grinsen an. »Du hast deine erste Nachtwache überlebt.« Er klopft mir auf den Rücken. »Ich bin stolz auf dich, Kleine.«

Ich nehme einen Schluck Tee und spüre, wie mich die heiße Flüssigkeit von innen her aufwärmt. Jenseits des Bugs ist das Wasser leuchtend dunkelblau. Voller Ehrfurcht beobachte ich, wie es sich in den nächsten Stunden in das Blau lauer Sommerabende verwandelt, das Blau der Zahl Vier, das Blau von Vogelgesang. Ein leuchtendes, kräftiges Blau.

Mac strahlt. »Das Korallenmeer«, sagt er. »Wir sind angekommen.«

Zu Mittag essen wir Dosenspaghetti und warmes Brot. Maggie erzählt mir, dass nach fünf Tagen auf See einfach *alles* schmeckt. Sie hat recht. Wir sind jetzt seit fast zwei Wochen unterwegs, und ich bin mir sicher, dass dies die besten Spaghetti sind, die ich je gegessen habe.

Nach dem Essen feuchte ich am Wasserhahn einen Waschlappen an und wische mir das Salz vom Gesicht. Ich habe gelernt: Je mehr Salz man abwäscht, desto besser schläft man.

Dann klettere ich in meine Koje, denn auch das habe ich gelernt: Auf See schläft man, wann immer man schlafen kann. Denn wer unter Schlafmangel leidet, vergisst die mühsam erlernten Seemannsknoten.

Als ich am späten Nachmittag aufwache, entdecke ich ein Päckchen Bananenlutscher in meinem Rucksack, das ich eingepackt und dann vergessen habe. Ich nehme es mit an Deck, setze mich ins Cockpit, stecke mir einen Lutscher in den Mund und halte die Packung Mac hin.

»Was ist das?«

»Bananenlutscher.«

Er zieht seine Hand zurück. »Wirf sie über Bord.«

»Was?«

»Bananen bringen Unglück auf See.«

»Es sind doch nur Lutscher mit Bananen*geschmack*.«

»Ist mir egal.«

»Das kann nicht dein Ernst sein!«

»Deshalb segeln wir also seit zwei Wochen gegen den Wind. Du hattest Bananen an Bord!«

»Da sind doch gar keine echten Bananen drin!«

»Oli, die Dinger bringen Unglück. Wirf sie über Bord!«

»Es bringt auch Unglück, wenn man Frauen an Bord hat«, mischt sich Maggie ein. »Wirfst du uns jetzt auch über Bord?«

Mac lacht. »Sollte ich vielleicht.«

»Ohne uns wärst du doch völlig verloren«, behauptet sie und grinst frech.

Ich stecke mir den nächsten Lutscher in den Mund.

»Hey! Das habe ich gesehen.«

Ich verdrehe die Augen und spucke den Lutscher ins Meer.

»Den Rest auch.«

»Warum bringen Bananen Unglück?«

»Weil Nahrungsmittel früher schlecht werden, wenn Bananen in der Nähe sind«, erklärt Maggie.

»Na gut«, gebe ich mich geschlagen und entleere die Packung ins Wasser.

Eine Böe steigt vom Meer auf und bläht das Segel. Unser Tempo steigt um zwei Knoten.

»Seht ihr?«, ruft Mac. »Es wirkt schon!«

Ich setze mich neben Maggie und flüstere ihr ins Ohr: »Ich habe unten noch eine zweite Packung.«

Sie lacht sich kaputt und flüstert dann zurück: »Heb mir auch welche auf.«

Inseln rücken so langsam ins Blickfeld, wie man an einem Sonntagmorgen aufwacht: Schicht für Schicht, ein entstehendes Gemälde. Zuerst ein blauer Block, dann grüne Kleckse, die Umrisse von Bäumen, ein Streifen weißen Sands. Eine braune Steinplatte nimmt Form an, präsentiert sich als runzliger, zusammengefalteter Fels, bis die Klippenwand schließlich ihre Augen öffnet.

Einen Tag später ankern wir mittags vor einer von Korallen umgebenen Insel. Um sie zu erreichen, müssen wir uns zwischen zwei Korallenriffen hindurchschlängeln. Wir bergen die Segel und schalten den Motor ein. Mac kommt mit einer Seekarte vom Navigationstisch herauf und breitet sie im Cockpit aus. Ich sitze am Steuer und höre auf seine Anweisungen.

»Vorsichtig«, ermahnt er mich. »Nimm lieber ein bisschen Tempo raus.«

Ich ziehe den Gashebel zu meinen Füßen ein Stück nach hinten und lenke nach Steuerbord. Mein Blick ist fest auf den Tiefenmesser gerichtet, bis ich plötzlich aus dem Augenwinkel eine Rückenflosse wahrnehme. Ich schaue nach Backbord und sehe tatsächlich eine graue Flosse. »Ein Delfin!«, rufe ich und sehe den grauen, geschmeidigen Körper dann elegant unter der Wasseroberfläche verschwinden. »O mein Gott, ein Hai!«

»Konzentrier dich!«, ruft Mac.

»Ich habe gerade einen Hai gesehen!«

»Willst du, dass wir deswegen auf Grund laufen?«

»Sorry«, murmele ich.

»Jetzt nach Backbord einschlagen«, sagt er, »um diesen Korallenbrocken herum.«

Ich lenke das Boot um eine Stelle herum, an der sich das Wasser kräuselt und rosa schimmert.

»Und jetzt den Rückwärtsgang einlegen«, weist er mich an.

Ich ziehe den Gashebel ganz nach hinten. Die *Sea Rose* schwankt zuerst nach vorn und dann nach hinten. Mac springt vom Cockpit auf und geht zum Bug. »Neutral!«, ruft er über die Schulter.

Ich stelle den Motor auf Neutral, und er lässt den Anker ins Wasser.

»Sehr gut! Jetzt ausschalten, bitte!«

Ich schalte den Motor aus und lausche. Vogelgesang ist zu hören. Ein Seeadler erhebt sich in die Luft, segelt eine Klippe hinunter, zieht Kreise übers Wasser.

Mac hüpft zurück ins Cockpit. »Lust, schwimmen zu gehen?«

»Schwimmen?«, frage ich entsetzt. »Ich habe gerade einen Hai gesehen!«

»Das bezweifle ich«, widerspricht er. »War wahrscheinlich ein Delfin.«

»Er ist aber nicht wie ein Delfin geschwommen.«

Mac ignoriert mich und verschwindet mit Maggie in der Kabine. Wenige Minuten später tauchen die beiden in Badesachen wieder auf. »Na los, Oli«, fordert mich Maggie auf.

»Auf keinen Fall«, antworte ich.

»Tauch wenigstens mal die Zehen ins Wasser«, sagt Mac.

»Also gut«, seufze ich und gehe durchs Cockpit zum Heck des Schiffs. Ich packe das zwischen den Relingstützen gespannte Seil und lasse langsam ein Bein hinunter, um meine Zehen ins Wasser zu tauchen. Noch bevor ich es berühre, habe ich plötzlich Hände auf dem Rücken, die mich nach vorn stoßen. Ich falle vorwärts ins Meer, voll bekleidet mit Boardshorts und Tanktop, und lege einen spektakulären Bauchklatscher hin.

Hustend und prustend komme ich wieder an die Oberfläche. Mac und Maggie stehen an Deck und lachen sich schlapp. Ich schwimme panisch auf die Leiter zu, weil mich plötzlich etwas am Fuß berührt, muss jedoch warten, weil Maggie gerade ins Wasser steigt. Als sie ins Meer eintaucht, stößt sie einen Seufzer der Erleichterung aus. Sie erinnert mich an jemanden, der endlich nach Hause kommt, seine Schlüssel auf dem Tisch ablegt, aufatmet.

Hinter ihr springt Mac ins Wasser und spritzt uns beide nass.

Jetzt lache auch ich.

Zurück an Deck essen wir vegetarischen Brotaufstrich auf Roggencrackern zu Mittag, und zum Nachtisch gibt es eingelegte Pfirsiche. Ich habe mir gerade ein Stück Pfirsich in den Mund geschoben, als ich direkt hinter dem Boot erneut eine Rückenflosse auftauchen sehe, einen grauen, durchs Wasser gleitenden Schatten. Ich kreische und spucke das Pfirsichstück in meinen Schoß. »Seht ihr? Ich habs euch doch gesagt!«

»Stimmt, das ist eindeutig ein Hai«, stellt Mac fest, und Maggie bricht in Gelächter aus.

»Das ist nicht witzig!«, protestiere ich. »Wir hätten gefressen werden können!«

»Das sind nur Riffhaie, die fressen keine Menschen.«

»Na ja«, sagt Maggie, »höchstens einen Zeh.«

Ich war schon in Peking – hoch in den Himmel ragend. In Bangkok – heiß und wogend. In New York – turmhoch und gewaltig. In Rom – kunstverliebt, opulent. Doch als ich jetzt Taucherbrille und Schnorchel aufsetze und in die Unterwasserwelt eintauche, wird mir klar, dass sich keine Stadt, die ich je gesehen habe, mit einer Stadt aus Korallen vergleichen lässt. Sie ist enorm verschachtelt, unendlich komplex. Fischschwärme flitzen zwischen tanzendem gelbem Seegras herum. Der Meeresgrund blüht, als wäre er voller Hibiskusblüten. Seesterne zieren Felsen, Imperator-Kaiserfische gleiten durch von Sonnenstrahlen durchstoßenes Wasser. Ich führe einen Druckausgleich durch und tauche dann tiefer zu einer Stelle, an der Napoleon-Lippfische als sanfte Riesen durchs Blau schwimmen.

Es ist, als würde ich mich durch eine Kunstgalerie bewegen. Wände aus Muscheln und Seepocken scheinen wie mit Blattgold gerahmt, Korallenstatuen stehen auf algenbedeckten Sockeln. Wo ich auch hinblicke, wohin ich mich auch wende, überall wird gerade ein neues Kunstwerk enthüllt. Das Meer, der beste Kurator überhaupt.

Doch dann schwimme ich über einen Abgrund zu einer anderen Korallenbank und sehe plötzlich nur noch Weiß. Die Rosa- und Lilatöne sind verschwunden, als wären die Korallen ausgeblutet. Zwischen ihren verblichenen Skeletten schwimmt hier und da ein Fisch.

Als ich wieder auftauche, marmoriert der Sonnenuntergang die Wasseroberfläche. Ich schwimme zum Schiff zurück, erklimme die Leiter und greife im Cockpit nach einem Handtuch, um mir das Salz abzuwischen. Maggie ist bereits da, in ein Handtuch gewickelt, die Haare nass und silbrig glänzend.

»Und? Was sagst du?«, fragt sie mich.

»Ich bin sprachlos.«

»Wunderschön, nicht wahr?«

»O ja«, gebe ich ihr recht. »Aber da war eine Stelle, an der die Korallen ganz weiß waren und kaum Fische herumschwammen. Was ist dort passiert?«

»Korallenbleiche«, antwortet Mac, der gerade die Leiter heraufklettert. »Im vergangenen Jahr war es so schlimm wie noch nie.« Er greift nach einem Handtuch. »Schuld ist der Klimawandel. Das Meer wird immer wärmer und säurehaltiger.«

Ich spüre einen unangenehmen Druck im Magen und frage mich, ob Mac Maggie erzählt hat, dass mein Vater in der Erdölbranche arbeitet.

»Weißt du«, sagt Maggie, »ich habe meinem Augenlicht zwar nachgetrauert, bin aber fast schon erleichtert darüber, dass ich das Riff in seinem heutigen Zustand nicht mehr sehen kann. Der Anblick würde mir das Herz brechen.«

Mac seufzt. »Das Great Barrier Reef ist nur noch ein Schatten seiner selbst.«

Wir gehen für die Nacht in Blue Pearl Bay vor Anker. Beim Abendessen erzählt mir Mac, dass hier ein Napoleon-Lippfisch namens Priscilla lebt. Wenn man untertauche, könne man hören, wie sie knirschend am Riff knabbere.

»Bald wirst du auch Walgesänge hören«, verspricht Maggie.

»Walgesänge?«, frage ich ungläubig. »Du machst Witze, oder?«

Maggie schüttelt den Kopf. »Ernsthaft.«

»Wenn sich im Umkreis von zehn Meilen ein Wal befindet, hörst du ihn, wenn du den Kopf unter Wasser steckst«, sagt Mac.

Ich lache. »Ihr veräppelt mich.«

»Warts ab«, schmunzelt Maggie.

Mac greift in den Schrank über der Spüle. »Jemand Lust auf Nachtisch?«

»Was haben wir denn?«, frage ich.

»Apfelmus«, antwortet Mac und reicht jedem von uns einen abgepackten Plastikbecher.

Beim Essen denke ich an unsere Wanderung heute Morgen quer durch Whitsunday Island zum Whitehaven Beach. An die wild wuchernden Rankengewächse links und rechts des Pfads, die blauen Soldatenkrabben, die bei Ebbe hin und her wuselten. Ich sehe wieder die schlammbraunen Flecken auf den Mantaflossen im Flachwasser vor mir, die flaumigen Gräser auf den Sanddünen, wie feine grüne Haare. Gewundene Äste und orangefarbene Felsen. Und dann schließe ich die Augen und beschwöre das türkisfarbene Meer herauf, das den sanft geschwungenen weißen Sandstrand umspülte.

»Heute war ein schöner Tag«, sage ich. »Ich danke euch so sehr dafür, dass ihr mich mit hierher genommen habt.«

Maggie streckt die Hand nach mir aus, berührt meinen Unterarm, tastet sich daran entlang bis zu meiner Hand, die auf dem Tisch liegt. Sie ergreift sie, hält sie fest. »Nein«, widerspricht sie. »Wir danken *dir.*«

»Pst«, flüstert Mac und holt mich sanft aus der Dunkelheit. »Oli, wach auf!«

Ich spüre eine Hand auf meiner Schulter und reiße die Augen auf.

»Entschuldige, Kleine, ich wollte dich nicht erschrecken, aber du musst hochkommen und dir das anschauen.«

»Was denn?«, frage ich murmelnd, drehe mich auf die Seite und stütze mich auf einen Ellbogen.

»Wirst du dann schon sehen«, sagt er.

Ich schlängle mich aus meiner Koje und folge ihm durch die Kabine, den Niedergang hoch, durch die Luke, in eine vollkommen andere Welt.

Das Meer leuchtet und schillert wie ein silberner, pulsierender Muskel. Hier ein libellenblaues Kräuseln, da ein rotgoldenes Wogen.

»Was ist das?«, flüstere ich.

»Phosphoreszenz.«

Ich gehe durchs Cockpit zum Heck und beuge mich über die Reling, blicke auf den Meeresgrund. Alles leuchtet. Fischschuppen funkeln wie regenbogenbunte Juwelen in einer Unterwasserhöhle. Die Korallenstadt ist hell erleuchtet, scheint aus gleißendem Gold zu bestehen. Wimmelndes Leben überall. Endlos.

Plötzlich habe ich das Gefühl, ins Weltall hinauszublicken und einer Galaxie bei der Entstehung zuzusehen. Ich halte die Luft an, während das Universum die Gestalt von runzligen Korallen annimmt. Rosa Algenblüten, die sich zusammenbrauen wie ein Sommergewitter.

Diese Unterwasserwelt.

Durch und durch silbern und rosa. Ich beobachte sie.

Wie sie innerhalb eines einzigen Pulsschlags entsteht und erlischt.

IRIS

Da ist ein grelles Licht. Wie die Scheinwerfer eines Lastwagens, der auf mich zurast, der es auf mich abgesehen hat. Mit einem Schlag wache ich auf, liege keuchend da. Die Luft, die ich so gierig einatme, ist heiß. Ich bin in den Tropen. Mein Blick schießt durch die Kabine. Ich liege in meiner Koje. Auf der *Sea Rose*. Es ist alles in Ordnung.

Aber was hat es mit dem Licht auf sich? Blinzelnd starre ich in das blendende Weiß, das durch das Bullauge über meiner Koje eindringt. Vielleicht das auf uns gerichtete Flutlicht eines Patrouillenschiffs der Küstenwache?

Ich schlurfe durch die Kabine, entriegle die Luke und klettere ins Cockpit hinauf. Dann drehe ich mich zum Licht. Mir bleibt die Luft weg. Es ist überhaupt kein direktes Licht, nur die Reflexion eines Lichts.

Noch nie habe ich den Mond so hell leuchten sehen. Ich halte meine Hand hoch, erkenne die Linien meiner Handfläche, die Form der Papillarleisten an meinen Fingerkuppen. Mein Mondschatten auf den weiß schimmernden Schiffsplanken ist schroff und verwegen. Trotzig.

Mein Blick wandert zum Himmel. Allmählich gewöhnen sich meine Augen an die Umgebung. Die Sterne nehmen Kontur an, verteilen sich übers Firmament. In den Himmel geblasener Silberstaub.

Ich klettere zurück nach unten in die Kabine und hole meine Decke und mein Kissen aus der Koje. Nachdem ich sie an Deck ausgebreitet habe, lege ich mich hin und starre in die Ferne, aber da ist kein Horizont, an dem sich mein Blick festhalten könnte. Nur Sterne. Überall. Im All. Auf dem Meer. Sterne, die vom Himmel herunterregnen. Tausende davon. Ich fange sie auf meiner Haut auf.

Und es ist still. Unendlich still.

Ich huste. *Meine Ohren funktionieren noch.*

Diese Stille … Ich liege da und ergötze mich an den Sternen. Diese Stille ist vollkommen.

Als befände ich mich im Auge eines Sturms. In der Iris des Ozeans.

Als der Himmel allmählich weiß wird, weckt Vogelgesang die Inseln. Melodien schallen durch die Regenwälder, stürzen von den Klippen, landen im Wasser, wo sie weite blaue Kreise ziehen. Diese Inseln sind uralt, hat mir Maggie gestern Abend zwischen zwei Gedichten erzählt. Sie waren einst Teil einer Gebirgskette. Aus Neuguinea-Araukarien und riesigen Felsblöcken geformte Gebilde. Ohne die tropischen Palmen, von denen ich geträumt hatte.

»Wenn man die Hand hochhält und damit den Blick aufs Meer versperrt«, fügte Mac hinzu, »könnte man fast meinen, man stünde mitten in einem Bergwald, viele Hundert Kilometer vom Meer entfernt.«

Ich setze mich im Cockpit auf, decke die Bucht mit der Hand ab und spüre, wie sich die Zeit zurückdreht.

Langsam, ganz langsam. Und dann bin ich auf einmal barfuß auf brauner Erde, renne durch die Araukarien, umgeben von Schatten und marmorierter Rinde. Waldkinder breiten ihre Flügel aus, singen Lieder, die am Wind hängen bleiben, gleiten durch Täler.

Eine Brise berührt meine Wange, als würde die Insel durch ihre Altersringe hindurch Kontakt zu mir aufnehmen, Schicht für Schicht, Jahrhundert für Jahrhundert. Ich lasse die Hand sinken und sehe eine Schildkröte zum Atmen an die Wasseroberfläche kommen, ihr Kopf gleicht einem nassen Stein. Mit zwei Schritten bin ich hinten an der Reling und sehe ihr dabei zu, wie sie wieder abtaucht. Das Wasser ist so klar. Ich folge ihr tiefer und tiefer, beobachte, wie sie zwischen Korallenknollen hindurchgleitet.

»Du bist ja früh wach«, sagt hinter mir eine Stimme. Ich drehe mich um, und Mac reicht mir eine Tasse Tee. Sein Blick fällt auf die Decke und das Kissen im Cockpit. »Hast hier oben geschlafen, was?«

Ich nehme einen Schluck Tee und nicke.

»Ein unvergleichliches Erlebnis, stimmts?«

Ich öffne den Mund, um ihm zu antworten, aber es kommt nichts heraus.

Mac lacht. »Dir hat es wohl die Sprache verschlagen.«

Ich nicke, denn es gibt in mir keinen Laut, der die Erfahrung vollkommener Stille beschreiben könnte.

Später klettert Maggie die Leiter hinunter ins Meer, und Mac taucht mit einem Kopfsprung hinterher. Ich selbst ziehe im Sprung die Beine an den Körper. Als ich wieder an die Oberfläche komme, hustet Mac und spuckt Meerwasser. »Ganz schön frech!«, ruft er und spritzt mir Wasser ins Gesicht. Ich lache und tauche erneut unter. Mit zugehaltener Nase, damit meine Atemluft nicht entweicht, hänge ich unter Wasser und lausche dem Knistern des Riffs. Das Knabbern der Fischmäuler und das Platzen der Luftbläschen bilden rosa und gelbe Explosionen hinter meinen Augenlidern.

Ich komme an die Oberfläche, atme tief ein. Die Morgenluft schmeckt nach Salz und dunklem Holz.

Maggie erklimmt die Leiter, und Mac fragt mich, ob ich mit ihm an Land schwimmen möchte.

»Klar!«, rufe ich und nehme Kurs Richtung Strand. Beim Schwimmen öffne ich unter Wasser die Augen. Die Korallen unter mir verschwimmen wie Farbkleckse auf einer Palette.

Jedes Mal, wenn ich zum Atmen an die Oberfläche komme, werden die Araukarien ausgeprägter, ihre Umrisse schärfer, ihre Ausmaße überwältigender, bis ich schließlich im Flachwasser stehe und zu den gewaltigen Baumriesen hinaufstarre. Ein Baumkörper ragt hinter dem anderen auf, als wäre der Berghang ein Amphitheater und die Bäume ein grüner Chor, der alle möglichen ungehörten Lieder singt.

Ich verlasse das Wasser und betrete Jahrhunderte zerstoßener Muschelschalen. Eine Linie aus ausgeblichenen Korallenstücken zeigt an, wie hoch das Wasser bei Flut reicht. Meine Fußabdrücke tanzen zwischen den Kriechspuren der Krabben hinauf, bis zur ersten Araukarie am Fuß des Waldes. Ich strecke die Hand aus, um ihre Rinde zu berühren, und glaube für einen Moment, das Vibrieren ihres Gesangs zu spüren.

Sie ist groß, die Mondsilhouette,
die Bäume sind unser Maß.

Als wir wieder zurück an Bord sind, zeigt Mac zur Mastspitze und sagt: »Großfall und Spinnakerfall haben sich verheddert. Bist du schwindelfrei?«

»Na ja«, antworte ich. »So einigermaßen.«

»Gut«, sagt er mit einem Zwinkern. »Dann legen wir dir mal einen Klettergurt an.«

»Moment mal … *Was?*«

Er hört meine entsetzte Frage nicht mehr, denn er ist bereits in der Luke verschwunden und kehrt eine Minute später mit einem Klettergeschirr zurück. Ich trage ein Bikinioberteil und Boardshorts. Mac rät mir, ein T-Shirt überzuziehen, damit die Riemen nicht an meinem Bauch scheuern.

Ich hole ein T-Shirt, komme zurück an Deck, und bevor ich es mir anders überlegen kann, sitze ich im Geschirr und werde am Mast hinaufgezogen.

»Wie hoch ist der Mast?«, rufe ich nach unten.

»Spielt keine Rolle«, ruft Mac zurück.

Maggie sitzt im Cockpit. »Du bist fast da!«

»Das weißt du doch gar nicht!«, brülle ich, und sie lacht.

Als ich die Mastspitze erreiche, sind meine Handflächen schweißnass. Mac ruft irgendetwas davon, dass ich eine rote Leine unter einer blauen hindurch fädeln soll. Ich versuche die rote und die blaue Leine zu entwirren, aber meine Hände zittern, und ich bekomme sie nicht fest genug zu fassen.

»Hast du's?«, ruft Mac.

»Gib mir noch eine Minute!«

»Lass dir Zeit.«

Ich blicke auf Mac und Maggie hinab, deren Körper aus dieser Höhe wie Spielzeugfiguren wirken. Dann hole ich tief Luft, atme aus und lasse die Leinen los, setze mich im Klettergeschirr zurück. Auch den Mast lasse ich los, hänge einfach da und lächle, wie man vielleicht lächelt, wenn man ein Familienfoto betrachtet – eins, das wiederholt werden musste, weil alle aus irgendeinem Grund Tränen lachten.

Meine Nerven beruhigen sich. Kurz darauf bin ich in der Lage, die Leinen zu entwirren, voll freudiger Erregung darüber, dass ich dieses Problem für Mac und Maggie lösen kann. Ich fühle mich als Teil dieses Schiffs. Dieses Körpers. Dieser Familie.

Die Sonne geht bereits unter, als Maggie vorschlägt, vor dem Abendessen noch einmal schwimmen zu gehen.

»Ich habe die Badesachen schon an«, antworte ich.

Vom Bug aus tauche ich in das badewannenwarme Wasser ein und muss an die Geschichte denken, die Pa mir früher immer erzählt hat: von der Sonne, die unter dem Meer wohnt. Tief in meinem Inneren spüre ich ein Zwicken, einen Stich ins Herz, wenn ich mich daran zurückerinnere, wie sehr ich diese Geschichte als Kind geliebt habe und wie anders Pa war, als Nan noch lebte. Mir gefällt der Gedanke, dass sie jetzt wieder zusammen sind und als Fluss dahinfließen, tief unter der Erde. Ich lächle und schwimme zum Heck, wo Maggie gerade die Leiter hinuntersteigt. Sie taucht unter und kommt einen Moment später mit offenem Mund wieder an die Oberfläche.

»Oli! Oli! Walgesang!«, ruft sie, bevor sie erneut untertaucht.

Ich atme aus, schließe die Augen und lasse mich unter die Wasseroberfläche sinken, treibe dort einen Augenblick vor mich hin. Und dann höre ich es.

Ich höre Walgesang in Strudeln aus Violett und Preußischblau.

So wie die Erkenntnis, dass das Blau des Himmels nur eine Illusion ist, gleichzeitig den Tod der Unschuld und den Ursprung der Fantasie markiert, ist es ein Ende und ein Neuanfang, diesen Walgesängen zu lauschen. Ich fühle mich, als würde sich plötzlich ein Schleier lüften.

Und als wäre mir das alles schon einmal passiert. Als wäre ich schon einmal hier gewesen – mein Körper, geträumt in Strudeln aus Violett und Preußischblau. Als würde ich – endlich – nach Hause kommen.

MEERESUNGEHEUER

FISCHGRÄTE

Die Luft in den Tropen ist heiß und drückend. Ich gehe durch einen Garten voller Palmwedel und betrete den Yachtclub. Mit dem Handrücken wische ich mir den Schweiß von der Oberlippe, dann streiche ich meine feuchten Haare zurück und binde sie zu einem straffen Pferdeschwanz. Meine Augen gewöhnen sich nur langsam an das Halbdunkel.

Der Yachtclub ist mit Teppichboden ausgelegt, ein Schachbrettmuster in Knallgelb und Blau, bei dem ich mich in die Neunzigerjahre zurückversetzt fühle. Meine Sandalen bleiben am feuchten Flor kleben, es riecht nach Bier, Salz und Lippenbalsam.

Ich gehe zur Theke, wo eine Frau zwei Männern mit sonnenverbrannten Nacken Bier einschenkt.

»Ah«, seufzt einer der Männer, nachdem er einen Schluck genommen hat. »Schon besser.« Er stößt mit seinem Freund an. »Cheers, Kumpel.«

»Cheers.«

Die Frau wendet sich an mich. *»Bonjour«*, sagt sie.

»Sorry«, entschuldige ich mich. »Sprechen Sie Englisch?«

Sie nickt. »Was kann ich für dich tun?«

»Eigentlich suche ich jemanden. Er heißt Vlad. Kennen Sie ihn?«

»Ja«, antwortet sie und lässt den Blick suchend über die Gäste der Bar gleiten. »Dort drüben.« Sie zeigt auf einen Mann, der mit einem Bier und einer Zigarette draußen auf der Terrasse in der Nachmittagssonne sitzt. Eine Rauchspirale steigt über ihm auf.

»Merci«, bedanke ich mich.

»Gern geschehen.«

Ich gehe auf die Terrasse hinaus und bleibe vor dem Mann stehen, werfe einen Schatten auf seine breite Brust.

»Vlad?«

Er beäugt mich misstrauisch. »Ja?«

»Ich bin Olivia.«

Vlad schirmt sich die Augen mit der Hand ab und mustert mich von oben bis unten. »Kennen wir uns?«

»Nein. Na ja, irgendwie schon. Du hast mir eine E-Mail geschrieben.«

Er drückt seine Zigarette aus, runzelt die Stirn. »Habe ich das?«

»Du bist der Skipper der *Poseidon*, oder?«

»Ja.«

»In der E-Mail stand, sie soll nach Neuseeland überführt werden.«

Er zögert. »Wie heißt du noch mal?«

»Olivia.« Mir fällt ein, wie ich die E-Mail unterschrieben habe. »Oli?«

»Oh!« Vlad bricht in Gelächter aus.

Ich verlagere mein Gewicht unsicher von einem Bein aufs andere. Das Paar auf der gegenüberliegenden Seite der Terrasse blickt zu uns herüber, zu diesem Mann, der sich schlapplacht, während ich stumm danebenstehe.

»Entschuldige«, sagt er schließlich. »Ich hatte mir dich nur ganz anders vorgestellt.«

Ich verschränke die Arme. »Wie denn?«

»Ich dachte, du wärst ein Kerl.«

»Verstehe …«

Er schiebt mit dem Fuß einen Stuhl nach hinten und lädt mich mit einer Handbewegung ein, mich ihm gegenüberzusetzen. Ich nehme Platz und schlage die Beine übereinander.

»Willst du was trinken?«, fragt er.

»Nein, ich brauche nichts. Danke.«

Er trinkt von seinem Bier. »Bist du schon mal gesegelt?«

»Was?«

Seine Arme ragen rosa und fleischig aus seinem Muskelshirt, und seine Augen laufen nach außen hin spitz zu, wie blaue Eissplitter.

»Ich arbeite seit vier Jahren auf verschiedenen Segelyachten«, stelle ich klar. »Ich dachte, das hätte ich dir schon in meiner Mail geschrieben.«

Vlad beugt sich auf seinem Stuhl vor, stützt beide Ellbogen auf den Tisch. Er gibt mir das Gefühl, dass wir ein Bewerbungsgespräch führen und ich ihn erst überzeugen muss. Dabei klang es in der E-Mail so, als hätte ich den Auftrag sicher. Er nimmt noch einen Schluck von seinem Bier.

»Okay, cool. Es ist nur so, dass ich mit vier Typen segle und dachte, es käme noch ein fünfter dazu.«

»Ich kann ganz normal meinen Beitrag leisten.«

»Warst du je mit einer rein männlichen Crew unterwegs?«

Ich schüttle den Kopf. Eine eigenartige Hitze breitet sich auf meiner Haut aus.

Vlad zieht eine Zigarette aus der Schachtel auf dem Tisch und bietet mir auch eine an. Ich will schon zugreifen, überlege es mir aber anders. Wenn ich so tue, als würde ich rauchen, kommt das bestimmt noch schlechter an, als wenn ich sein Angebot ausschlage. Vlad zündet seine Zigarette an. Inhaliert, stößt den Rauch aus. Trinkt noch einen Schluck Bier.

»Wie gut bist du in der Kombüse?«

Ich soll in die verdammte Küche? Unwillkürlich mache ich den Mund auf, um zu protestieren, doch bevor ich etwas sagen kann, erscheint ein zweiter junger Mann an unserem Tisch. Er klopft Vlad auf den Rücken und zieht dann einen Stuhl vom Nebentisch heran. »Störe ich?«

Vlad schüttelt den Kopf, und der Neuankömmling streckt mir die Hand entgegen.

»Ich bin Cam«, stellt er sich vor. Seine Augen sind dunkelbraun.

Ich gebe ihm die Hand. »Olivia.«

Er drückt meine Hand. Mir fällt auf, dass seine Nase ein wenig schief ist, was ihr einen besonderen Reiz verleiht. Vielleicht war sie mal gebrochen.

»Oli«, sagt Vlad. »*Das* ist Oli.«

»Ha, ha!«, lacht Cam. »Dich hatte ich mir irgendwie anders vorgestellt.«

»Ist mir schon zu Ohren gekommen«, erwidere ich und lasse seine Hand los.

Vlad zieht an seiner Zigarette, bläst Rauch über den Tisch.

»Aber die Überraschung ist durchaus positiv«, versichert Cam, und Vlad verdreht die Augen.

Ich spüre, wie ich erröte. Die seltsame Hitze legt sich jetzt um meine Taille.

Vlad zuckt mit den Schultern und murmelt dann: »Es bringt Unglück, ein Mädchen an Bord zu haben.«

»Bei meinen letzten beiden Überführungen war ich für die Kombüse zuständig«, lüge ich, obwohl ich in den ganzen vier Jahren noch nie auf einem Törn war, bei dem die Küchenarbeit nicht gerecht unter allen aufgeteilt wurde. Aber ich habe das Gefühl, dass mir der Auftrag durch die Lappen zu gehen droht, und ich lungere nun schon seit Wochen am Hafen von Nouméa herum und warte darauf, für eine Crew angeheuert zu werden. Auf meinem Konto ist kaum noch genug Geld für ein paar weitere Nächte im Hostel.

»Ich kann kochen«, insistiere ich.

Cam grinst. »Meine Stimme hast du.« Er dreht sich zu Vlad um. »Komm schon, Kumpel«, sagt er und stupst Vlads Arm an. »Du wirst doch wohl nicht wegen eines albernen Aberglaubens den Schwanz einziehen, oder?«

Vlad lacht. Ein hohles Rosa.

Der Tag bricht gerade erst an, als ich mein Hostel verlasse und zum Anleger aufbreche. Mein ganzes Leben steckt in dem Rucksack, den ich über der Schulter trage. Kleidung, mein Reisepass, ein Geldbeutel mit Münzen in verschiedenen Währungen, ein paar Hygieneartikel, Segelhandschuhe, Ölzeug, eine Handvoll Briefe von Maggie und Mac und meine eigene Ausgabe von *Die Kunst, sich zu verlieren,* die die beiden mir zu meinem letzten Geburtstag geschickt haben.

Auf dem Weg zum Yachtclub komme ich durch einen Markt. Unter all den exotischen Früchten sticht eine Reihe Sarongs hervor, die an einer Leine hängt und in der gelben Morgenbrise schaukelt. An einem Tisch werden aus

Muschelschalen gefertigte Schmuckstücke verkauft. An anderen Ständen gibt es Fisch, gehäutet und filetiert. Aufgebrochene, mit Strohhalmen servierte Kokosnüsse sind im Angebot. Und Gemälde. Ich bleibe einen Moment stehen, um das Werk eines Künstlers zu betrachten, der das Riff von oben gemalt hat. Türkisfarbene Kringel, Korallenblüten wie hellblaue Muttermale. Meine Gedanken wandern zu einer Überführung, die mich vor zwei Jahren nach Indonesien gebracht hat. Zu einem Tauchgang vor der Küste Lomboks. Zu frisch gefangenem Fisch, den wir direkt an Bord aßen.

Dann denke ich an die Woche, die ich zwischen zwei Aufträgen auf Bali verbracht habe. Wie ich in einem kleinen traditionellen Café balinesischen Kaffee schlürfte, während über mir ein Deckenventilator klapperte. Wie sich in den Bergen Wasserfälle in den üppigen Dschungel schmiegten. Wie mich ihr Wasser in einem kalten, weißen Schwall überspülte. Und ich denke an die einheimische Kunst, die farbenfrohen Gemälde auf den Märkten. Wie ich einmal das Privileg hatte, das Studio eines Künstlers betreten und dabei zusehen zu dürfen, wie Bali auf seiner Leinwand Gestalt annahm. Diese Erfahrung veränderte die Art und Weise, wie ich meine Umgebung wahrnahm. Wie beim Betrachten einer Küste, die von Bord eines Schiffes aus langsam ins Blickfeld rückt, konzentrierte ich mich von nun an auf jedes Detail – die mit Schnitzereien verzierten Kanten von Häusern und Hinterhoftempeln, Blumen und Reis auf rauchenden Opfertischen, die für das Galungan-Fest an den Straßen aufgereihten gebogenen Bambusstäbe, die mit Palmwedeln und Stoffbahnen geschmückt waren. In meinen Briefen an Maggie und Mac schwärmte ich von all den wilden Farben, die ich noch nie zuvor gespürt hatte.

Mein Magen knurrt und holt mich zurück in diesen Tag und diesen Markt. Ich wühle in meinem Rucksack nach meinem Geldbeutel und kaufe mir mit meinem letzten Bargeld Wassermelonensaft und eine Banane. Im Weitergehen lasse ich mir beides schmecken.

An der Eingangstür des Yachtclubs treffe ich auf Cam. Er lächelt, als er mich sieht.

»Wie gehts?«, fragt er und umarmt mich.

Ich zucke mit den Schultern. »Ganz gut. Bisschen müde.«

»Du siehst trotzdem toll aus«, sagt er.

»Danke«, murmele ich gähnend.

Cam rät mir, vor den anderen Crewmitgliedern lieber nicht zu gähnen. »In Vlads Crew musst du wie alle anderen Nachtwache schieben, auch wenn du allein fürs Kochen zuständig bist.«

Ich nicke und schließe den Mund, versiegle ihn fest.

Er hält mir die Tür auf und legt mir leicht die Hand auf den Rücken, während ich hindurchgehe.

Die *Poseidon* liegt ganz in der hintersten Reihe vertäut. Ihr Rumpf ist in einem tiefen, satten Scharlachrot gestrichen – wie ein Kussmund. Oder ein Hummerschwanz.

Es sind drei Männer an Deck. Vlad steht am Bug, die zwei anderen sind im Cockpit.

Jemand pfeift. Es klingt wie das Pfeifen eines Casanovas, der aus einem Auto heraus eine Frau auf sich aufmerksam machen will.

Ich hebe den Kopf und sehe einen jungen Mann ganz oben am Mast im Klettergeschirr hängen. »Hi!«, ruft er mir zu und winkt.

»Das ist Ajax, genannt AJ«, erklärt Cam.

Ich lächle und winke zurück.

Am Heck des Boots stellt mir Cam Hunter und Zach vor.

Wir schütteln uns die Hände. »Freut mich«, sage ich.

»Uns auch«, antwortet Zach.

Hunter grinst. »Bist du bereit für eine Woche mit diesen Idioten?«

»Sprich für dich selbst, Mann!«, protestiert Zach.

Ich lache. »Klar. Bin bereit.«

»Woher kommst du?«, fragt mich Hunter. »Ich kann deinen Akzent nicht einordnen.«

Ich denke an meine Kindheit, daran, wie oft ich in eine neue Schule kam und mir genau diese Frage gestellt wurde. *Aus Themyscira*, habe ich damals immer geantwortet.

Das gibt es doch in echt gar nicht, war die Reaktion der anderen Kinder gewesen.

Gibt es wohl.

Gibt es nicht.

Die mächtigsten Frauen der Welt wohnen da.

Das hast du erfunden. Es gibt keinen Ort, der so heißt.

Ich sehe Hunter an, der mit nacktem Oberkörper und in verwaschenen Boardshorts vor mir steht. »Australien«, antworte ich. »Ursprünglich. Aber ich bin in Asien aufgewachsen – hauptsächlich Hongkong.«

»Warum?«

»Weil mein Vater dort arbeitet.«

»War bestimmt cool.«

Ich zucke mit den Schultern. »Ja, war ganz okay.«

»Vlad ist Brite«, sagt Hunter. »Zach kommt aus Kalifornien, und Cam ist ein Kiwi. Aber keine Sorge.« Er zwinkert. »Ich stärke dir den Rücken. Ich bin auch Aussie. Aus Perth.«

Hinter uns lässt Zach AJ am Mast herunter. Als AJ fast

am Boden ist, löst er seinen Karabiner und springt ins Cockpit. Sein muskulöser Körper sprengt fast die Riemen des Klettergurts. Mit einem halben Lächeln sieht er mich an. Er tut so, als wollte er mir die Hand schütteln, dreht sie um und küsst sie. *»Enchanté«*, sagt er.

Hunter verdreht die Augen.

»Bist du Franzose?«, frage ich.

»Meine Mutter ist Französin, ja.«

»Freut mich ebenfalls, dich kennenzulernen«, sage ich mit heißen Wangen.

Er schlängelt sich aus dem Geschirr und verstaut es unter der Sitzbank im Cockpit. Dann richtet er sich auf und dreht sich wieder zu mir um. Mit seinen samtig grünen Augen, einem leichten Bartschatten und seinem vulkanschwarzen Haarschopf ist er eine beeindruckende Erscheinung. Er zieht sein T-Shirt aus und wischt sich damit den Schweiß von der Stirn. »Ja«, sagt er. »Was für eine Freude.«

Vlad kommt zu uns ins Cockpit. »Bis morgen Nachmittag ist Nordwind angesagt. Davon will ich noch so viel wie möglich mitnehmen, okay, Jungs?« Er wendet sich an mich. »Dann machen wir dich mal mit dem Schiff vertraut, damit wir noch vor dem Mittagessen loskommen.«

Das hinter uns zurückbleibende Land wird immer heller, wie ein im Regen vergessener Wasserfarbkasten. Die Details verschwimmen, bis die Berge in den papiernen Himmel auslaufen. Und dann ist alles nur noch Meer. Hier. Dort. Überall. Das Schiff ist jetzt eine eigene kleine Welt. Ein roter Planet, der durchs blaue Weltall schwebt.

Ich hole tief Luft und spüre, wie ich mich öffne und eins werde mit der Weite.

Das ist der Moment, den ich jedes Mal am meisten genieße: wenn das Land hinter mir verschwindet und nah und fern eins werden. Es ist eine Rückkehr. Eine Rückkehr nach Hause.

Für unser erstes Abendessen auf See koche ich Kartoffeln ab und zerstampfe sie zusammen mit gemischten Kräutern, Knoblauch, Butter, Salz, Pfeffer und Senf. Als Beilage dünste ich Gemüse mit Zitrone und Salz.

Die Segelyacht ist die größte, auf der ich je gearbeitet habe, knapp achtzehn Meter lang. Da es sich um eine Regattayacht handelt, ist die Einrichtung dennoch spartanisch. Geschwindigkeit geht vor Komfort. Es gibt nur eine einzige abgetrennte Kabine im Vorschiff, deren Bett als Ablagefläche für Segel dient. Daneben befindet sich eine Toilette, deren Tür nicht richtig schließt. In der Mitte der Hauptkabine sind zwei Reihen Stockbetten angebracht, mit von den Wänden hängenden Schlingen zum Schutz vor dem Herausfallen. Dann ist da noch die Kombüse, in der gerade meine Karotten und mein Brokkoli gar werden, und der Navigationstisch, an dem Vlad an den Seekarten sitzt. Dahinter dient der Raum unterhalb des Cockpits als Lager für noch mehr Segel.

Es gibt keine Trennwände zwischen Schlaf-, Arbeits- und Essbereich. Keine Wand, hinter der man sich umziehen könnte. Auf einer Yacht, so habe ich gelernt, ist Diskretion ein Fremdwort. Auf *dieser* Yacht findet alles auf dem Präsentierteller statt.

Ich serviere Vlad seine Mahlzeit am Navigationstisch. Zu gern würde ich ihn nach dem Kurs fragen, den er für uns plant, aber irgendetwas an der Art, wie er mit gekrümmten Schultern dasitzt und sich ohne aufzublicken knapp bei mir bedankt, schüchtert mich ein. Er ist nur ein paar Jahre älter als ich, macht mich jedoch so nervös wie noch nie ein Skipper vor ihm. Seine Worte vom Vortag brauen sich wie eine Gewitterwolke über mir zusammen: *Es bringt Unglück, ein Mädchen an Bord zu haben.* Ich verzichte daher lieber darauf, ihm eine Frage zu stellen, die er als dämlich empfinden könnte.

Als Nächstes bringe ich den anderen ihr Abendessen nach oben an Deck. Zach sitzt am Steuer. Er trägt Boardshorts und ein offenes Leinenhemd, das im Wind flattert. Sein Gesicht ist glatt rasiert, seine sonnengebleichten Haare kurz geschoren, sein Handgelenk ziert ein dünnes Lederbändchen. Durch seine strenge Kieferpartie wirkt er älter als wir anderen, auch wenn wir alle zwischen zwanzig und dreißig sind.

Hunter, mit einundzwanzig Jahren der Jüngste der Crew, sitzt hinter Zach auf der Seitenwand des Cockpits. Obwohl sein Kopf voller widerspenstiger Locken ist, ist sein restlicher Körper unbehaart. Er ist mager, seine blasse Haut spannt sich über den schlanken Muskeln.

»Du hast dir heute einen Sonnenbrand eingefangen«, teile ich ihm mit, als ich ihm seinen Teller gebe.

Hunter beäugt seine rosa Schultern und lacht. »Ja, Mama.«

Ich setze auch Cam und AJ ihr Abendessen vor und gehe dann noch einmal nach unten, um meinen Teller zu holen. Als ich zurück an Deck komme, rutscht AJ auf der Sitzbank zur Seite, um zwischen sich und Cam Platz für mich zu schaffen. Ich setze mich, und beide Männer rücken ein wenig näher heran.

»Total lecker«, lobt mich AJ.

»Ich wusste, dass es eine gute Entscheidung war, dich mitzunehmen«, stimmt Cam zu.

Ich schiebe mir eine Gabel Kartoffelpüree in den Mund, habe jedoch Mühe, die zähe Masse hinunterzuschlucken.

Kurz darauf kommt Vlad ins Cockpit, seine rotblonden Haare leuchten in der Abendsonne. Er hält seinen Teller in der einen und ein kleines Whiteboard in der anderen Hand. Nachdem er sich zu uns gesetzt hat, stellt er sein Abendessen vor seinen Füßen ab und legt das Whiteboard auf seine Knie. Er zieht einen Filzstift aus der Tasche seiner Shorts.

»Zweieinhalbstunden-Schichten«, verkündet er, »ab zwanzig Uhr.«

Fünf Segler, Zweieinhalbstunden-Schichten ab zwanzig Uhr. Ich rechne nach. Irgendjemand darf die Nacht durchschlafen.

»Ich übernehme die erste Schicht«, fährt er fort und schreibt seinen Namen in die erste Spalte auf dem Whiteboard. »Hunter, du kannst halb elf bis eins machen. Zach, du nimmst eins bis halb vier.« Er hebt den Blick zu mir, Cam, AJ. »Wer von euch will die dunkelste Stunde?«

Cam zuckt mit den Schultern. »Macht mir nichts aus.«

»Gut«, sagt Vlad. »Dann übernimmst du halb vier bis sechs. Und AJ macht den Sonnenaufgang, sechs bis halb neun.«

»Und was ist mit Oli?«, fragt Hunter.

»Oli kann sich mit Cam zusammentun.«

»Wenn ich allein Wache schiebe, hätten wir alle kürzere Schichten«, wende ich ein.

»Genau«, stimmt mir Hunter zu.

»Ich denke, bis wir alle zusammen gesegelt sind und uns besser kennen, ist eine Zweierschicht die beste Lösung«, argumentiert Vlad.

Ich spüre wieder diese eigenartige Hitze auf der Haut. Diesmal kriecht sie meinen Hals herauf.

»Zumindest in der ersten Nacht«, gibt ihm Zach recht.

»Sehe ich genauso«, sagt Cam. »Lieber auf Nummer sicher gehen.«

Ich wache auf, weil sich eine Hand auf meine Schulter legt. »Oli, Zeit für unsere Schicht.«

Ich klettere aus meinem Stockbett. Mondlicht fällt auf meine nackten Oberschenkel. Ich mache einen Schritt zur Seite in den Schatten, während ich das Bett nach meinen Shorts absuche. Nachdem ich sie am Fußende gefunden habe, schlüpfe ich rasch hinein. Cam reicht mir meine Öljacke. Ich warte mit dem Anziehen, bis ich durch die Luke nach oben ins Cockpit geklettert bin. Unter Deck herrscht eine zähe, übel riechende Hitze.

»Hast du gut geschlafen?«, fragt mich Cam.

Ich denke an die Stunde Schlaf, die mir entgangen ist, weil ich nach dem Abendessen noch aufräumen und spülen musste. Daran, dass das Schnarchen schon begonnen hatte, als ich endlich ins Bett kam. Dass ich stundenlang wach lag und krampfhaft versuchte, mir das Schnarchen als grollendes Gewitter vorzustellen.

»Ja«, behaupte ich.

»Prima«, sagt er. »Ich auch.«

Ich setze mich ans Steuer. Meine Füße sind nackt, meine Jacke lasse ich vorerst offen. Die Meeresbrise, die meinen Körper umweht, ist eine willkommene Erfrischung. Ich inhaliere sie tief in meine Lunge. Spüre, wie der Himmel durch mich hindurchfließt.

Der Mond ist in dieser Nacht nur eine Sichel, wie ein Katzenauge. Seine Blässe öffnet den Himmel, gibt den Weg frei für eine Sternenschneise, die sich durch die schwarze Nacht schlängelt.

»Wow«, staunt Cam und starrt nach oben. »Das hatte ich vollkommen vergessen.«

»Vergessen?«, frage ich.

»Meine letzte Überführung ist schon eine Weile her«, erklärt er.

Aber *ich* bin diejenige, der man die Nachtwache allein nicht zutraut.

»Echt unglaublich«, sage ich und betrachte eine Ansammlung von Sternen.

»Ich bin nicht religiös oder so«, fährt er fort, »aber hier draußen fällt es irgendwie schwer, nicht an Gott zu glauben. Findest du nicht auch?«

Ich zucke mit den Schultern, und meine Gedanken wandern zu einem Gespräch mit Mac und Maggie, einem Gespräch aus einer anderen Zeit, auf einem anderen Meer. Es ging darin um meinen Großvater.

»Du wirst ihn wiedersehen«, versprach Maggie.

Ich schüttelte den Kopf. »Ich glaube nicht an den Himmel.«

»Das meinte ich auch gar nicht«, antwortete sie. »Es gibt andere Arten, jemanden wiederzusehen, Oli. Ich sehe den Wind in verschiedenen Rottönen. Wenn Mac lacht, sehe ich Grün.« Sie zögerte. »Und wenn eine Brise die Segel bläht, sehe ich Rosa. Dann sehe ich Robynne.«

Auf der anderen Seite des Cockpits schloss Mac die Augen, und ich beobachtete, wie sein ganzer Körper weicher wurde und wie ein leises Lächeln seine Lippen umspielte.

»Alles okay bei dir?«, holt mich Cam in *diese* Zeit, auf *diesem* Meer zurück. Eine Brise steigt vom Wasser auf.

»Ja. Ich musste nur gerade an etwas denken, was eine Freundin mal zu mir gesagt hat.«

»Wenn man Nachtwache hat, sollte man sich aber voll konzentrieren«, mahnt er.

»Ich weiß.«

»Sorry. Ich will dir hier keine Vorschriften machen oder so.«

Ich verschränke die Arme.

»Am Anfang bin ich auch manchmal abgeschweift mit meinen Gedanken«, erzählt er. »Davor muss man sich echt in Acht nehmen – mehr wollte ich gar nicht sagen.«

»Das ist nicht meine erste Nachtwache.«

»Nein?«

»Ich arbeite seit vier Jahren auf See.«

»Wie alt bist du denn?«

»Fünfundzwanzig.«

»Echt jetzt?« Er lacht. »Dann bist du genauso alt wie ich.«

Über seine Schulter hinweg werfe ich einen Blick auf die Navigationsinstrumente.

»Sorry«, entschuldigt er sich. »Du siehst viel jünger aus.«

»Soll das ein Kompliment sein?«

»Na ja, ich meine ja nur, dass du echt sexy bist.«

Fürs Frühstück schneide ich Papaya und Wassermelone in Würfel, fülle sie in eine große Schüssel und stelle sie in die Mitte des Cockpits. Alle sind wach bis auf AJ, der nach seiner Frühschicht noch eine Runde schläft. Zurück in der Kombüse koche ich fünf Eier ab, lasse sie in kaltem Wasser abkühlen, nehme sie dann mit hoch an Deck und verteile sie. Als ich Cam sein Ei gebe, grinst er. »Danke, Süße.«

Hunter pinkelt gerade vom Heck des Schiffs. Er schüttelt sein Glied im Wind trocken, verstaut es in seinen Boardshorts und dreht sich um, um sein hart gekochtes Ei von mir entgegenzunehmen.

»Igitt«, sage ich und lache. »Wasch dir erst die Hände!«

Er verdreht die Augen und streckt die Hände vom Achterdeck ins Meer. Mit einem Grinsen wendet er sich wieder mir zu und wedelt mit den Händen, sodass mir die Wassertropfen ins Gesicht spritzen.

Ich weiche kreischend zurück, stolpere über ein aufgerolltes Tau und falle rückwärts um. Mit Schwung.

Zunächst pralle ich schräg auf die Winsch. Mein Oberkörper krümmt sich in einem Winkel nach unten, für den Oberkörper nicht gemacht sind. Irgendetwas in meinem Inneren knackst, dann komme ich auf dem Boden auf.

Ich nehme das Knacksen als grelles Violett wahr.

Irgendwo in der Nähe erschallt Gelächter, aber der Schock verzerrt das Geräusch; es wogt um mich herum, als befände ich mich tief unter Wasser. Himmel und Meer verschwimmen. Ich bekomme keine Luft. Wellenförmig strahlen die Schmerzen von meiner Rippe aus, wie elektrische Signale. Heiß und heftig. Meine ganze Körperseite brennt. Ich rolle mich mit zusammengekniffenen Augen auf den Rücken.

»Alles okay bei dir?«

Ich bekomme keine Luft. Ich bekomme keine *Luft*.

»Seid mal still. Ich glaube, sie hat sich verletzt.«

»Oli, ist alles okay bei dir?«

»Wo tut es weh?«

»Helft ihr hoch.«

Hände schieben sich unter meine Schultern, hieven mich auf die Füße. Doch meine Beine funktionieren nicht. Sie zittern, geben nach, und ich sacke in fremde Arme. Seine Arme.

Hände halten mich aufrecht. Andere Hände betasten mich seitlich am Körper, berühren meine Rippe. Ich schreie auf vor Schmerz. Und dann muss ich mich übergeben. Da ist nichts in meinem Magen, nur Wasser und Galle. Beides landet auf den Füßen der Crewmitglieder.

»Ekelhaft!«

»Halt endlich die Klappe!«

»Oli?«

»Bringt sie unter Deck.«

Ich liege in meinem Stockbett, und meine Atemzüge sind flach und qualvoll. Jedes Einatmen ein grellvioletter Schmerz.

Ich höre Stimmen am Navigationstisch.

»Wir müssen umkehren.«

»Das geht nicht.«

»Ich denke aber wirklich, dass wir …«

»Sie packt das schon.«

»Sie hat sich verletzt!«

»Ich glaube, es ist was Ernstes.«

»Das ist bestimmt nur eine böse Prellung.«

»Sie ist schließlich eine Frau.«

»Wahrscheinlich war sie noch müde wegen der Nachtschicht.«

»Sie muss einfach ein paar Stunden schlafen.«

Eine Stimme flüstert mir ins Ohr. »Oli?«

Ich öffne ein Auge.

»Kannst du dich hinsetzen? Ich habe Schmerztabletten.«

Cam hilft mir, mich im Bett aufzusetzen.

»Hier«, sagt er und schiebt mir zwei Tabletten in den Mund. »Trink das.« Er hält mir einen Becher Wasser hin.

Ich nehme einen Schluck, würge die Tabletten herunter.

Mühsam lege ich mich wieder hin, greife nach seinem Arm, schließe die Finger um sein Handgelenk.

»Wir segeln zurück, oder?«, stoße ich zwischen japsenden Atemzügen hervor.

»Ja, ja«, antwortet er und tätschelt mir die Schulter. »Jetzt ruh dich erst mal aus.«

Als ich aufwache, bedeckt kalter Schweiß meine Haut. In die Kabine dringt nur wenig Licht. Durch ein Bullauge sehe ich, dass die Sonne gerade untergeht. Oben an Deck höre ich Stimmen. Ich muss pinkeln.

Unbeholfen klettere ich aus dem Bett und stolpere durchs Dämmerlicht zur Toilette. Der Riegel ist abgebrochen, daher schwingt die Tür bei jedem Wellenanstieg auf und fällt bei jedem Absinken des Schiffs wieder zu. Das Zuknallen fährt mir durch den ganzen Körper.

Nachdem ich gespült habe, taste ich mich durch die Kabine zum Navigationstisch, wo ich die elektronische Seekarte aufrufe, um nachzusehen, wie weit wir noch von Nouméa entfernt sind.

Ich schnappe nach Luft.

Das plötzliche Einatmen bewirkt, dass eine heiße Schmerzwelle durch meinen Körper wogt.

»Verdammte Arschlöcher«, murmele ich und sinke nach hinten auf den Stuhl.

Wieder spüre ich diese merkwürdige Hitze. Sie schlängelt sich meinen Rücken herauf, windet sich um meinen Hals.

Ich starre auf den Bildschirm, auf dem die *Poseidon* ein winziger leuchtender Punkt in einem gewaltigen blauen Nichts ist. Ein winziger Punkt, der unaufhörlich weiter Richtung Neuseeland vorrückt.

FISCHAUGE

Der Himmel ist dämmrig, als ein anderes Schiff auf dem Radar auftaucht. Als wir endlich seine Lichter am Horizont erkennen, ist es bereits dunkel. Sie leuchten wie winzige rote und grüne Sterne.

»Kennst du die Regel für das Passieren eines anderen Schiffs?«, fragt mich Zach.

Hunter funkt dazwischen: »Kommen dir rot-grüne Lichter entgegen – Kurs drauf nehmen und Vollgas geben!«

Ich verdrehe die Augen. »Man weicht nach Steuerbord aus«, sage ich, aber vor lauter Gelächter hört mir keiner zu.

Die Zeit verstreicht für mich in Form von Herzschlägen. Jeder Schlag stößt gegen die gebrochene Rippe. Grelles Violett. Ticktack.

Ich bereite das Abendessen für unseren dritten Abend auf See zu. Couscous und gekochtes Gemüse. Vlad kommt die Leiter herunter, als ich gerade die Portionen auf die Teller löffle. Dabei fällt mir eine Kartoffel herunter, und ich bücke mich, um sie aufzuheben. Schmerzen strahlen von meiner Rippe aus, durchzucken meinen Oberkörper. Ich stöhne unwillkürlich.

»So schlimm?«, fragt er, aber es fühlt sich nicht wie eine Frage an.

Ich richte mich auf und schaudere. Am liebsten würde ich mich übergeben. »Geht schon«, behaupte ich.

»Gut«, sagt er mit einem halben Lächeln. Er nimmt mir zwei Teller ab und trägt sie nach oben ins Cockpit. Ich folge ihm mit zwei weiteren Tellern und kehre dann noch einmal nach unten zurück, um den Rest zu holen.

Während wir essen, ebbt der Wind spürbar ab. Die Segel erschlaffen und fangen an zu flattern.

Nach dem Abendessen versammeln sich Vlad, Cam und Zach um den Navigationstisch gegenüber der Kombüse, wo ich gerade den Abwasch mache. AJ kommt die Leiter herunter. »Brauchst du Hilfe?«

»Ja, könntest du bitte abtrocknen?«

»Klar«, antwortet er. Wenn er lächelt, werden seine Grübchen sichtbar.

Am Navigationstisch höre ich, wie Zach vorschlägt, den Motor einzuschalten. Vlad hält dagegen, dass wir keinen Treibstoff verschwenden sollten, wenn es nicht absolut notwendig ist. Ich gebe einen gespülten Teller an AJ weiter, wische mir die Hände an meinen Shorts trocken und gehe zu den anderen hinüber.

»Was, wenn wir ein Stück vom Kurs abweichen und, sagen wir, hier unten entlang segeln, dann erwischen wir im Rücken dieses Gewitters mehr Wind«, schlage ich vor und zeige auf der Karte auf einen Punkt im Südwesten, der sich am Rand eines Wettersystems befindet, das mehr Wind verspricht.

»Das liegt komplett in der falschen Richtung«, wendet Zach ein.

»Ich weiß. Aber hier kommen wir nicht vom Fleck.«

»Besser wir kommen hier nicht vom Fleck als *dort*«, murmelt Zach.

»Was?«, brause ich auf.

»Besser hier als da unten am Ende der Welt, habe ich gesagt.« Er wedelt mit der Hand. »Wir wollen nach Neuseeland, schon vergessen?«

»Wie ihr meint«, sage ich und kehre zu meiner Spüle voll schmutzigem Geschirr zurück.

Als ich AJ den letzten Teller reiche, berühren sich unsere Hände. Er lässt seine Hand einen Moment auf meiner ruhen, streicht mit den Fingerspitzen über meine Handinnenseite und lächelt. Diese Grübchen.

»Mir hat deine Idee gefallen«, flüstert er mir ins Ohr.

Eigentlich würde ich gern antworten: *Dann hättest du das vielleicht sagen sollen.* Und: *Dir hören sie nämlich zu, mir nicht.* Und: *Mir gefällt meine Idee auch, weil es eine verdammt gute Idee ist.* Aber ich sage nichts von alldem, weil die Art, wie er meine Hand berührt, ein sanftes Leuchten in der Dunkelheit unter Deck ist, und ich will nicht, dass dieses Licht erlischt. Also lächle ich nur mit geröteten Wangen und sage: »Danke.«

Klopf. Tick. Klopf. Tack.

Die Jungs beschließen, nicht den Kurs zu ändern. Stattdessen straffen sie einfach die Segel und fahren weiter mit drei Knoten Wind, obwohl von vorne zwei Knoten Strömung dagegen schieben. Drei Schritte vorwärts, zwei Schritte zurück. Neuseeland ist quälend weit entfernt. Ich spüre die gewaltige Masse des Ozeans zwischen uns. Er ist überall.

»Mir ist langweilig«, sagt Hunter und wirft seine Spielkarten auf den Tisch.

»Du erträgst nur keine Niederlage«, erwidert Cam.

»*Nein*, ich ertrage keine weitere Runde von diesem dämlichen Spiel.«

»Was könnten wir sonst noch spielen?«, frage ich.

»Wie wärs mit ›Ich hab noch nie‹?«

»Ich hab noch nie was?«

Hunter reißt die Augen auf. »Du kennst ›Ich hab noch nie‹ nicht?«

Ich schüttle den Kopf.

»Wie lange, sagtest du, arbeitest du schon auf See?«, fragt Cam.

Zach lacht.

»Am Anfang halten alle Spieler drei Finger hoch, und dann sagt jeder reihum etwas, was er noch nie gemacht hat. Wenn ein anderer aus der Runde diese Sache schon gemacht hat, muss er einen Finger herunternehmen«, erklärt Hunter.

»Und verloren hat derjenige, der als Erster keine Finger mehr oben hat?«

»Oder gewonnen«, grinst Hunter. »Normalerweise muss man dann nämlich einfach nur seinen Drink leeren …«

»Rum hätten wir an Bord«, sagt Cam.

»So ist es«, bestätigt Hunter mit einem frechen Grinsen.

»Ich glaube nicht, dass Vlad damit einverstanden wäre«, wendet Zach ein.

»Warum fragst du ihn nicht?«, fordert Hunter ihn auf.

»Frag du ihn doch.«

»Okay.« Hunter steht vom Tisch auf und steigt die Leiter zum Cockpit hoch, wo Vlad allein am Steuer sitzt und Wache hält.

Eine Minute später kommt Hunter mit einem breiten Grinsen zurück. »Jeder einen Drink.«

»Cool«, frohlockt Cam und steht auf, um den Rum aus der Kabine zu holen, die als Segellager genutzt wird.

Ich stöbere eine Flasche Cola in der Kombüse auf, die wir mit dem Rum mischen können, und schenke jedem einen halben Becher ein. Hunter gießt großzügig Rum dazu, und Zach kichert.

»Was denn?«, fragt Hunter. »Wir haben Durst.«

Ich nehme vorsichtig einen Schluck. Der Drink ist so stark, dass mir die Augen tränen.

»Hey!«, protestiert Hunter. »Wir haben noch nicht angefangen.«

»Okay, Leute – drei Finger hoch«, sagt Cam.

Ich stelle meinen Becher ab und halte drei Finger hoch.

»Ladies first«, fordert mich Hunter auf. »Sag ›Ich hab noch nie …‹ und dann die Sache, die du noch nie gemacht hast.«

»Okay. Ich hab noch nie ›Ich hab noch nie‹ gespielt.«

»Das ist doch langweilig!«, ruft Hunter.

»Nein, es ist schlau«, widerspricht Cam. Meine Mitspieler müssen nun je einen Finger herunternehmen.

»Also gut, was solls«, sagt Hunter. »Ich hab noch nie meine Tage gehabt.«

Ich verdrehe die Augen und nehme einen Finger herunter. Die Jungs brechen in Gelächter aus. Der Lärm weckt AJ in seinem Stockbett. Er rollt sich auf die Seite, stützt sich auf den Ellbogen. Nachdem er sich die Augen gerieben hat, fragt er: »Was spielt ihr?«

»›Ich hab noch nie‹«, antwortet Hunter.

AJ lächelt. »Ich liebe dieses Spiel.«

»Dann mach mit, Alter«, sagt Zach.

AJ schält sich aus seinem Bett. Er ist nackt bis auf seine Boxershorts und ertappt mich dabei, wie ich ihn anstarre.

Ich senke den Blick und merke, dass ich rot anlaufe. AJ setzt sich neben mich, sein Knie streift meins. Er hält drei Finger hoch.

»Ich hatte noch nie eine französische Mutter«, sagt Cam.

AJ nimmt einen Finger herunter. »Was war das für eine Runde?«

»Als Ausgleich, weil du später eingestiegen bist.«

»Okay«, übernimmt Zach. »Ich hatte noch nie Sex mit einem Mädchen an Bord.«

Alle Jungs, auch Zach, nehmen einen Finger herunter.

»Hattest du noch nie Sex an Bord, Oli?«

»Allmählich glaube ich, es stimmt gar nicht, dass du schon auf See gearbeitet hast«, zieht mich Cam auf.

»Wieso? Ich hatte noch nie Sex mit einem *Mädchen* an Bord«, entgegne ich.

»Aber mit einem Kerl schon?«, hakt Zach nach.

»Du bist nicht mehr dran.«

»Ich bin noch nie mit einem Boot auf Grund gelaufen«, sagt AJ.

Hunter nimmt einen Finger herunter.

»Oje«, murmele ich.

Hunter zuckt mit den Schultern. »War nicht meine Schuld.«

Ich denke an das, was Mac einmal zu mir gesagt hat: dass *jeder* verantwortlich ist, wenn etwas schiefläuft auf einer Segelyacht.

»Ich hab mich noch nie an Bord verliebt«, sage ich.

Es folgt eine lange Pause.

»Du musst einen Finger runternehmen, Oli!«, fordert mich Hunter auf und hüpft auf seinem Stuhl hoch.

»Was? Warum?«

»Weil dein ›Ich hab noch nie‹ auch sonst noch keiner hatte«, antwortet Zach.

»Ich hatte noch nie …«, beginnt Hunter. Er grinst. »Ich hatte noch nie Sex mit einem Kerl an Bord.«

Alle Blicke richten sich auf mich.

Grüne Augen. Blaue Augen. Schwarze Augen.

Alle weit geöffnet. Wie ein Schwarm Fische, der vor mir im Wasser verharrt. Bereit zum Angriff.

Fischaugen. Weit offen. Haben Fische Augenlider?

»Ich habs dir ja gesagt«, flüstert Zach.

Mich durchläuft ein Schauder. Ich denke an mein erstes Mal mit Adam. Was er damals sagte, bevor er in mich eindrang: *Du bist doch keine Jungfrau mehr, oder?* Aus seinem Mund hatte es so geklungen, als wäre Jungfräulichkeit etwas, wofür man sich schämen musste. Ich könnte den Jungs antworten, dass ich Arbeit und Privates grundsätzlich trenne. Oder einfach, dass sich noch nie die Gelegenheit ergeben hat. Stattdessen spüre ich in einem plötzlichen Ansturm von Rot wieder die Beschämung von damals.

Also nehme ich einen Finger herunter.

»Ha!«, ruft Hunter. »Ich wusste es! Austrinken!«

Ich leere meinen Drink in einem Zug. Verloren habe ich das Spiel so oder so.

Als Kind habe ich einmal etwas gesehen, was ich nicht sehen sollte. Zwei Frauen mit roten, glänzenden Lippen, halb nackt, mit prallen Brüsten. Und meinen Vater auf dem Sofa zwischen ihnen. Sein Hemd war aufgeknöpft, seine Krawatte lag auf dem Boden, zusammengerollt wie eine Schlange. *Mein* Vater. Seine Hände bildeten eine Brücke zwischen den Körpern der Frauen.

Der Ausdruck auf seinem Gesicht. Ein Gesicht so veränderlich wie Treibsand. Unbeständig. Stetig in Bewegung. Sand, den der Wind in verschiedene Formen blies. Die Form von Begierde. Von Vergnügen. Sand, der plötzlich die Form von Erschrecken annahm. Von panischer Angst. Sand, der die Form unbändiger Wut annahm.

Ich glaubte tatsächlich, es würde mir Macht verleihen, dieses *Sehen*. Weil eine Mutter ihrer Tochter glaubt. Mein Sehen war sein Ruin, so glaubte ich.

Aber die Leute wollen nicht immer glauben, was sie sehen. Beziehungsweise was man ihnen erzählt. Sie machen sich die Realität so einfach wie möglich, um in ihr zu überleben.

Du weißt nicht, was du gesehen hast. Das würde dein Vater nie tun. Ich glaube dir nicht. Warum tust du mir das an?

Die Geschichten, die wir uns selbst einreden. Die Erinnerungen, die wir uns zurechtbiegen. Treibsand.

Vlad steckt den Kopf durch den Niedergang, sagt zu Cam: »Du und Oli seid dran.«

Ich hole meine Öljacke und klettere die Leiter hinauf ins Cockpit. Cam folgt mir, setzt sich neben mich, so nah, dass sich unsere Beine berühren.

Unter Deck machen sich die anderen bettfertig. Sie klettern in ihre Stockbetten, löschen die Lichter. Und dann sind da nur noch wir beide, im rosa Licht der Navigationsinstrumente, schweigend.

Cam greift in die Tasche und zieht sein Handy und ein Paar Kopfhörer hervor.

»Willst du mithören?«

»Kommt darauf an.«

»Ich habe haufenweise Musik runtergeladen. Was möchtest du denn hören?«

»Kennst du Unknown Mortal Orchestra?«

»Ich hatte eigentlich mehr an, na ja … Hits gedacht.«

»Dann such du was aus«, sage ich und greife nach einem Ohrstöpsel.

Cam spielt *Welcome to the Jungle* von Guns N'Roses. »Ich liebe dieses Lied.« Er lächelt und stupst mich von der Seite an, sein Ellbogen stößt gegen meinen Bluterguss.

»Ah!«, schreie ich und lege meine Hand schützend auf die Schwellung. »Scheiße.«

Klopf. Tick. Klopf. Tack.

»Tut mir leid«, beteuert er und reibt mir die Schulter. »Warte, ich hole dir noch ne Schmerztablette.«

»Danke«, murmele ich, und er steht auf und verschwindet durch die Luke. Minuten später kommt er mit einer Wasserflasche und einer Schmerztablette zurück. Ich schlucke die Tablette und gebe ihm die Wasserflasche zurück. Er stellt sie in eine Halterung neben der Winsch und setzt sich dann wieder neben mich.

Sanft legt er den Arm um mich. »Besser?«

Ich nicke.

»Es tut mir weh, dich so zu sehen«, flüstert er.

»Was?«, frage ich und drehe ihm mein Gesicht zu. Plötzlich habe ich wieder das Gefühl, Zeuge von etwas zu werden, was ich nicht sehen sollte. Ich stehe abseits meines Körpers und wünsche mir verzweifelt, Cam würde sich nicht vorbeugen, um mich zu küssen.

Ruckartig weiche ich zurück.

Ein Gesicht wie Treibsand. Der die Form von Begierde annimmt. Von Überraschung.

»Was denn?«, fragt er. Treibsand, der die Form von Beschämung annimmt. Sein Versuch, einen Witz zu reißen, schlägt fehl.

»Sorry«, murmele ich.

Er nimmt seinen Arm weg.

»Ich dachte nur …«, beginnt er und windet sich unbehaglich auf der Sitzbank, unfähig, mir in die Augen zu sehen.

Um der Situation die Schärfe zu nehmen, lüge ich. »Ich bin einfach … Ich möchte das lieber nicht, solange wir hier an Bord sind. Du weißt schon … vor den anderen.«

Wir wollen nicht immer glauben, was wir sehen.

»Klar, verständlich, empfinde ich genauso«, antwortet Cam, aber am nächsten Tag benimmt er sich wie ein verletztes Hündchen, das mit eingezogenem Schwanz herumläuft.

Als ich ihm sein Mittagessen gebe, bedankt er sich nicht.

Als ich mich im Cockpit neben ihn setze, rückt er von mir ab.

Und als Vlad später in der Abenddämmerung mit Whiteboard und Filzstift an Deck kommt und verkündet, »Oli und Cam, ihr übernehmt halb vier bis sechs«, beschwert er sich: »Wir hatten die dunkelste Stunde schon.«

AJ springt vom Deck ins Cockpit herunter. »Ich noch nicht«, sagt er. »Soll ich mit Cam tauschen?«

»Und die Zweierschicht mit Oli machen?«, fragt Vlad.

AJ zuckt mit den Schultern. »Ja, warum nicht?«

»Dann wäre das geklärt.« Vlad wischt Cams Namen weg und schreibt stattdessen »AJ« in das Feld.

Cam weicht meinem Blick aus und starrt zum Horizont. Innerlich atme ich erleichtert auf.

AJ setzt sich mir gegenüber ins Cockpit. Er lächelt, und ich stelle mir vor, alle anderen würden von der Bildfläche verschwinden und uns beide allein zurücklassen, hier an Deck. In meinem Körper kribbelt es vor Aufregung.

FISCHGEDÄRME

Der Mond ist prall und geschwollen, genau wie die Haut über meiner Rippe. Auch die Wellen schwellen über Nacht immer mehr an. Die *Poseidon* steigt hoch aus dem Wasser, fällt in tiefe Wellentäler. Immer wieder schlägt mein Arm gegen meine blau geschwollene Seite. Es wird nicht weniger schmerzhaft, je öfter es passiert.

Ich möchte im Meer versinken.

»Alles okay?«

»Ja.« Ich verziehe vor Schmerz das Gesicht. »Meine Rippe wehrt sich nur gegen die aufgewühlte See.«

»Bald hast du die Schicht überstanden.« AJs Lächeln blitzt im Mondlicht auf.

Ich nicke. Als ob mein Körper unter Deck weniger wehtun würde.

Ohne den Mond wäre die Nacht noch schwärzer. Um uns herum erstreckt sich tiefes Blau, dunkel glänzend wie Schlamm. Die Wellen sind mit Silberstift umrandet. Ich schiebe die rechte Hand unter meine linke Armbeuge und halte meine verletzte Seite fest. Die Schmerzen werden so ein klein wenig erträglicher. Doch dann erwischen wir zwei Wellen, die gerade dabei sind, sich zu einer zu vereinigen. Die *Poseidon* kracht hinter der ersten Welle nach unten und prallt direkt auf die nächste Woge. Wasser brandet über den Bug, und ich werde von der Sitzbank auf den Boden des Cockpits gespült und lande auf meiner linken Körperseite. Ich schreie auf. Der Schmerz ist jetzt grellgelb. Ein heißer Messerstich.

AJ hilft mir zurück auf die Sitzbank, zieht mich neben sich. Wir sind beide völlig durchnässt, und ich fröstele trotz der Hitze. Er legt den Arm um mich.

»Wie kann dir so kalt sein? Wir sind in den Tropen!«

Wir erklimmen die nächste Welle, und da bemerke ich etwas jenseits des Schiffsbugs: Es sieht aus wie ein riesiges Fass, das im Mondlicht glänzt.

»Hast du das gesehen?«

Wir gleiten in ein dunkles Wellental hinab, und das vermeintliche Fass verschwindet.

»Was gesehen?«

Der Bug hebt sich wieder, und ich rufe: »Da drüben!«

AJ springt auf. »Was ist das, um Himmels willen?«

Plötzlich erhebt sich etwa zehn Meter vom Schiff entfernt eine Walflosse aus dem Meer.

»Heilige Scheiße!« AJ stürzt zum Steuerrad. »Halt dich fest!«

Ich packe ein Strecktau, während er das Rad nach Steuerbord herumreißt, und wir gleiten in derart schrägem Winkel auf der Rückseite der Welle nach unten, dass die Segelyacht Schlagseite bekommt. Unter Deck höre ich Teller aus den Schränken fliegen und in der Kombüse zerschmettern. Dabei habe ich die Küchenschränke abgeschlossen. Ich weiß genau, dass ich sie abgeschlossen habe. In der Kabine ist Geschrei zu hören.

In diesem Moment schlägt die Schwanzflosse mit kalter Brutalität aufs Wasser, wie eine Hand in ein Gesicht.

Ein tränennasses Gesicht. Der Wal streckt seinen Kopf aus dem Wasser und atmet durch sein Blasloch aus. Die Wolken öffnen ihre Schleusen.

Fischgedärme regnen vom Himmel herab.

Unter Deck: »Das Zeug riecht ja ekelhaft.«

»Ihr zwei stinkt heute Nacht nicht die Stockbetten voll«, warnt uns Cam, während er in sein Ölzeug schlüpft.

»Wo sollen wir denn sonst schlafen?«, fragt AJ verächtlich.

»Pennt halt vorne in der Kabine.«

»Die ist voller Segel, du Idiot.«

»Dann räum sie woandershin, *du Idiot.*«

Vlad setzt sich in seinem Bett auf. »Beruhigt euch mal, Jungs.«

»Was solls?«, murmelt AJ und nimmt meine Hand. »Komm mit, Oli.«

Ich folge ihm in die Kabine. In dem kurzen Moment, bevor er die Tür hinter uns schließt, sehe ich, dass mich Cam von jenseits der Kombüse finster anstarrt. Er durchbohrt mich regelrecht mit seinem Blick.

AJ schiebt die Segel auf dem Bett zur Seite und schafft dadurch Platz für eine Person. Das Boot schlingert, und unsere Köpfe stoßen gegeneinander. Sein leises Lachen streift meine Wange. »Hast du dir wehgetan?«

»Nein.«

»Gut«, flüstert er und schiebt mir die nassen, verfilzten Haare aus dem Gesicht. Seine Augen lächeln im Dunkeln.

Er berührt mein Kinn, hebt es sanft mit Daumen und Zeigefinger nach oben. Unsere Lippen berühren sich.

AJ nähert sich erst langsam. Und ist dann plötzlich überall gleichzeitig.

Schlagartig stößt er mir seine Zunge in den Hals, schiebt seinen Arm unter mein durchweichtes Oberteil, packt meine Brust mit seiner kalten Hand, als wollte er eine Zitrone auspressen.

Und schon erlöschen sämtliche Farben des Verlangens, sämtliche sich berührenden Fingerspitzen, sämtliche leisen Worte und Grübchen und lächelnden Augen. Wie ein brennender Docht, den jemand zwischen Daumen und Zeigefinger ausdrückt. Ein Zwicken, heftig und beißend. Schwielige Haut. Bedrohliche Dunkelheit.

Ich drücke AJ ein Stück nach hinten, zwänge das Wort »Warte« in den schmalen Korridor zwischen seinem Mund und meinem.

»Ich warte schon so lange darauf, dich zu küssen.«

»AJ, stopp.«

Er küsst mich erneut, kneift mich so fest in die Brustwarze, dass rosa Flecken vor meinen Augen auftauchen.

Ich würge, ersticke an Fleisch.

»Du bist so verdammt sexy.«

Ich stehle einen Atemzug. Die Luft ist schwer und feucht.

»AJ.«

»Mm.« Er grinst. Leckt sich die Lippen. »Ich liebe es, wie du meinen Namen sagst.«

»Bitte!« Meine Kehle schnürt sich zusammen, mir schießen die Tränen in die Augen.

Hinter seiner Schulter dringt Mondlicht durch ein winziges Bullauge herein. Hier unten wirkt es nicht wie geschmeidiges Silber. Es ist grau und kratzig.

Ich vermisse sie. Ich vermisse die Mondsilhouette so sehr.

»Bitte …«

Er bringt mich mit einem Kuss zum Schweigen.

Mit einem Kuss zum Schweigen gebracht. Von den Füßen gerissen. An die Wand gedrängt. Von so etwas träumen wir Frauen doch eigentlich, oder?

Ich drehe mich … winde mich.

Er stößt mit seinem Körper so heftig gegen meinen, dass ich Sterne sehe, und diese Sterne in meinen Augen verwandeln sich rasch in bis auf die Knöchel heruntergezogene Hosen. Die Luft zwischen meinen Beinen ist so schockierend, als befänden wir uns im tiefsten Winter. Ich ziehe meine Hose wieder hoch. Und dann ziehe ich sie noch einmal hoch, und noch einmal, und noch einmal. Ich forme einen Satz mit meinen Knochen, schreibe einen Absatz mit meinem Körper.

Und er blättert einfach weiter.

Ich existiere?

Sieht so Vergewaltigung aus? Werde ich gerade vergewaltigt? Warum wehre ich mich nicht? Wehr dich! *Tu ich doch!* Nein, tust du nicht. Wehr dich. Wehr dich! *Ich kann mich nicht bewegen. Ich bekomme keine Luft.* Sag etwas. *Ich bekomme keine Luft.*

Er steckt einen Finger in mich hinein.

Diese Geschichte hat so viele Anfänge.

Da war der Moment, als ich AJ das erste Mal sah, hoch oben am Mast, wie er auf mich herabblickte und pfiff, während ich innerlich lächelte. Dann der Moment, als er mir beim Abwasch half und sich unsere Hände berührten, als ich mir wünschte, die Berührung würde ewig andauern. Der Moment, als ich beim Spielen log und behauptete, ich hätte schon einmal Sex auf See gehabt – ein Finger nach unten. Der Moment, als ich mich mit Adam in einem Restaurant stritt und sturzbetrunken auf dem Schiff eines alten Mannes landete. Der Moment, als ich meinen

Dad dabei erwischte, wie er meine Mutter betrog. Der Moment, als er sie das erste Mal zum Schweigen brachte. Da war dieser späte Nachmittag, als AJ mit Cam tauschte und sich für die Nachtschicht mit mir einteilen ließ, worüber ich mich insgeheim riesig freute. Da waren Cams bohrender Blick und das Schließen einer Tür. Und dann war da der Kuss, den ich mir gewünscht hatte. Ein Kuss, den ich herbeigesehnt hatte, zu dem ich mit meinem Verhalten eingeladen hatte. Natürlich habe ich das. Er ist toll. AJ ist ein toller Mann. Ich mag ihn. Ich mochte ihn. Die Wolken öffnen ihre Schleusen.

Fischgedärme.

Meine Wirbelsäule reibt an der harten Wand des Schiffsrumpfs. Des Schiffskörpers. Gegen den die entgegenkommenden Wellen schlagen. AJ zerreißt meine Unterhose. Zwängt sein Bein zwischen meine Oberschenkel, klappt mich auf. Gespaltenes Fleisch. Er öffnet seinen Hosenschlitz. Beißt mir in den Hals. Schlängelt sich aus seinen Shorts.

Das alles passiert.

Passiert es wirklich?

Es passiert wirklich.

Und dann wallt, einfach so, ein Gedanke in mir auf. Das hier ist ein Anfang. Ein neuer Anfang. *Mein* Anfang. Der Anfang der Geschichte, die ich mir selbst erzähle, um zu überleben.

Wenn ich jetzt Sex habe, ist das meine Entscheidung. Ich entscheide diese Sache. Ich werde Sex haben. Ich werde Sex mit AJ haben. Diese Entscheidung treffe ich jetzt, in diesem Moment. Es ist mein Moment. Ich habe die freie Wahl.

Ich entscheide.

Wir entscheiden uns dazu, zu atmen, nicht wahr?

FISCHSCHUPPEN

Sie ist die perfekte Gastgeberin. Meine Mutter. Liebt es, Gäste zu empfangen. Den in Strömen fließenden Champagner, die Perlen, die lackierten Nägel. Ihr Lachen. Ihre geschminkten Lippen. Ihre langen, dunklen Wimpern, die wie schwarze Schmetterlinge flattern. Alles ist perfekt getimt. Als stünde da jemand hinter ihren Augenlidern und würde Karten mit Anweisungen hochhalten: *Lachen. Lächeln. Blinzeln. Blinzeln.*

Ich schlürfte meine Suppe. Ich stieß den Wein um. Ich lachte, wenn ich lächeln sollte. Lächelte, wenn ich lachen sollte. Ich war ein Risikofaktor.

Also versuchte sie, mir Benimm beizubringen – mein Gott, und wie sie es versuchte! Setz dich gerade hin. Wisch dir das Kinn ab. *Lachen. Lächeln. Blinzeln. Blinzeln.*

Sie kaufte Kleider für mich, Schuhe, dazu passende Söckchen. Sie flocht mir die Haare und band die Zöpfe mit Schleifen zu.

Doch dann tauchten, als ich dreizehn war, die Pickel auf – mein Gesicht war verunstaltet. »Das musst du von der Familie deines Vaters geerbt haben«, sagte sie. »Ich selbst hatte nie schlechte Haut.« Von da an ging es nur noch um meine Haut. Um meine *schlechte* Haut. Und um die Party. Die Party des Jahres. Die in unserem Haus stattfand. Und um meine Haut. Und um die Party. »Was werden die Leute denken?«

Also ging sie mit mir einkaufen und besorgte Make-up, um die Pickel abzudecken. Nur dass meine Haut – meine *schlechte* Haut – leider gar nicht gut darauf reagierte. Sie war allergisch gegen Make-up. »Mum, das juckt«, beschwerte ich mich. Aber sie hörte mir nicht mehr zu. Die ersten Gäste trafen ein, Champagnerkorken knallten. Perlen und lackierte Nägel.

Wie war der Flug? New York hat euch bestimmt gefallen!

Als sie sich umdrehte, um mich vorzustellen, war meine Haut mit Pusteln übersät.

Lachen. Lächeln. Blinzeln. Blinzeln.

Ich wurde ins Badezimmer gezerrt, wo mir Mae Grace half, das Make-up zu entfernen. Dann wurde ich in mein Zimmer geschickt, wo ich für den Rest der Party blieb.

Ja, der armen Liv geht es nicht so gut. Erkältet. Muss sich in der Schule angesteckt haben.

Am nächsten Tag hing meine Haut in Fetzen. Wie Fischschuppen, die in der Sonne trocknen. Mein ganzes Gesicht war wund und rot, mit weißen Rändern.

Aber es war lange nicht so schlimm wie *das hier.*

Ich ziehe meine Hose herunter. Das Schiff schlingert. Ich stütze mich an der Wand ab. Das Schiff sackt hinter einer Welle nach unten. Ich falle rückwärts auf die Toilettenschüssel. Lande schwer. Zucke zusammen. Ich spreize die Beine, beuge mich nach vorn. Sehe rohes Fleisch. Meine Haut ist rot und wund, blutunterlaufen an den Rändern. Sie schält sich ab. Hängt in Fetzen. Wie Fischschuppen, die in der Sonne trocknen. Ich beginne zu pinkeln, und es brennt. Meine Vagina brennt, als würde ich mit gespreizten Beinen an Deck liegen, der glühend heißen Sonne ausgesetzt. Den Blicken der anderen. Ich fange an zu weinen und presse die Hand vor den Mund, damit mich niemand hört.

Keiner der Jungs hat die zerbrochenen Teller in der Kombüse weggeräumt.

»Du musst die Schränke abschließen, Oli«, ermahnt mich Zach, der über mir steht, als ich die Scherben auffege. »Das ist die *oberste* Regel hier an Bord.«

»Ich habe sie abgeschlossen«, beteuere ich. *Ich bin mir sicher, dass ich sie abgeschlossen habe. Dachte ich zumindest. Ich schließe immer die Schränke ab. Oder nicht? Doch, ich bin mir sicher.*

»Offenbar nicht«, murmelt er und zieht seine Boardshorts an.

Hunter steckt den Kopf durch den Niedergang. »Was gibts zum Frühstück?«

»Definitiv Fingerfood«, antwortet Zach.

»Was? Warum?«

»Oli hat die Schränke nicht abgeschlossen, daher ist sämtliches Geschirr kaputtgegangen, als wir beinahe mit dem Wal kollidiert wären. Keine Ahnung, wie du bei dem Lärm einfach weiterschlafen konntest.«

Hunter schüttelt den Kopf. »Das ist doch die oberste Regel, wenn man in der Kombüse arbeitet, Oli.«

»Hab ich schon mal irgendwo gehört«, murmele ich und sammle die letzten Scherben ein. »Ich mache uns Sandwiches.«

Oben an Deck gebe ich Hunter und Zach ihre Sandwiches. Vlad und Cam sind in der Kabine und schlafen.

AJ kommt mit einem Kanister ins Cockpit, aus dem Öl auf den Boden tropft.

Er hält ihn hoch. »Der ist undicht.«

»Wirf ihn weg«, sagt Hunter.

AJ zuckt mit den Schultern und befördert ihn über die Reling. Er landet mit einem Platschen und beginnt dann zu sinken. Der Ölfleck auf dem Wasser bildet einen langsamen Strudel, wie Worte, die zu einer anderen Zeit gesprochen wurden.

AJ beugt sich über Bord, wäscht sich die öligen Hände im Meer und setzt sich dann ins Cockpit. Als ich ihm sein Sandwich gebe, zwinkert er mir zu. Statt seiner Augen sehe ich die schleimige Nickhaut einer Echse vor mir, die sich zur Seite verschiebt. Mir läuft ein kalter Schauder über den Rücken.

»Ich habs genau gesehen«, merkt Hunter an. »Bei diesem Geschäker wird einem ja ganz schlecht.«

»Keine Romanzen an Bord, bitte«, pflichtet ihm Zach bei.

AJ lacht. Das Geräusch ist säuerlich grün. Es ist unter meiner Haut. In mir drin.

»Zu spät, glaube ich«, sagt Hunter und zeigt auf meinen Hals.

»Verdammt noch mal«, murmelt Zach.

»AJ und Oli sitzen auf dem Baum«, trällert Hunter, »und knutschen miteinander, man glaubt es kaum.«

AJ schnippt mit dem Finger gegen Hunters Ohr. »Werd endlich erwachsen«, sagt er, und Hunter kichert.

Ich durchquere das Cockpit, um mich neben Zach zu setzen. Als ich an AJ vorbeikomme, gibt er mir einen Klaps auf den Hintern. Diesmal läuft mir der Schauder durch den ganzen Körper. Hunters Kichern wird noch lauter.

»Wir könnten doch heute mal versuchen, einen Fisch zu fangen«, schlage ich vor, verzweifelt darum bemüht, das Thema zu wechseln.

»Super Idee, Oli«, sagt Zach und steht auf, um zwei Angelrollen unter der Sitzbank hervorzuholen. »Wie wärs mit Wettangeln?«

»AJ hat sich seinen Fisch schon geangelt«, prustet Hunter und schmeißt sich weg vor Lachen.

Diesmal stimmt auch AJ ein.

»Ja, ja«, sagt Zach trocken. »Total witzig.« Er macht die Angelrollen an der Reling fest, eine an Backbord und eine an Steuerbord. »Oli und ich haben die blaue Rolle. Ihr Idioten habt die rote. Der Verlierer muss den Fang ausnehmen.«

»Was ist denn das für ein Wetteinsatz?« AJ grinst. »Mir macht das Spaß.«

Hunter lacht. »Alter, du bist echt krank.«

»Kennt ihr die beste Art, einen Fisch zu töten?«, fragt Zach.

»Man gießt ihm Alkohol in die Kiemen«, antworte ich.

»Woher weißt du das?«

»Hat mir ein Freund gezeigt.«

Er nickt und setzt sich wieder neben mich. »Ich hab dich echt unterschätzt«, sagt er so leise, dass die anderen beiden es nicht hören.

Ich mache schon den Mund auf, um zu antworten, *Ja, hast du*, doch bevor ich etwas sagen kann, ruckelt es hinter Zach an der Angelschnur. Die Schnur erschlafft kurz und spannt sich dann erneut. Er springt auf und ruft: »Wir haben einen!«

»Ich hole den Rum«, bietet Hunter an und verschwindet unter Deck. Als er zurückkommt, hat Zach den Fisch aus dem Wasser gezogen und wirft ihn ins Cockpit. Hunter schraubt die Flasche auf.

»Wir verschwenden doch für so etwas keinen Rum«, sagt AJ und schiebt Hunter aus dem Weg. Er bückt sich und klinkt die Winschkurbel aus. »Her damit«, fordert er Zach auf, der den Fisch mit dem Fuß zu ihm hinüberschiebt.

Ich beobachte den zappelnden Fisch. Wie unmittelbar sein Tod mithilfe des Alkohols sein könnte. Direkt in die Kiemen. Wie gnädig. Drei Minuten können schrecklich lang sein, wenn man nicht atmen kann.

Sie können sogar widerwärtig lang sein. Es ist nicht nur der Geschlechtsakt selbst, so trocken, so erstickend, die gewaltsame Besetzung, das Eindringen in deinen Raum. Die Verunreinigung. Wie er deine Haut für seinen Körper dehnt, wie er sie einreißt.

Es sind auch all die anderen Arten, auf die er dich zwingt, dich zu dehnen, dich zu Stunden zu dehnen, wenn du wach liegst, während sein Atem an deinem Hals kratzt, als würde ein Messer Fischschuppen von deinem schleimigen Körper schaben. Wenn du wach liegst und darauf wartest, dass endlich die Sonne aufgeht, wach liegst, während das Sperma aus dir heraussickert, wach liegst und darauf wartest, dass der Mond endlich verschwindet, weil du es nicht erträgst, dass er dich so sieht.

Es wäre so viel gnädiger, wenn er Alkohol in deine Kiemen gießen würde, direkt in dein Gehirn.

Aber das tut er nicht. AJ will keinen Rum vergeuden. Also bearbeitet er den Fisch mit der Winschkurbel. Wieder. Und wieder. Weil das arme Ding nicht aufhört, sich zu winden. Und selbst als der Fisch erschlafft, mit verstümmeltem Gesicht und eingeschlagenem Kopf, bin ich nicht davon überzeugt, dass er nicht den Angelhaken spürt, der aus seinen Lippen gezogen wird, dass er nicht das rote Brennen jeder einzelnen Schuppe spürt, die ihm vom Leib gekratzt wird. Schuppen wie Glasscherben, die in einer Blutlache schwimmen und in der Sonne glitzern.

Unter Deck klettert Cam aus seinem Stockbett. Er reibt sich die Augen, sieht mich an, blinzelt. »Was ist das da an deinem Hals?«

Ich betaste meinen Hals, betaste den blauen Fleck. Betaste den *Liebes*biss an meiner Halsgrube.

»Das war AJ, oder?«

Ich nicke.

»Hattest du Sex mit ihm?«

»Er hatte Sex mit mir.«

Vielleicht sollte ich lieber sagen: Er hatte Sex auf mir, in mir. Er hat seinen Schwanz in etwas hineingesteckt. Er hat etwas in mich hineingesteckt. Musste es mit Gewalt tun, weil es nicht hineinwollte. Kann vorkommen. Die Muschelschale schließt sich, und rosa Lippen dichten sie ab, um die schwarze Perle darin zu beschützen. Zumachen, verschließen, abdichten, den Mund halten. Ich hielt den Mund. Und dann stöhnte ich, weil es meine Entscheidung war, Sex zu haben. Denn das ist der Laut, den man von sich gibt, wenn man sich dazu entscheidet, Sex zu haben. Das ist der Laut, den man von sich gibt, wenn es sich gut anfühlt, wow, so gut, dass mein Bein zittert. Dass mein ganzer Körper zittert. Ich stöhne. Das ist der Laut, den man von sich gibt, wenn jemand Sex *an* einem hat. Er ist so tief in mir drin, dass ich meine Hand auf den Bauch legen und seine Stöße spüren kann, von innen nach außen. Und mein Bein zittert, weil er so tief drin ist. Ich bin tiefer blauer Meeresschlamm. So tief im Meer, dass meine Trommelfelle platzen. Und mein Körper zittert, weil ich Angst habe, dass er durch meinen Bauchnabel wieder herausstößt, deshalb presse ich mit der Hand dagegen und versuche, mein Fleisch zusammenzuhalten.

»Ist das dein verdammter Ernst?«, fragt Cam mit mühsam unterdrückter Wut.

Ich atme erleichtert auf … mein Körper wird erhört. Ich werde erhört. Er hört mich.

»Ja.«

Cam schüttelt den Kopf. »Ich kann nicht glauben, dass du mir das angetan hast.«

»Warte mal, *wie bitte*?«

»Ich stand als Erster auf dich«, faucht er mir entgegen. »Und jetzt muss ich ihm jeden Tag ins Gesicht sehen. Hättet ihr zwei nicht wenigstens warten können, bis ihr von Bord seid?«

»*Er* hatte Sex mit *mir*.«

»Und? Heißt das, du wolltest es nicht?«

Ich antworte nicht. Schweigen staut sich zwischen uns auf.

»Willst du das damit sagen?«

Mein anhaltendes Schweigen ist kränklich gelb.

»Dass er dich vergewaltigt hat?«

»Dieses Wort werde ich nicht in den Mund nehmen.«

»Er hat dich also nicht vergewaltigt?«

»So einfach ist das nicht«, antworte ich verzweifelt und halte meinen Bauch fest, in dem irgendetwas von innen nach außen drückt. »Es ist … es ist kompliziert.«

Es hatte schwarz-weiße Momente gegeben, zum Beispiel, als ich zum vierten Mal meine Hose hochzog und Nein sagte. Und Graustufen, zum Beispiel, als ich mein

Oberteil auszog. Oder als ich mich nach vorn beugte und den Hintern herausstreckte. Oder als ich sein Glied in den Mund nahm, weil das weniger wehtat. Dann wieder schwarz-weiß, als er meinen Kopf so fest dagegen drückte, dass ich würgte und mich in meinen eigenen Mund übergab.

»Es gibt ein Dazwischen.«

»Nein, gibt es nicht«, widerspricht Cam. »Entweder er hat dich vergewaltigt oder eben nicht.«

Ich flüstere, obwohl ich lieber schreien würde: »Wir sind mitten auf dem verdammten Ozean, Cam! Ich nehme dieses Wort nicht in den Mund.«

Vergewaltigung.

Vergewaltigung ist das tiefste Rot, das ich je gesehen habe.

»Oli, wenn er dich vergewaltigt hat, bringe ich ihn um.«

»Genau deshalb! Wenn ich dieses Wort verwende, bricht hier die Hölle los.«

»Wenn er das getan hat, muss er dafür bestraft werden.«

Ich spüre AJ in mir.

»Ich will das alles nicht«, sage ich mit Tränen in den Augen.

»Warum hast du es mir dann erzählt?«

Ich halte immer noch meinen Bauch fest. »Weil du mich gefragt hast.« Ich sinke nach hinten auf ein Stockbett. Mein Körper knickt einfach um, klappt in der Mitte zusammen.

»Ich weiß nicht mal, ob ich dir glaube.«

»Was?!«

Ich kann AJ spüren. Er ist in mir. Er ist in mir! Ich bekomme keine Luft. Er ist in mir. Wie saures Blut, wie geronnene Milch. Meine verletzte Rippe pocht. Ich kann sein Sperma auf mir riechen, klebrig auf meiner wunden Haut, Fischschuppen, die abgeschabt wurden. Aufgeschlitzter Fisch, herausquellende Gedärme. Aufgeschlitzter Bauch, heraus quillt *er*. Fischgedärme. Das Zeug riecht ja ekelhaft.

»Ich habe keine Ahnung, ob ich dich bemitleiden oder hassen soll.«

»Du sollst mir glauben!«

Cam sieht mir direkt ins Gesicht. Wieder dieser bohrende Blick. Was passiert, wenn man einen Augapfel durchbohrt? Wenn man mit einer Nadel hineinsticht? Platzt er dann? Und was quillt heraus? Ich stelle mir meinen Augapfel wie eine Wasserbombe vor, prall gefüllt mit Schleim und kränklich gelber Flüssigkeit. Kränklich gelb wie mein Schweigen. Eine Nadel sticht hinein, und er platzt, Erbrochenes regnet an meinen Wangen herab wie Fischgedärme vom Himmel.

Cam schüttelt den Kopf. »Ich glaube, das kann ich nicht … ich meine, wenn du es nicht wolltest, warum hast du dann nicht einfach geschrien?«

FISCHBLUT

Das Meer hat Dehnungsstreifen.

Warum habe ich nicht *einfach* geschrien?

Ich rolle mich in meinem Bett auf die andere Seite.

Wieder und wieder.

Warum habe ich nicht einfach geschrien? Die Frage klingelt in meinen Ohren.

Wieder und wieder. So, wie ich meine Hose hochgezogen habe. Wieder und wieder.

Unaufhörlich, gnadenlos.

Warum habe ich nicht *einfach* geschrien?

Als ob jemand mein Schreien gehört hätte. Er selbst war nur Zentimeter von mir entfernt und hat mein *Nein* nicht gehört.

Als wäre es damit getan gewesen.

Ein Schrei.

Als hätte mich das gerettet.

Ich rolle mich in meinem Bett auf die andere Seite.

Und spüre etwas Feuchtes. Etwas Feuchtes zwischen meinen Oberschenkeln.

»Ach, Scheiße«, flüstere ich, setze mich auf und spreize die Beine. Meine Unterhose ist durchweicht, das ganze Bett ist nass.

Ich blinzle, und Tränen rollen mir über die Wangen.

Nachdem ich aus dem Bett geklettert bin, eile ich durch die Kabine ins Bad. Dort schnappe ich mir bündelweise Papier, ziehe meine Hose aus und wische mich sauber. Das blutige Papier werfe ich in die Toilettenschüssel.

Dann wird mir klar, was ich da getan habe. »O Gott«, murmele ich, »du *blöde Kuh*.« Ich versuche, das Papier wieder herauszufischen, aber es ist schon dabei, sich im Wasser aufzulösen. Zumindest die größten Klumpen hole ich heraus und werfe sie in die Plastiktüte, die wir als Abfalleimer verwenden. Hoffentlich habe ich Glück und kann den Rest mit der Spülung beseitigen.

Ich schiebe den Hebel nach rechts und fülle die Schüssel mit frischem Meerwasser. Dann betätige ich den Hebel erneut und fange an zu pumpen. Zuerst sieht es gut aus. Dann nicht mehr. *»Fuck«*, murmele ich. Ich spüre, dass es zwischen meinen Oberschenkeln wieder feucht wird, spüre, wie mir das Blut am Bein herunterläuft. Das Boot schlingert, und die Badezimmertür schwingt auf. Ich stürze fast mit nach draußen, klammere mich verzweifelt am Waschbecken fest. Mit einem plötzlichen Knall fällt die Tür wieder zu. Der Ruck zuckt durch meinen ganzen Körper.

Ich reiße noch mehr Papier ab und wische mir damit das Bein sauber. Dann klemme ich mir eine Handvoll Papier zwischen die Beine und presse sie zusammen, damit es an Ort und Stelle bleibt. Ich versuche erneut, die Schüssel leer zu pumpen, aber es hilft nichts: Ich habe die Toilette verstopft.

Nachdem ich den Deckel zugeklappt habe, gehe ich zu meinem Rucksack, den ich hinter dem Navigationstisch aufbewahre. Beim Durchwühlen seines Inhalts finde ich vier lose Tampons. Meine Periode ist früh dran. Zu früh. Ich bin nicht vorbereitet. Sie kommt sonst nie zu früh. Tränen strömen mir übers Gesicht, als ich zurück zum Badezimmer schlurfe, das Toilettenpapier in die Mülltüte stopfe und einen Tampon einführe.

Ich spüre sein Vordringen, quälend langsam, spüre alles an ihm. Seine Trockenheit. Die raue, geriffelte Oberfläche. Meinen Körper, der sich verkrampft. Die Muschelschale verschließt sich. Ich muss fest drücken, um den Tampon in mich hineinzuzwängen.

Meine blutverschmierte Unterhose werfe ich in den Abfalleimer in der Kombüse und mache mich dann daran, das Frühstück zuzubereiten, indem ich die letzten Eier abkoche. Ansonsten ist ab jetzt Trockennahrung angesagt. Abgepackte Frühstücksflocken mit kleinen H-Milch-Kartons. Da wir keine Schüsseln mehr haben, gieße ich die Milch direkt in die Plastikauskleidung der Frühstückflockenpäckchen und serviere diese mit je einem Löffel.

»Isst du nichts, Oli?«, fragt Zach.

Der Himmel ist wolkenverhangen. Ich lüge und behaupte, ich hätte schon gefrühstückt.

Mein Magen gibt grummelnde Geräusche von sich. Ich presse die Hand vor meinen Bauch und drücke fest dagegen, bringe meinen Körper zum Schweigen. Leer zu sein fühlt sich besser an, als prall gefüllt zu sein.

Nachdem die Jungs fertig gefrühstückt haben, geht Hunter, der die Morgenschicht hatte, hinunter in die Kabine, um zu schlafen.

»Was ist das denn?!«, hören wir ihn brüllen.

Die anderen stürzen durchs Cockpit und drängen sich um den Niedergang. »Was ist denn los?«, fragt Vlad.

»Da ist überall schwarzes Zeug in meinem Bett!«

Vlad verschwindet durch die Luke nach unten, die anderen folgen ihm.

»Das ist Blut!«, sagt Vlad.

»Wer hat in diesem Stockbett geschlafen?«, höre ich Zach fragen.

»Oli«, antwortet AJ.

Ich halte die Luft an.

»O Gott«, murmelt Zach schließlich. »Ich glaube, das ist Menstruationsblut.«

»Igitt!«, schreit Hunter.

Ich ziehe die Knie an die Brust und umschlinge sie mit den Armen, igele mich ein. Mache mich so klein ich kann, umklammere mich ganz fest, halte vollkommen still.

Dann entsteht ein neuer Tumult weiter vorn in der Kabine. Gedämpfte Stimmen unter Deck. Jemand hat die verstopfte Toilette entdeckt. Eine Schüssel voll Blut und Meerwasser.

Vlad kommt zurück an Deck, mit hochrotem Gesicht. Er kocht vor Wut. »Was hast du verdammt noch mal mit dem Klo gemacht?«, fragt er. »Das müssen wir alle benutzen!«

»Ich weiß. Tut mir leid. Ich habe nicht nachgedacht«, stammle ich, während erneut die Tränen in mir aufsteigen. »Ich habe versucht, es wieder freizubekommen.«

»Tja, hat wohl nicht geklappt«, sagt er und murmelt dann vor sich hin: »Ich wusste von Anfang an, dass es eine Scheißidee war, dich mitzunehmen.«

Die anderen kommen ebenfalls ins Cockpit herauf. Sie ragen drohend über mir auf, wie Geier, die am Himmel kreisen.

»Ja«, sagt Cam, »das Ding ist komplett im Arsch.«

Tränen beginnen zu rollen, eine nach der anderen, wie einsetzender Regen.

»Wo sollen wir jetzt zum Scheißen hin?«, fragt Hunter.

»Genau. Ich müsste zum Beispiel gerade«, sagt Zach.

»Ab jetzt heißt es wohl über Bord kacken«, stellt Vlad mit einem abfälligen Schnauben fest.

»Es tut mir leid!«

Cam starrt mich wütend an. »Ja. Das sollte es auch.«

Ich stehe auf. »Ich versuche noch mal, es wieder hinzukriegen.«

»Iiiih, ekelhaft!«, kreischt Hunter plötzlich.

Ich drehe mich um und sehe einen roten Fleck auf der Sitzbank, genau an der Stelle, an der ich gesessen habe.

»Das stinkt!«, beschwert sich Cam.

»Du kannst mich mal«, sage ich. »Das stinkt überhaupt nicht.«

»Doch, das Zeug riecht wie Fischblut!«, ruft Hunter.

AJ sieht mich an. »Was machen wir bloß mit dir?«

»Setz sie doch ins Beiboot«, schlägt Hunter vor, woraufhin er und AJ in Gelächter ausbrechen.

»Das ist deine erste gute Idee während dieser Reise«, sagt Cam, der nun ebenfalls lacht.

»Das kann nicht euer Ernst sein«, protestiere ich.

»Hört auf mit dem Scheiß«, springt mir Zach bei.

Cams Lächeln erlischt. »Das ist kein Scheiß.«

Hunter lacht zögernd weiter und verstummt dann. »Cam, warte mal«, sagt er. »Das sollte nur ein Witz sein.«

»Von mir nicht. Ich meine es todernst.«

Ich sehe ihm fest in die Augen. »Du Wichser.«

»Was hast du gerade zu mir gesagt?« Sein Gesicht ist wutverzerrt und zuckt. Er packt meine Schulter, schiebt die Hände unter meine Oberschenkel und hebt mich in die Luft.

»Lass mich runter!«, kreische ich.

Cam kneift mich in die Oberschenkel, brüllt Hunter zu, er solle das Beiboot heranziehen.

»Schluss jetzt!«, ruft Zach. »Lass sie runter!«

Cam ignoriert ihn.

Ich drehe ruckartig den Kopf und sehe Hunter am Heck der Yacht stehen, reglos wie ein betäubter Fisch.

»Mach schon, Hunter!«, brüllt Cam.

Sein Befehl scheint Hunter wachzurütteln.

»Sofort!«

Zögernd beginnt Hunter, das Beiboot zum Heck der *Poseidon* heranzuziehen.

»Lass mich runter!«, schreie ich und bearbeite Cams Rücken mit den Fäusten. Ich zapple und winde mich, kneife und kratze. Er packt mich noch fester, bewegt sich mit mir aufs Heck des Schiffs zu.

»Lass die Scheiße!«, brüllt ihn Zach an. »Das kannst du nicht machen!«

Ich blicke über die Schulter und sehe, wie AJ Zach rücklings zu Boden stößt.

Ich suche Zachs Blick, flehe ihn an. *Hilf mir!*

Doch er rappelt sich auf und weicht ins Cockpit zurück.

»Bitte, Cam«, sage ich und fange an zu schluchzen. »Bitte!«

Er gräbt seine Finger in mein Fleisch. »Sei still, du blöde Schlampe«, knurrt er.

Hunter hat das Beiboot inzwischen herangezogen.

Cam sieht sich nach Vlad um, der immer noch im Cockpit steht und uns teilnahmslos beobachtet. *»Vlad!«*, schreie ich. *»VLAD!«*

Er blickt von mir zu Cam, ohne etwas zu sagen. Kränklich gelbes Schweigen breitet sich im Cockpit aus.

»Verdammtes Arschloch!«, rufe ich. Seine Augen weiten sich, meine Beschimpfung hallt in ihm nach. Er zuckt zusammen. Dann wendet er sich ab.

Mehr Ermutigung braucht Cam nicht.

Er lässt mich aus einem Meter Höhe ins Beiboot fallen.

Ich lande auf der Seite und sehe nur noch Violett. Alles verschwimmt vor meinen Augen, während die Jungs Seil geben und ich vom Schiff wegdrifte, bis ich mehrere Meter Abstand zu ihm habe. Wie ein Fisch an der Angel werde ich hinterher geschleift.

Am späten Nachmittag lichten sich die Wolken.

Hunter sitzt direkt vor meinen Augen auf der Reling und erleichtert sich. Die Scheiße fällt ins Wasser, schwimmt am Beiboot vorbei. Vom Cockpit her ist Gelächter zu hören.

Meine Kehle ist ausgedörrt. Die Sonne brennt vom Himmel und entzieht mir jede Feuchtigkeit. Als wäre ich eine gebleichte Koralle. Ich packe das Seil und fange an, mich ans Schiff heranzuziehen. Hunter sieht es und zeigt auf mich, teilt den anderen murmelnd etwas mit.

Cam, der am hinteren Ende des Cockpits steht, schnappt sich das Fischmesser und kniet sich ans Heck, droht mit einem fiesen Grinsen, das Seil durchzuschneiden.

Ich lasse los. Das schlaff gewordene Seil sinkt zunächst unter Wasser und strafft sich dann allmählich.

Ich wende mich vom Schiff ab. Suche das eintönige Blau nach Details ab. Das Meer wie ein Gemälde. Ein Ort der Sehnsucht.

Ich denke an ihren Körper. Erinnerungen und Wünsche. Robynne. Die sich wie Eis im Grau auflöst. Und plötzlich verstehe ich. Ich verstehe, wie leicht ich mich davonmachen könnte. Wir haben die Wahl. Nicht wahr?

Der Wind hat inzwischen aufgefrischt und weht direkt von hinten. Die Jungs haben den Baum weit ausgestellt und auch das Vorsegel mit einer Stange ausgebaumt. Vlad ist am Steuer und lenkt nach Steuerbord, um gleich darauf nach Backbord gegenzulenken und so das Rollen des Schiffs beim Segeln vor dem Wind zu verringern.

Ich lehne mich im Beiboot zurück. Trotz der Hitze zittere ich. Blut läuft aus mir heraus, dunkelrot auf der weißen Sitzbank. Ich schlinge die Arme um meinen Körper. Halte mich fest. Als könnte ich auseinanderbrechen, sobald ich loslasse. Auf dem Schiff sehe ich, wie Vlad das Cockpit verlässt und im Niedergang verschwindet. Hunter übernimmt das Steuer. Er ist nicht annähernd so erfahren wie Vlad, und das Schiff fängt prompt an, heftig zu rollen. Kurz darauf beginnt der Baum, immer wieder ins Wasser einzutauchen.

Ich beobachte, wie das Schiff hin und her schwankt. Hin und her, hin und her. Mit jedem Rollen taucht der Baum tiefer ein.

Zu tief. Die Segel erschlaffen. Eine Böe weht von hinten an mir vorbei, breitet sich als geriffelte dunkle Fläche zwischen Beiboot und Schiff aus. Erreicht das Heck, steigt auf, bläht die Segel. Strafft sie aufs Äußerste. Und dann knallt es.

Der Baum bricht, eine blaue Explosion. Der Knall verhallt über dem Meer, im Nichts.

An Bord der Yacht wird gerufen und geschrien.

Vlad kommt die Leiter heraufgeeilt und stürzt ins Cockpit, gefolgt von AJ. Alle sind jetzt im Cockpit und wuseln wie die Ratten umher.

»Heilige Scheiße«, murmele ich und betrachte aus der Entfernung den zerbrochenen Baum.

Ich fange an, mich erneut zum Schiff zu ziehen, gegen sein Kielwasser, gegen die Strömung. Meine Handflächen brennen, aber ich ziehe weiter, setze eine Hand vor die andere, mit gekrümmtem, verkrampftem Oberkörper, bis ich am Heck des Schiffs bin. Dort greife ich nach oben und packe das Relingseil.

Mit der anderen Hand halte ich mich direkt am Schiff fest und bringe mich ins Gleichgewicht. Dann bekomme ich die Leiter zu fassen und stemme mich mit ihrer Hilfe ins Cockpit hinauf.

Zach und AJ bergen gerade die Segel. Cam steht am Steuer und versucht verzweifelt, das Schiff zu stabilisieren. Vlad schreit Hunter an. Ein gelbes Durcheinander. Kränklich und panisch.

Ich durchquere das Cockpit, steige aufs Vorschiff und inspiziere den Schaden.

»Geh da runter!«, ruft mir Vlad zu.

»Der Bullenstander hatte am Niederholer angeschlagen!«, rufe ich zu ihm nach hinten.

AJ springt ins Cockpit hinunter. »Ja, genau da, wo er hingehört!«

»Nein!«, rufe ich. »Man muss ihn am Ende des Baums anbringen. Sonst passiert genau das: Der Baum bricht!«

»Woher willst *du* das wissen?«, fährt mich Hunter an.

Die Frage strömt durch mich hindurch, und dann folgen alle anderen, in Wellen: *Bist du dir sicher, Oli? Hast du schon mal auf einem Schiff gearbeitet, Oli? Weißt du denn nicht, dass man die Schränke abschließen muss, Oli? Hat er dich vergewaltigt oder nicht, Oli? Warum hast du nicht einfach geschrien?*

»Weil ich verdammt noch mal nicht bescheuert bin!«, rufe ich. Und dann rufe ich noch alle möglichen anderen Dinge, bis alles miteinander verschwimmt.

»Halt den Mund!«, brüllt Vlad. »Halt. Deinen. Verdammten. Mund!«

»Es ist deine Schuld, Vlad!«, kreische ich. »Du blöder Idiot!«

»Ich ertrage das nicht«, sagt er und wirft die Hände in die Luft. Nachdem er Hunter aus dem Weg geschoben hat, greift er nach oben, packt mich beim Handgelenk und zerrt mich nach unten ins Cockpit und von dort zum Niedergang, wobei sich seine Finger in meine Haut graben. Unsanft zieht er mich vorwärts, die Leiter hinunter unter Deck, durch den Schiffsbauch zur Kabine im Vorschiff. Dort angekommen hebt er mich hoch und wirft mich hinein. Ich lande zwischen Segeltaschen und einer Angelrute. Der Aufprall raubt mir den Atem, und ich schnappe nach Luft.

Während ich mich mühsam aufrapple, geht mit einem Knall die Tür zu. Ich versuche sie aufzustoßen, aber er stemmt sich von der anderen Seite dagegen. Sein Gewicht gegen meins.

»Lass mich raus!«, rufe ich. »Das kannst du nicht machen, Vlad! Bitte! Lass mich raus! Mach die Tür auf! Bitte. Bitte«, wimmere ich. Sein Wille gegen meinen. Ich gebe mich geschlagen.

FISCHBLASE

Die Nacht stürzt auf mich herab. *Stürzt.* Wie ein Wasserfall.

Überall um mich herum sind Segeltaschen. Ich rolle mich zusammen und denke an etwas, das vor langer Zeit einmal jemand zu mir gesagt hat. Zu einer anderen Zeit. Auf einem anderen Meer. Es ging darum, dass man die Dunkelheit nicht wirklich bemerkt, bis man plötzlich mittendrin ist. Bis die Straßenlaternen angehen und man sich umsieht und denkt: *Verdammt, ist das schnell dunkel geworden!*

Von einem Moment auf den anderen ist die Dunkelheit im Inneren der Kabine vollkommen. Es ist so schwarz um mich herum, dass ich nicht sagen könnte, ob meine Augen offen sind oder geschlossen. Der Mond hat sich verdunkelt. Die Sterne sind Millionen Kilometer entfernt. So dunkel. Wenn das gleichmäßige Brummen des Motors nicht wäre, würde ich glauben, ich wäre tot.

In diesem dunklen Loch kann ich nicht sehen, dass die Kabine kaum breiter ist als meine ausgestreckten Arme, oder dass Angelzubehör an der Wand lehnt. Ich kann die Falten der Segel nicht sehen. Auch nicht AJs Spermafleck auf der Matratze. In diesem dunklen Loch bin ich so sicher, als wäre ich tot.

Ich bin noch im Dazwischen gefangen und stelle mir vor, die Erde würde schaukeln. Alles bewegt sich vor und zurück, vor und zurück.

Dann komme ich zu mir. Mein Kinn ist speichelverkrustet, und meine Zähne sind pelzig. Ich öffne mühsam meine verquollenen Augen und sehe ein kleines Fenster, nur ungefähr einen Meter über meinem Kopf. Die Sonne schwingt am Himmel auf und ab, und mir geht auf, dass die Erde tatsächlich schaukelt. Ich stütze mich auf einen Ellbogen. Mein Kopf hämmert, als hätte mir jemand mit einem Ziegelstein eins übergezogen. Ich sehe mich um, und während meine Augen den Raum scharf stellen, warte ich darauf, dass endlich alles einen Sinn ergibt. Vergeblich. Die Wände sind gewölbt und ragen direkt links und rechts des Betts auf – wenn man es überhaupt ein Bett nennen kann. Ich liege auf einer hauchdünnen Matratze, eingezwängt zwischen einer riesigen Segeltuchtasche und einer Angelrute. Von draußen sind eigenartige dumpfe Schläge zu hören, und als ich den Kopf hebe, schwingt die Sonne immer noch auf und ab. Ich spüre, wie meine Brust eng wird, wie sich mein Brustkorb zusammenschnürt, als wäre ein Atemzug darin stecken geblieben und käme nicht mehr heraus. Wo um alles in der Welt *bin* ich?

Ich könnte überall sein. Zu jeder Zeit. Auf jedem Meer.

Doch dann spüre ich die Feuchtigkeit. Als ich hinunterblicke auf die rote Sauerei zwischen meinen Beinen, dämmert es mir. Alle Puzzleteile rutschen an ihren Platz.

Hier gibt es keine Rosen. Ich bin auf der *Poseidon*.

Ich spüre einen Druck im Bauch, muss dringend pinkeln. Also rapple ich mich auf. In der Kabine sind Stimmen zu hören. Cam und AJ. Ich hämmere mit den Fäusten an die Tür. Die Stimmen verstummen.

Ich höre auf zu hämmern. Halte einen Moment inne. Lausche.

»Ignorier sie einfach.«

»Die ist doch verrückt.«

Ich schreie.

Dann falle ich rückwärts aufs Bett, stürze in mich selbst zusammen. Die Fischblase entleert sich, durchnässt die Matratze.

Maggie, ich wünschte, du hättest es mir gesagt. Auf See hört niemand deine Schreie.

MEDUSA

Milchig-schwarze Augen. Medusa. Ich beiße zu. Reißzähne graben sich. In seinen Arm. Hervorquellendes Fleisch, violette Adern. Die platzen. Vor heißem, grünem Gift. Schlangenaugen, die Männer in Stein verwandeln. In Statuen. Aneinandergereiht unter Deck.

Das Schiff schlingert. Ich wache ruckartig auf.

Hinter der Tür sind Schritte zu hören. Die Tür wird aufgerissen. Ein Schwall frischer Luft überspült mich. Ich atme tief ein.

Vlad mustert mich von Kopf bis Fuß, mit angewidertem Gesicht.

»Innerhalb der nächsten Stunde erreichen wir Auckland Harbour«, murmelt er und lässt mich dann allein. Medusa. Bedeckt mit Blut und Urin.

Alle sind oben an Deck, als ich aus der Kabine in den Gemeinschaftsbereich krieche. Ich wühle einen Tampon und frische Kleider aus meinem Rucksack und ziehe mich direkt hinter dem Navigationstisch um, weil ich Angst habe, dass die Tür hinter mir zuschwingt, wenn ich noch einmal in die Kabine gehe. Und mich einschließt. Für immer.

Als ich an Deck klettere, zurück ans Tageslicht, sage ich kein Wort.

Ich bin so still, dass nicht einmal meine Atemzüge ein Geräusch machen. Über mir ist der gebrochene Baum festgezurrt. Vlad sitzt am Steuer und manövriert uns mithilfe des Motors an Land.

Als wir in Auckland anlegen, sagt Hunter zu Cam: »Freust du dich schon, Amy zu sehen?«

Cam zuckt mit den Schultern. »Mit so einem Neugeborenen ist nicht mehr viel mit Romantik.«

»Wer ist Amy?«, fragt Zach.

»Seine Verlobte«, antwortet Hunter.

Cams Blick wandert zu mir. Mich durchläuft ein Schauder.

»Gibt es hier ein Telefon?«, frage ich die Barfrau im Yachtclub.

»Entschuldige, Süße, was sagtest du?«

»Gibt es hier ein Telefon?«

Sie schüttelt den Kopf.

Ich spüre Tränen in mir aufsteigen, vor meinen Augen verschwimmt alles.

»Du kannst mein Handy nehmen, wenn du willst.«

Ich nicke, wähle die Nummer und halte mir das Handy ans Ohr. Es klingelt, aber es nimmt keiner ab.

Ich versuche es noch einmal.

Maggie geht beim vierten Klingeln dran.

»Hallo?«

Ich versuche etwas zu sagen, doch es dringt nichts aus meinem Mund.

»Hallo?«, wiederholt sie.

Ich beginne zu schluchzen.

»Oli?«, fragt sie und klingt plötzlich besorgt. »Oli, bist du das?«

Ich atme tief ein. »Hol mich hier raus.«

WÜSTE

BLASSBLAUER SAND

Ich hasse es. Dieses Herumschauen, ohne wirklich etwas zu sehen. Zuerst suche ich die Bar ab, dann die Sitzecken, gehe von einem Raum in den nächsten. Dann hinaus in den Biergarten. Lächle freundlich in Gesichter, die ich nicht kenne. Hoffe, dass eins von ihnen zurücklächelt. Hoffe, dass eins – das richtige – aufleuchtet, sich öffnet, entfaltet.

Warum habe ich mich nur von Natasha überreden lassen?

Der Biergarten des Faltering Fullback wirkt wie ein Schichtkuchen: Erst Holz, dann Pflanzen, dann wieder Holz. Dazwischen Biergläser und Rauchsäulen.

Warum hat sie ausgerechnet *diesen* Pub für ein Blind Date vorgeschlagen?

Mein Blick fällt auf einen jungen Mann, der allein mit einem vollen Bierglas dasitzt. Ich deute ein Lächeln an. Er grinst.

Ich nähere mich seinem Tisch und frage: »Hugo?«

»Vielleicht.«

»Was?«

»Setz dich, und ich bin, wer auch immer ich sein soll.«

Ich verdrehe die Augen, mache auf dem Absatz kehrt

und schiebe mich durch die Tür zurück ins Innere des Pubs. Der Raum ächzt unter den Menschenmassen. Ein Mann geht rückwärts und tritt mir auf den Fuß.

»Sorry«, murmelt er.

»Kein Problem«, antworte ich und dränge mich an ihm vorbei. *Was für eine Schnapsidee*, denke ich und umrunde die Theke, um zum Ausgang zu gelangen.

Und dann entdecke ich ihn aus dem Augenwinkel: einen jungen Mann, der genauso verloren wirkt wie ich und dessen Blick nervös durch den Raum schweift. Der schaut, ohne wirklich etwas zu sehen. Er trägt Jeans und ein T-Shirt, darüber eine offene Fleecejacke. Dünne braune Haare, eine runde Brille und zwei kleine Ohrringe im linken Ohr.

Er hat mich noch nicht gesehen. Ich könnte immer noch abhauen. Aber ich bleibe. Es hat mit seiner Körperhaltung zu tun. Er ist groß und hager und lässt ein wenig die Schultern hängen. Als würde er schon sein Leben lang versuchen, kleiner zu wirken. Irgendwie gefällt mir diese Bescheidenheit.

Unsere Blicke begegnen sich. Sein Gesicht leuchtet auf, öffnet sich, entfaltet sich. Er stößt einen erleichterten Seufzer aus. Eine Mischung aus Ehrfurcht und freudiger Erregung erfasst mich. Genauso habe ich mich früher immer gefühlt, wenn ich ins Meer gesprungen und abgetaucht bin, wenn mir das Wasser durch die Haare fuhr und sie nach hinten strich, weg von meinen Schultern, wenn alles entwirrt und ausgebreitet wurde.

Er bewegt sich durch die Menge, ohne den Blick von mir abzuwenden. Bei mir angekommen streckt er die Hand aus. Ich ergreife sie, und wir schütteln uns die Hände.

»Endlich«, sagt er.

Ich lächle. »Endlich.«

Wir nehmen unsere Weingläser mit hinaus in den Biergarten und suchen uns einen Tisch. In der Kälte bilden sich beim Sprechen kleine Wölkchen vor unseren Mündern.

»Wie lange arbeitest du schon für Natasha?«, fragt er.

»Fast zwei Jahre jetzt.«

»Wow«, sagt er.

Ich lache. »Deine Schwester ist nicht die einfachste Vorgesetzte.«

»Das höre ich nicht zum ersten Mal.«

»Aber es lohnt sich«, fahre ich fort. »Sie ist so leidenschaftlich und … unerschrocken. Sehr inspirierend.«

Er lächelt. »Das glaube ich.«

Ich nehme einen Schluck Wein.

»Und was war davor?«

»Wie meinst du das?«

»Vor Natasha, meine ich. Wo hast du da gearbeitet?«

»In einer kleinen Galerie in Greenwich.«

»Welcher?«

»Willow Gallery.«

»Kenne ich«, sagt er. »Ich bin beeindruckt.«

Ich zucke mit den Schultern. »Reines Glück.«

»Wieso?«

»Eine Freundin von mir hat die Galerie Ende der Achtzigerjahre zusammen mit Lindy gegründet.«

»Lindy Harris«, sagt er. »Noch so eine leidenschaftliche Frau.«

»Absolut. Ich habe sogar bei ihr gewohnt, als ich hier in London ankam.«

»Da hattest du wirklich Glück«, stimmt er mir zu und lächelt. »Und wer ist die Freundin, über die der Kontakt zu Lindy zustande kam?«

»Oh«, antworte ich. »Margaret Walker.«

»Maggie? Du weißt, dass sie die Mentorin meiner Schwester war, oder?«

»Ja«, antworte ich. »Ich weiß. Natasha kam zur ersten Ausstellung, die ich bei Willow mitkuratiert habe, und wir kamen ins Gespräch und fanden heraus, dass wir beide Maggie kennen … Ich glaube, Natashas damalige Assistentin war gerade nach New York gezogen oder so. Jedenfalls hat sie mir eine Woche später meine jetzige Stelle angeboten.«

»Gott sei Dank.«

»Warum?«

»Weil ich dich sonst wahrscheinlich nie kennengelernt hätte.«

Meine Wangen werden warm, und ich wende den Blick ab.

»Weißt du, dass es meine Idee war?«, fragt er.

»Was? Das Blind Date?«

Er nickt und lächelt verlegen. »Eigentlich sind wir uns nämlich schon letztes Jahr zum ersten Mal begegnet.«

»Was? Echt?«, frage ich, bereue meine überraschte Reaktion jedoch sofort.

»Bei einer Vernissage in Tashs Galerie«, erklärt er und spielt mit einem Bierdeckel. »Ich hatte gerade Ferien und war zu Hause.«

»Welche Ausstellung?«

»Kate Ballis.«

»Ich war da. Natürlich. Aber ich glaube nicht, dass wir einander vorgestellt wurden … oder doch?«

Er schüttelt den Kopf. »Nein. Trotzdem bist du mir aufgefallen.« Er legt den Bierdeckel beiseite, hebt den Kopf, blickt mir tief in die Augen. »Ich habe dich gesehen und wollte dich kennenlernen.«

Irgendetwas an der geschwungenen Linie seines Lächelns, der weichen Silhouette seiner hängenden Schultern, der warmen Erregung dieses Moments sorgt dafür, dass die Zeit mit ihm wie im Flug vergeht. Ich muss mich nicht gegen ihn behaupten, muss nicht auf der Hut sein.

Als ich von der Toilette zurückkomme, stehen zwei neue Weingläser vor Hugo auf dem Tisch.

»Du hast doch schon die letzte Runde gezahlt!«, protestiere ich.

Er zuckt mit den Schultern. »Ich lade dich gern ein.«

»Versuchst du, mich abzufüllen?«

Seine Augen weiten sich. »Was? Nein!«

Ich setze mich hin. »Sollte ein Scherz sein. Ein ziemlich schlechter. Sorry.«

»Ja, war vielleicht nicht von der allerbesten Sorte«, gibt er mir lachend recht.

»Erzähl mir von dir«, sage ich, um das Thema zu wechseln. »Was ist deine Geschichte?«

»Meine Geschichte? Na ja, ich will dich nicht langweilen …«

»Tust du nicht.«

»Was möchtest du denn wissen?«

»Natasha hat erzählt, dass du gerade aus den Staaten zurückgekommen bist. Was hast du dort gemacht?«

»Promoviert«, antwortet er. »In Berkeley.«

»Promoviert in was?«

»Umweltwissenschaften«, sagt er. »Im Rahmen meiner

Doktorarbeit habe ich untersucht, welchen Einfluss der Klimawandel auf Wüsten hat.«

»Und was kam dabei heraus?«

»Dass es schwerfällt, der Existenz des Menschen etwas Gutes abzugewinnen.«

Ich lehne mich auf meinem Stuhl zurück. »Wie meinst du das?«

»Einige Exemplare unserer Spezies können unglaublich destruktiv sein. Noch schlimmer finde ich aber, dass das die Politiker nicht zu interessieren scheint.«

»Ein paar von ihnen interessiert es schon.«

»Nicht genug«, widerspricht er.

Ich nehme einen Schluck Wein.

»Deshalb ist deine Arbeit so wichtig«, fährt er fort.

»*Meine* Arbeit?«, wundere ich mich. »Ich arbeite in einer noblen Londoner Kunstgalerie. Was ist daran wichtig?«

»Kunst bewegt die Menschen, Oli. Ich ermittle vielleicht die wissenschaftlichen Fakten, aber Kunst transportiert diese Erkenntnisse auf eine Weise, die die Menschen fesselt. Schließlich sind wir keine rein rationalen Wesen. Wären wir es, wären wir gar nicht erst in diesem Schlamassel gelandet.«

Ich zucke mit den Schultern. »Tja, ich bin leider keine Künstlerin.«

»Aber du bist diejenige, die entscheidet, wessen Kunst gesehen wird – das ist auch eine gewisse Macht.«

Ich trinke einen weiteren Schluck von meinem Wein und stelle fest, dass Hugo sein Glas kaum angerührt hat. »Schmeckt dir der Wein nicht?«, frage ich.

Er lächelt. Zuckt mit den Schultern. »Ich versuche nur, den Abend so lang wie möglich auszudehnen.«

Wie aufs Stichwort nähert sich ein Sicherheitsmann dem Tisch. »Sorry, Leute. Zeit, nach Hause zu gehen.«

Ich werfe einen Blick auf die Uhr. »Wow!«, staune ich und grinse Hugo an. »Die Zeit vergeht wie im Flug, wenn man Spaß miteinander hat.«

Er steht auf, lässt sein fast volles Glas auf dem Tisch stehen, und wir greifen nach unseren Schals.

Als ich meinen um den Hals wickle, verhakt sich einer meiner Ohrhänger darin. Hugo hilft mir, ihn abzumachen und aus dem Stoff zu befreien.

»Danke«, sage ich.

Er hält den Ohrhänger hoch und betrachtet ihn aufmerksam. »Gefällt mir«, stellt er fest.

»Mir gefallen deine Ohrringe auch«, antworte ich.

»Dann lass uns tauschen – einen meiner Ringe gegen einen deiner Ohrhänger.« Er grinst. »Auf die Weise *musst* du mich noch mal wiedersehen.«

Ich spüre, wie ich erröte. »Das wäre schön.« Er löst einen seiner Ohrringe vom Ohrläppchen und gibt ihn mir. Dann fädelt er stattdessen meinen Ohrhänger durch das Loch. Er schüttelt theatralisch den Kopf, sodass der Ohrschmuck hin und her wedelt und silbern in der Biergartenbeleuchtung glitzert.

Dann nimmt er meine Hand, und wir gehen gemeinsam durch den Pub nach draußen. Ich lächle, denn als sich unsere Handflächen berühren, fühlt es sich so vertraut an, als hätten wir das Ganze schon einmal erlebt. Wie Regen, der zu einer Wüste zurückkehrt, wie eine Landschaft, die sich erinnert. Wie blassblauer Sand.

Wie blühende Wildblumen. Wenn auch nur für einen Tag.

ROSA SAND

Ich treffe zuerst ein und schließe die Galerie auf, in der weiße Wände und glänzende Betonböden dominieren. Wir stellen gerade den Fotografen Tom Blachford aus. Palm Springs im Mondschein. Ich bleibe vor meinem Lieblingsbild stehen und schlürfe meinen Morgenkaffee. Die Langzeitbelichtung lässt den Himmel taubenblau erscheinen. Ich habe das Gefühl, in das Bild hineingezogen zu werden – als würde ich schlafwandeln und zwischen schillernden Palmwedeln und leuchtenden Pools herumschlendern. Halbwache Berge, in einem fernen Traum ertappt. Mondlicht, das die Landschaft flutet. Ein Meeresgrund voller Häuser. Silbern, mit kantigen Dächern und Fenstern, die sich ins Unbekannte öffnen.

Ich setze mich an meinen Schreibtisch, scrolle mit der einen Hand meine E-Mails durch und spiele mit der anderen an dem Ring in meinem Ohr. Und denke an unseren gemeinsamen Fußweg zum Bahnhof Finsbury Park. Wie ich mir gewünscht habe, er möge länger dauern. Und dann der Beinahe-Kuss. Wie unbeholfen er war, und wie süß.

Natasha platzt laut redend in die Galerie. Erst glaube ich, dass sie mich meint, dann geht mir auf, dass sie mit

Headset telefoniert. Sie spricht beim Telefonieren lauter als jeder andere Mensch, den ich kenne – als würde es die Entfernung zur Person am anderen Ende der Leitung erforderlich machen, dass sie die Lautstärke um zehn Stufen erhöht.

Sie trägt den für sie typischen schwarzen Hosenanzug, dazu Eyeliner und knallroten Lippenstift. Ihre kurz geschnittenen Haare bilden einen spitzen Winkel auf ihrer Wange.

»Okay, super«, sagt sie. »Dann bis ganz bald … bye.« Sie stolziert zu mir herüber, nimmt ihr Headset ab und greift nach dem Kaffee, der auf meinem Schreibtisch für sie bereitsteht.

»Guten Morgen«, begrüße ich sie.

»Und? Wie wars?«, fragt sie sofort.

»Keine Chance«, antworte ich.

»Jetzt komm schon!«

»Du bist meine Chefin. Das ist voll die komische Situation!«

»Ich bin deine Freundin«, verbessert sie mich.

»Er ist dein Bruder!«

»Ja, aber du kannst mir wenigstens verraten, wie die Stimmung zwischen euch war.«

»Gut. Er ist echt nett.«

»Triffst du ihn wieder?«

Ich nicke.

»Gut. Das Gleiche hat er auch gesagt.«

»Du hast also schon mit ihm gesprochen?«

»Natürlich.«

»Und was meinte er?«

»Ach, jetzt willst du plötzlich doch darüber reden?«

Ich verdrehe die Augen.

Sie lacht und teilt mir dann mit: »Cloudy Robertson ist gerade gelandet. Ich habe sie genötigt, morgen Abend mit uns essen zu gehen.«

»Wann kommen ihre Bilder an?«

»Was fragst du mich das? Es ist deine Ausstellung.«

»Entschuldige«, sage ich. »Ich habe nur laut gedacht.«

»Du hast doch hoffentlich alles im Griff?«

»Habe ich«, versichere ich ihr.

»Gut«, sagt sie und nippt an ihrem Kaffee. »Streng dich an, das wird eine Riesensache.«

Ich lehne mich auf meinem Stuhl zurück und denke an Maggie. An ihre erste Ausstellung nur mit Künstlerinnen. *Was zählte, war, dass ich diese Frauen sah. Und dass sie einander sahen … Denn oft nehmen nicht einmal wir Frauen uns gegenseitig wahr.*

Ich greife nach einem unserer Kataloge für WOMXN, meiner ersten rein weiblichen Ausstellung, und stecke ihn mit dem Vorhaben in die Tasche, ihn Maggie nach Australien zu schicken.

Nach dem Mittagessen stehe ich gerade vor einer Blachford-Fotografie und spreche mit zwei potenziellen Käufern, als Hugo in die Galerie geschlendert kommt. Ich verliere sofort den Faden. »Entschuldigen Sie, ich …«

Natasha springt ein. »Ich übernehme für dich«, sagt sie und fügt flüsternd hinzu: »Du hast Besuch.«

Ich entschuldige mich bei den Interessenten und gehe zu Hugo hinüber.

»Sorry, dass ich dich einfach so hier bei der Arbeit überfalle«, sagt er mit roten Wangen. »Ich habe den Nachmittag frei und hatte gehofft, dass du Zeit hast für einen kleinen Spaziergang.«

Natasha ruft quer durch die Galerie: »Klar hat sie Zeit!«

»Sieht aus, als könnte ich mit«, sage ich zu Hugo. »Ich hole nur schnell meinen Mantel.«

Unter einem aschgrauen Himmel bummeln wir an der Themse entlang. Der Wind weht über den Fluss und verleiht ihm das Aussehen einer hellbraunen zerknitterten Stoffbahn. Es ist Spätherbst, und die Adventszeit rückt näher. Über den Gassen sind bereits bunte Lichterketten gespannt, und in South Bank reihen sich die Weihnachtsbäume aneinander.

»Mein Geburtstag ist im Dezember«, erzählt Hugo, »und als Kind habe ich immer gedacht, der ganze Weihnachtsschmuck wäre für mich.«

»Wie alt wirst du dieses Jahr?«

»Neunundzwanzig.«

»Oh! Dann sind wir fast gleich alt«, sage ich. »Ich werde im März neunundzwanzig.«

Er lächelt und greift nach meiner Hand. »Wow!«, sagt er. »Deine Finger sind eiskalt.« Er reibt sie zwischen seinen Händen.

»Ich bin Kaltblüter«, scherze ich, und Hugo lacht.

Ich blicke zum London Eye empor. »Unglaublich. Jetzt wohne ich schon seit drei Jahren hier und war noch nie auf diesem Ding.«

»Ich bin in London geboren und aufgewachsen und war auch noch nie auf diesem Ding.«

»Dann sollten wir das sofort nachholen!«, sage ich.

»Ich, ähm …« Er klingt zögerlich.

»Na los!«, dränge ich. »Das wollte ich schon immer mal machen!«

»Aber …«

»Das wird super«, versichere ich ihm und ziehe ihn zu dem gewaltigen Riesenrad mit seinen langen weißen Armen und gläsernen Augen.

Wir stellen uns hinter einer Schülergruppe in die Warteschlange. Die Kinder schreien, kichern und kabbeln sich. Ein Mädchen dreht sich um und beäugt uns misstrauisch. »Sie sind aber groß«, sagt sie.

»Danke«, antworte ich, um sie aufzuziehen.

»Nicht Sie!«, kreischt das Mädchen. *»Er!«*

Ein zweites Mädchen dreht sich um. »Ist das Ihr Ehemann?«

»Ich bin ihr Kater«, behauptet Hugo.

»Sie sind kein Kater! Sie sind ein Mann!«

»Miau!«, macht Hugo, und die kleinen Mädchen lachen sich schlapp.

»Alle mitkommen, bitte!«, ruft eine Lehrerin die Kinder und scheucht sie in eine Gondel des Riesenrads.

»Steigen Sie mit uns ein?«, ruft uns eins der Mädchen zu.

Ich schüttle den Kopf. »Wir nehmen die nächste Gondel. Bei euch ist nicht mehr genug Platz für mich und meinen Kater.«

»Tschüss, Katerfrau!«, ruft das Mädchen.

»Tschüss!«

»Miau, miau«, sagt Hugo und winkt.

Die Tür geht hinter den kichernden Kindern zu, und schon geht die Fahrt für sie los. Die nächste Gondel hält vor uns, und wir betreten sie. Hugo holt tief Luft. Als er wieder ausatmet, bebt sein Atem.

»Alles okay?«, frage ich ihn, weil mir plötzlich auffällt, wie blass er ist – jegliche Farbe ist aus seinem Gesicht gewichen.

Er nickt und spitzt den Mund.

»Sicher?«

Die Tür schließt sich, und er drückt meine Hand. Die Gondel setzt sich in Bewegung. Seine Beine zittern merklich. »O Gott«, flüstert er.

»Ernsthaft, ist alles okay bei dir?«

»Können wir uns hinsetzen?«

»Was?«, frage ich, aber da geben Hugos Beine schon nach, und er sinkt zu einem Häufchen auf dem Boden zusammen. Inzwischen hyperventiliert er regelrecht.

»Oh, Mist«, murmele ich. Jetzt verstehe ich sein Zögern.

Die umstehenden Fahrgäste starren uns an. Je höher die Gondel aufsteigt und sich vom festen Boden entfernt, desto näher scheint der Himmel zu rücken. Alles wird kleiner, und die Wolken hüllen uns ein, bis nur noch Hugo und ich existieren, hier, in diesem gläsernen Auge. Ich hocke mich vor ihn und nehme seine Hände. Er hat die Augen geschlossen. »Mach die Augen auf«, flüstere ich.

Er öffnet erst ein Auge, dann das andere. Sein Blick schießt durch die Gondel.

»Schau einfach mich an«, fordere ich ihn lächelnd auf, und sein Blick richtet sich auf mich. »Nur wir beide.«

Hugo drückt wieder fest meine Hände.

»Atmen«, flüstere ich. »Bereit? Einatmen.«

Wir atmen zusammen ein.

»Und ausatmen.«

Wir atmen gemeinsam aus.

»Ein … und aus.«

Er beugt sich näher heran. Ich beuge mich näher heran. Bis wir Stirn an Stirn dasitzen. Wir schließen unsere Augen. Unsere Nasen berühren sich sanft. Dann unsere

Lippen. Es fühlt sich an wie Ankommen. Land, das am Horizont auftaucht.

Als wir die Gondel verlassen, zittern Hugos Beine immer noch.

»Warum hast du vorgeschlagen, dass wir mit dem London Eye fahren, wenn du unter Höhenangst leidest?«, frage ich.

»Habe ich doch gar nicht.«

»Doch, hast du.«

»Wir haben nur gesagt, dass wir beide noch nicht damit gefahren sind«, protestiert er, und ich lache.

»Ups.«

»Tut mir leid, dass du nichts von der Aussicht mitgekriegt hast«, sagt er.

»Kein Problem«, winke ich ab. »Wir müssen einfach irgendwann noch mal fahren.«

Er lacht. »Ich mag deinen Optimismus.«

»Und wohin jetzt?«

Hugo lächelt. »In die Tate?«

»Au ja. Ich zeige dir mein Lieblingsbild«, sage ich. »Keine Sorge. Es hängt direkt im Erdgeschoss.«

Und so schlendern wir durch die Tate Modern Gallery, schlängeln uns zwischen Rothko-Rot und Dalí-Pink hindurch bis zu Yves Kleins *IKB 79*.

»Das ist also dein Lieblingsbild?«

Ich nicke, und auf meinem Gesicht breitet sich ein Grinsen aus.

»Warum?«

»Weil es bei diesem Blau immer um Distanz geht, wie nah und greifbar die Leinwand auch erscheinen mag … Und um etwas Abwesendes.«

Er greift nach meiner Hand, verschränkt seine Finger mit meinen und blickt in das Bild hinein. Ins endlose Blau. Ins Alles und ins Nichts.

»Was ist dein Lieblingsbild?«, flüstere ich.

»Ich zeige es dir«, sagt er und führt mich zurück durchs Museum zum Porträt eines Mannes, der in einem schwarzen Felstümpel ein junges Mädchen im Arm hält. »Das hier.«

»Warum?«

»Meine Antwort ist nicht so schlau wie deine«, warnt er.

»Wetten doch?«

»Weil es ein wunderschöner Moment ist. Und weil trotzdem irgendetwas daran gespenstisch wirkt.«

Ich starre auf das Bild. Ins Wasser. Glatt und dunkel. Körper, die unnatürlich leuchten in der Nacht. Blaugrüne Felsen und rosiges Fleisch.

»Mir gefällt, dass das Gemälde zwei Dinge gleichzeitig sein kann«, sagt er.

Als wir aus der Tate Modern kommen, ist es bereits dunkel. »Ich hatte ganz vergessen, wie früh die Sonne hier untergeht«, sagt Hugo. »Ich war zu lange in Kalifornien und habe mich an viel Tageslicht gewöhnt. Und vergessen, wie sehr ich es hasse, wenn es um drei Uhr nachmittags schon finster wird.«

»Für mich ist die Dunkelheit das, was ich an London am meisten liebe«, entgegne ich.

»Echt?«, fragt er ungläubig.

»Ja. Sie hat so was Intimes. Mir gefällt, wie sie mich umhüllt. Dadurch rückt alles näher heran.«

Er schüttelt den Kopf. »Ich liebe den Sommer. Tage, die sich bis weit in die Nacht ausdehnen …«

Ich hätte gern erwidert, dass ich die Offenheit des Sommers nicht mag, die Offenheit, die durch das Licht entsteht. Weil ich mich dadurch entblößt fühle. Als würde ich mit gespreizten Beinen daliegen.

Aber ich tue es nicht. Bei einem Rendezvous erzählt man nur schöne Geschichten.

Cloudy Robertson kommt in der Galerie an und ist genauso wild wie ihre Werke. Sie hat durchdringende blaue Augen, eine unnachgiebige Stirn, hervorstehende Wangenknochen und pinke Haare. Ihre Bilder sind kurz vor ihr eingetroffen: Gebirge zwischen dunklem Himmel und giftgrünem Meer. Sie lagern im Hinterzimmer der Galerie, zusammen mit Viviennes Porträts, Hollys Sandsteinskulpturen und dem Projektor für Mikaelas Lichtinstallation.

»Blachford?«, fragt Cloudy, nachdem sie einen Blick auf die letzte Fotografie geworfen hat, die noch an der Wand hängt.

»Ja«, bestätigt Natasha. »Komplett ausverkauft.«

»So wird es garantiert auch bei dir sein«, prophezeie ich und komme, um Cloudy zu begrüßen. »Deine Bilder sind sogar noch unglaublicher, wenn man sie leibhaftig vor sich hat.«

»Danke«, sagt sie.

Ich strecke die Hand aus. »Ich bin Oli.«

»Cloudy.«

»So schön, dich endlich kennenzulernen.«

»Ebenso«, antwortet sie.

»Und das ist Natasha«, stelle ich meine Chefin vor. Die beiden geben sich ebenfalls die Hand.

»Sollen wir noch irgendwo was trinken gehen?«, schlägt Natasha vor.

Cloudy und ich sind einverstanden, und ich hole unsere Jacken. Natasha trägt heute einen extravaganten schwarzen Nerzmantel, von dem sie schwört, dass er aus Kunstpelz ist. Ich trage eine Jeansjacke mit schwarzer Kapuze, und Cloudy ist wie ihre Bilder: Sie hüllt sich in so viele verschiedene Farben, wie man nur auf einmal anziehen kann.

Draußen empfängt uns beißende Abendluft. »Fuck, ist das kalt!«, ruft Cloudy.

»Willkommen in England«, sage ich.

»Letzte Woche lag ich noch in Sydney am Strand«, erzählt sie. »Zweiundvierzig Grad.«

»Nicht dein Ernst!«

»Doch. Der Sommer hat noch nicht mal richtig angefangen, und wir hatten schon drei Tage über vierzig. Völlig verrückt.«

»Beängstigend«, sagt Natasha.

Ich muss an Maggie und Mac denken, die bestimmt in ihrer Wohnung schmoren, und nehme mir vor, sie anzurufen.

Als wir in der Bar ankommen, bestellt Natasha je einen Espresso Martini für uns.

»Also«, sagt sie, nachdem sie sich zwischen Cloudy und mich gesetzt hat, »wie war es gestern mit Hugo?«

»Ich hab dir doch schon gesagt, dass ich mit dir nicht über ihn spreche.«

»Wer ist Hugo?«, fragt Cloudy.

»Ihr Bruder«, antworte ich und zeige auf Natasha.

»Die beiden hatten gerade ihr zweites Date«, erklärt Natasha.

Ich verdrehe die Augen.

»Wo ist er mit dir hingegangen?«, fragt Natasha und beugt sich gespannt vor.

»Wir sind erst mit dem London Eye gefahren, und dann …«

»Ist das dein Ernst?« Natasha lacht. »Hugo hat panische Höhenangst!«

»Ja. Das habe ich dann auch gemerkt …«

Sie hört auf zu lachen und sagt leise: »Er muss dich wirklich sehr mögen.«

Wir sind in Natashas Lieblingsbar. Rotes Leder und dunkles Holz. Spärlich beleuchtet, mit Kunst an allen Wänden und Glasflaschen als Kerzenhalter auf jedem Tisch. Cloudy nimmt unsere Kerze und hält sie schräg, lässt Wachs auf einen Bierdeckel tropfen. Mit den Fingern formt sie aus dem weichen Material eine sanft geschwungene Hüfte. Das Wachs schimmert im flackernden Kerzenschein.

Wir trinken unsere Martinis leer, und Natasha geht zur Theke und kehrt wenige Minuten später mit drei Holunderblüten-Cocktails zurück. Ich nehme die aufgespießte Litschi heraus und stecke sie mir in den Mund. Als ich hineinbeiße, spritzt mir der Saft auf die Zunge.

»Was hast du denn nach der Ausstellung noch vor? Irgendwelche Pläne?«, will Natasha von Cloudy wissen.

»Ich werde eine Ex von mir in Berlin besuchen«, erzählt die Künstlerin. »Sie war meine erste große Liebe.«

»Wie fühlt sich das an, sie bald wiederzusehen?«, frage ich.

»Ich bin natürlich nervös«, gesteht sie. »Aber ich freue mich auch.«

»Meinst du, du kannst eure Romanze wieder aufleben lassen?«, erkundigt sich Natasha.

Cloudy schüttelt den Kopf. »Wir haben uns in verschiedene Richtungen entwickelt. Aber ich fühle mich immer noch verbunden mit ihr.«

Ich denke an Maggie, an ihre sich vereinenden Flüsse, die gemeinsam zu Seen werden und sich irgendwann wieder teilen. Um schließlich an der Flussmündung erneut aufeinanderzutreffen.

»Außerdem bin ich inzwischen mit einer anderen Frau zusammen«, fährt Cloudy fort. »Sie ist der absolute Hammer.«

»Ist sie auch Malerin?«, frage ich.

Cloudy schüttelt den Kopf. »Ella ist Dichterin. Sie schreibt das, was ich mit Farbe nicht ausdrücken kann. Und ich male das, was sie mit Worten nicht ausdrücken kann.«

»Die perfekte Ergänzung«, sagt Natasha.

»Ja«, stimmt Cloudy zu. »Und der Sex mit ihr ist nicht von dieser Welt. Nachdem wir uns kennengelernt haben, sind wir eine Woche lang nicht mehr aus meinem Studio herausgekommen.«

Natasha hebt die Augenbrauen. »Wow.«

»Wenn Sex ein Haus wäre, würde ich liebend gern den Rest meines Lebens darin verbringen«, sagt Cloudy lachend. Natasha stimmt in ihr Gelächter ein.

Und während auch ich einen krächzenden Laut von mir gebe, male ich mir aus, wie Cloudys Haus wohl aussähe. Mein eigenes hätte Wände aus Stacheldraht.

WEISSER SAND

Für die Vernissage schlüpfe ich in eine schwarze Hose, einen schwarzen Rollkragenpullover und einen weißen Blazer, den ich für ein Pfund auf dem Portobello Road Market erstanden habe. Mit seinen Schulterpolstern sehe ich breiter aus, als ich bin. Stärker, als ich mich fühle.

Natasha hat mir einen Taxigutschein spendiert, damit ich nicht die U-Bahn nehmen muss. Taxi zu fahren fühlt sich dekadent und unnötig an. Es *ist* dekadent und unnötig. *Aber du musst glaubwürdig rüberkommen*, hat sie zu mir gesagt.

Als ich ankomme, ist noch niemand da. Glaubwürdig rüberkommen für wen?

Ich steige aus dem Taxi, schließe die Galerie auf, schalte die Lichter ein. Und sehe mich mit stolzgeschwellter Brust um. Die ausgestellten Kunstwerke sind phänomenal. Cloudys sturmgepeitschte Landschaften. Viviennes Porträts von Frauen, die in der offiziellen Geschichtsschreibung – bisher – kaum vorgekommen sind. Hollys wohlproportionierte Sandsteinkörper mit goldbehängten Hälsen. Und dahinter bildet Mikaelas Lichtinstallation ein Kaleidoskop aus Farben, die sich um ein Drahtnetz herum brechen, das die Form einer sich streckenden Frau hat.

Natasha trifft ein und ist wie üblich ganz in Schwarz gekleidet. »Was ist mit dem Catering?«, fragt sie.

»Ist gerade am Hintereingang angekommen. Ich habe gesagt, sie sollen anfangen, alles reinzubringen.«

»Gut«, antwortet sie. Nachdem sie ihren Blick durch die Galerie hat schweifen lassen, legt sie mir eine Hand auf die Schulter. »Ich kann es kaum erwarten, bis das hier endlich alle sehen können.«

Ich denke an Maggie. An die Abende, als niemand kam. Wie tapfer sie war. Wie tollkühn. Ich spüre, wie auch ich innerlich wachse. Selbst wenn niemand kommt, habe ich das alles hier organisiert. Ich habe es *gesehen*.

Als Hugo eintritt, ist die Galerie bereits brechend voll. Er schlängelt sich durch die Menge, greift meine Hand. Küsst mich auf die Wange.

»Das ist ja unglaublich«, sagt er. »Glückwunsch!«

Er trägt meinen Ohrhänger.

Natasha stöbert mich an der Bar auf, wo ich gerade mit einem Kunden plaudere. Sie wartet, bis eine kurze Gesprächspause eintritt, und sagt dann: »Oli, das ist Alison Waite. Sie ist die Geschäftsführerin von Southern Star Expeditions.«

»Hallo«, begrüße ich die Frau und gebe ihr die Hand. »Freut mich.«

»Haben Sie schon von uns gehört?«, fragt sie.

»Nein«, gebe ich zu. Dann werde ich plötzlich angerempelt und verschütte beinahe meinen Drink.

»Gut gerettet«, sagt sie anerkennend und zeigt zum entgegengesetzten Ende der Galerie, wo es nicht ganz so voll ist. »Wollen wir uns dort hinten weiter unterhalten?«

Wir finden ein ruhiges Eckchen, in dem wir ungestört zusammenstehen können.

»Ich habe noch nie von Southern Star gehört«, wiederhole ich. »Tut mir leid.«

»Kein Problem«, lächelt sie. »Wir organisieren Expeditionen nach Antarktika. Im Moment arbeite ich daran, eine Gruppe von bildenden Künstlerinnen, Musikerinnen und Schriftstellerinnen zusammenzustellen, die dorthin reist und die sich verändernde Landschaft in ihrer Kunst aufgreift.«

Ich denke ans Südpolarmeer. An seine gewaltigen, wogenden Ausmaße.

»Oh … toll«, murmele ich kaum hörbar.

»Was sagten Sie?«, hakt sie nach. »Hier drinnen versteht man sein eigenes Wort nicht.«

Ich hole tief Luft. »Das klingt toll, habe ich gesagt.«

»Ich verfolge das Schaffen der Frauen, die Sie hier in Ihrer Ausstellung versammelt haben, schon seit Längerem und bin sehr beeindruckt.«

Das Südpolarmeer. Gnadenlos.

Ich trinke meinen Wein in einem Zug leer.

Am anderen Ende der Galerie schlägt Natasha mit einem Käsemesser gegen ihr Glas, um für Ruhe zu sorgen.

»Wir können uns später weiter unterhalten«, schlägt Alison vor.

»Gern«, sage ich und dränge mich durch die Menge, um mich zu Natasha und unseren Künstlerinnen zu gesellen.

Natasha dankt allen für ihr Kommen und wendet sich dann an mich. »Und jetzt wird Oli, die diese großartige Ausstellung kuratiert hat, noch ein paar Worte sagen.«

»Zunächst möchte ich mich genau wie Natasha ganz

herzlich bei euch dafür bedanken, dass ihr heute Abend gekommen seid«, beginne ich, und meine Stimme bebt vor Nervosität.

Natasha legt mir ihre Hand in den Rücken, und ich spüre, wie mich ihre Energie durchströmt, wie sie tief in mein Innerstes vordringt. Ich atme durch.

»Meine große Inspiration für diese Ausstellung war eine Frau, die viele von euch kennen, entweder persönlich oder vom Hörensagen. Ich spreche natürlich von Maggie Walker. Sie organisierte vor über fünfzig Jahren eine der ersten rein weiblichen Ausstellungen Londons ... und niemand kam. Aber was zählte – so sagte sie einmal zu mir – war, dass *sie* diese Künstlerinnen sah, und dass die Frauen einander sahen. Denn oft nehmen nicht einmal wir Frauen uns gegenseitig wahr. Bei der heutigen Ausstellung geht es mir darum, Kunstwerke ins Scheinwerferlicht zu rücken, die alle ganz unterschiedlich sind, es jedoch mehr als verdient haben, ihren Raum zu erhalten und beleuchtet zu werden. Ich bin euch allen so dankbar dafür, dass ihr diese Werke seht, dass ihr in diese Frauen investiert. Denn es geht hier nicht um *weibliche* Kunst.« Ich erhebe mein Glas. »Es geht schlicht und ergreifend um *Kunst*. Die sich Geltung verschafft. Unmissverständlich.«

Ich blicke zu Cloudy, Vivienne, Holly und Mikaela, die Hand in Hand dastehen, während die Vernissage-Gäste ihnen zuprosten und sie *wahrnehmen*.

Nachdem der offizielle Teil des Abends beendet ist, kommt Hugo zu mir. Er sagt mir, dass er meine Ansprache toll fand, dass er *mich* toll findet. Dass ich ihn inspiriere.

Ich würde es so gerne glauben.

Die Nacht ist bitterkalt. Derart kalt, dass sämtliche unbedeckten Hautstellen brennen. Ich atme in meine Hände hinein, reibe sie aneinander.

Hugo steht ein paar Meter von mir entfernt am Straßenrand und versucht, mit ausgestrecktem Arm ein Taxi anzuhalten.

Nachdem drei Taxen an uns vorbeigerauscht sind, stelle ich mich kurz entschlossen auf die Straße und zwinge ein näher kommendes Taxi mit erhobener Hand zum Bremsen.

Hugo packt meinen Arm und zieht mich auf den Gehweg zurück, bevor das Taxi am Bordstein hält.

»Was war denn das für eine Aktion?«, fragt er mich. »Du hättest überfahren werden können!«

Ich ignoriere ihn und steige ins Taxi. Er folgt mir.

»Oli?«

»Ich wusste, dass der Fahrer rechtzeitig anhält.«

»Nein, wusstest du nicht«, widerspricht er, greift nach meiner Hand und hält sie fest. »Hattest du keine Angst?«

Ich zucke mit den Schultern. »Nicht wirklich.«

»Ich schon«, gesteht er.

Ich wende den Blick von ihm ab und starre aus dem Fenster. Vielleicht liegt es am Alkohol in meinem Blut, oder an der Art, wie er meine Hand hält – jedenfalls platze ich plötzlich ohne nachzudenken heraus: »Ich habe das Gefühl, dass ich sterben werde, noch bevor ich dreißig bin.«

»Was?«, fragt er.

»Da ist einfach dieses Gefühl, dass ich meinen dreißigsten Geburtstag nicht mehr erlebe.«

»Tja, das könnte durchaus passieren, wenn du weiterhin so leichtsinnig bist.«

Ich möchte ihn fragen: *Warum ist mir das so gleichgültig, Hugo? Warum habe ich keine Angst?* Doch es kommt kein Ton heraus.

In Filmen sieht immer alles so mühelos aus. Das Händchenhalten im Taxi. Das gemeinsame Kichern auf dem Weg zur Haustür. Das hastige, stolpernde Erklimmen der Treppe. Sein Kuss auf deinem Hals, während du deinen Wohnungsschlüssel hervorkramst. Das Abstreifen deiner Kleider.

Aber man erfährt nie, wie es ist, wenn du die Wohnungstür aufstößt und es bereust, die Wäsche nicht weggeräumt zu haben. Man erfährt nicht, was in den Szenen dazwischen passiert, die der Film nicht zeigt. Szenen, in denen die Kleider eben nicht mühelos herabgleiten, in denen deine Hose an deinen Knöcheln hängen bleibt und der Rollkragenpullover dir fast die Ohrringe herausreißt. In denen du die gezeigten Stellungen erst einmal *einnehmen* musst – ins Bett klettern, den Bauch einziehen; das Bein in einem Winkel abspreizen, von dem du nicht sicher bist, ob er anatomisch überhaupt möglich ist. Szenen, in denen eure Köpfe aneinanderstoßen.

Es sind Zwischenszenen, dem Filmschnitt zum Opfer gefallene Sequenzen, in denen die Leute fummeln und ungeschickt sind, in denen sie komisch riechen und Dinge sagen, die sie nicht so meinen. Im Eifer des Gefechts. Dinge wie: *Ich glaube, ich bin dabei, mich in dich zu verlieben.*

»Ich auch«, sage ich. Und will es auch so meinen.

Er rollt sich von mir herunter, umfängt mich mit seinem Körper, als läge ich in einem Kokon. Ich will es wirklich. Es so meinen. Doch während unsere Atemzüge ruhiger werden und der Schweiß auf unseren Körpern zu trocknen beginnt, rührt sich ein leiser Schmerz in meiner Seite.

Ich fröstele.

»Ist dir kalt?«, fragt er und breitet die Decke über uns, zieht meinen Körper noch näher an sich heran.

Ich schüttle den Kopf. Mir ist nicht kalt. Mir ist gar nichts.

Ich schließe die Augen. Kneife sie fest zu. Spüre, wie seine Finger über meinen Rücken fahren, als wäre ich weißer Sand und er würde darin Platz für Flüsse schaffen.

Als der Morgen graut und der Himmel weiß wird, wache ich auf. Hugo schläft mit offenem Mund. Ich spüre seinen heißen Morgenatem an meinem Nacken. Nachdem ich seinen Arm weggeschoben habe, steige ich aus dem Bett. Er schläft tief und fest. Ich stehe vor ihm und blicke auf seinen Körper herab. Seinen gekrümmten Rücken. Das hervorstechende obere Schulterblatt. Seine langen Beine. Das kleine Haarbüschel am unteren Ende seiner Wirbelsäule. Seine Hand, die zwischen Baumwollfalten ruht. Seine knochigen Finger.

Meine Hände zittern.

Er sieht riesig aus in meinem Bett. Und ich möchte mich so gern wieder hinlegen. Aber ohne ihn.

Ich stupse ihn mit dem Finger an und flüstere: »Hugo … *Hugo.*«

Er wacht ruckartig auf und schnappt erschrocken nach Luft.

»Entschuldige«, flüstere ich. »Ich würde gern joggen gehen.«

Er sieht mich verschlafen an. Ich rechne fest damit, dass

er sagt: »Ich wusste gar nicht, dass du joggst.« Oder: »Kann ich nicht hierbleiben, bis du zurückkommst?« Doch zu meiner Erleichterung sagt er nichts dergleichen. Er murmelt nur: »Okay. Ja. Kein Problem.« Und lächelt. »Vielleicht gehe ich dann ausnahmsweise mal ein bisschen früher zur Arbeit.«

Ich sammle seine Kleider vom Boden und gebe sie ihm. Er schlüpft hinein, und mir kommt der Gedanke, dass ich vielleicht Joggingsachen anziehen sollte, aber ich habe keine, also wickle ich einfach nur ein Handtuch um mich.

Wir gehen zusammen hinüber in mein Wohnzimmer. Als ich gerade die Wohnungstür für ihn aufmachen will, sagt er: »Ich habe darüber nachgedacht, was du letzte Nacht gesagt hast …«

»Was habe ich denn letzte Nacht gesagt?« Insgeheim weiß ich längst, was er meint.

»Dass du das Gefühl hast, mit Ende zwanzig zu sterben.«

Ich schlinge die Arme um meinen Körper.

»Es ist nicht romantisch, wenn du mit Ende zwanzig stirbst«, sagt er zu mir, seine tiefschwarzen Augen halb im Schatten. Er schüttelt den Kopf. »Das wäre eine solche Verschwendung.«

Er durchquert das Wohnzimmer, legt die Hände an meine Taille und küsst meine Stirn. Drückt lange die Lippen darauf. Ich schließe die Augen. Halte die Luft an. Wir entscheiden uns dazu, zu atmen, nicht wahr?

Hugo geht. Ich mache die Tür hinter ihm zu, kehre ins Schlafzimmer zurück und ziehe das Bett ab. Dann gehe ich ins Badezimmer, steige in die Dusche und übergebe mich.

Ich schrubbe meinen Körper, bis er rot und wund ist, bleibe unter der Dusche, bis das Wasser kalt wird. Das Wort *Verschwendung* bildet Schlieren auf den Kacheln, wie ein Ölteppich.

Nach dem Mittagessen taucht Hugo mit einem Blumenstrauß in der Galerie auf. Weiße Lilien. Gespenster, umgeben von grünem Laub. Wie halb geöffnete Augen.

»Hier«, sagt er und überreicht mir die Blumen. »Die sind für dich.«

Ich nehme den Strauß entgegen. »Die sind wunderschön.«

Er lächelt. »Wie war deine Joggingrunde?«

»Meine was?«

»Deine Joggingrunde heute Morgen?«

Mir schießt das Blut in die Wangen. »Ach ja … genau«, stammle ich. »Gut. Aber ich bin nicht besonders weit gejoggt.« Ich senke die Stimme, damit Natasha nicht hört, wie ich ihren Bruder anlüge.

HELLLILA SAND

Hugo und ich kommen nach einem ausgedehnten Mittagessen in Covent Garden zurück in die Galerie. Ich mache mir Sorgen, dass Natasha sich über meine lange Abwesenheit ärgert. Als ich durch die Tür trete, steht sie neben meinem Schreibtisch und winkt mich zu sich.

»Oli«, sagt sie, »setz dich. Setz dich.«

»Was ist?«, frage ich. *Setz dich?* Panik steigt in mir auf. Ist Mac etwas zugestoßen? Oder Maggie?

»Ich habe wichtige Neuigkeiten!«, verkündet Natasha.

»Gute?«, will Hugo wissen.

»Ja«, antwortet Natasha knapp.

Ich setze mich an meinen Schreibtisch. »Okay. Schieß los.«

»Erinnerst du dich noch an Alison Waite?«

»An wen?«

»Sie war bei der Vernissage. Ich habe euch einander vorgestellt.«

»Du hast mir ziemlich viele Leute vorgestellt.«

»Sie ist die Geschäftsführerin von Southern Star Expeditions.«

Ich spüre, wie sich mein Körper sogleich versteift. »Die Antarktika-Frau?«

»Ja, genau die.«

»Was will sie denn?«

»Du weißt doch bestimmt noch, dass sie dir von einer Expedition erzählt hat, die sie für Künstlerinnen organisiert?«, sagt Natasha.

»Ja, da war irgendwas.«

»Sie möchte, dass du nach der Expedition die Ausstellung der dabei entstehenden Kunstwerke kuratierst.«

»Ernsthaft?«

»Ja! Und das ist noch gar nicht das Beste!«

Ich lache. »Was dann?«

»Sie will, dass du die Expedition persönlich begleitest.«

»Was?«

»Du sollst mit nach Antarktika!«

»Wie?«

»Auf einem Schiff! Von Südamerika aus!«, ruft sie.

»Dein Ernst?«, schaltet sich Hugo ein. »Wie cool ist das denn?«

»Nein«, sage ich und schüttle den Kopf. »Sag ihr, das geht nicht.«

»Was?«, fragt Natasha entgeistert.

Ich senke den Blick auf den glänzenden Betonboden, der sich vor meinen Augen in ein Meer verwandelt. Die Galerie läuft voll Wasser, es breitet sich immer weiter aus, bis es hier ist, dort, überall. Auf allen Seiten, kilometerweit.

Ich spüre, wie die Erde zu schaukeln beginnt. Auf und ab. Auf und ab.

»Tut mir leid, aber meine Antwort lautet Nein«, wiederhole ich und flüchte auf die Toilette.

Als ich am Abend aus der Dusche steige, klingelt mein Handy. Ich beeile mich abzunehmen, nachdem ich gesehen habe, dass es eine australische Nummer ist. Aber meine Finger sind nass, und der Touchscreen reagiert nicht auf feuchte Hände. Das Klingeln verstummt. Ich trockne mich hastig ab und rufe zurück.

Maggie geht beim zweiten Klingeln dran. »Hallo, mein Schatz«, begrüßt sie mich. Obwohl sie heiser und müde klingt, muss ich unwillkürlich lächeln, wie immer, wenn ich ihre Stimme höre. Mein ganzes Wesen scheint sich mit Leben zu füllen.

»Hallo, Maggie.«

»Wie war deine Ausstellung?«, fragt sie.

»Gut. Sehr gut«, antworte ich strahlend. »Ich habe den Katalog hier liegen, damit ich ihn dir zuschicken kann.«

»Au ja, bitte!«

»Wie geht es dir?«

»Ach, mach dir deswegen mal keine Sorgen. Ich rufe aus einem viel wichtigeren Grund an.«

»Aha – und der wäre?«, frage ich.

Maggie beginnt zu husten. Es ist ein tiefes, bellendes Husten, bei dem ich vor Mitgefühl das Gesicht verziehe. Ich höre Macs Stimme im Hintergrund. Er sagt irgendetwas von einem Glas Wasser, sie solle mich doch später zurückrufen. »Nein … nein«, höre ich sie unter Husten hervorstoßen. Sie scheint jetzt woanders im Raum zu sein. »Es geht schon wieder.«

Ich warte, bis sie ans Telefon zurückgekehrt ist.

»Natasha hat mir erzählt, dass dir jemand eine Reise nach Antarktika angeboten hat.«

Ich spüre, wie die Luft aus mir entweicht. »Na ja. Theoretisch schon.«

»Du weißt ja, dass ich diese Vorstellung habe«, krächzt sie. »Diese Vorstellung, dass alle Seelen dieser Erde irgendwann in die Antarktis zurückkehren … denn dort ist die älteste Flussmündung … Mir gefällt der Gedanke, dass Robynne dort ist … dass sie nach Hause zurückgekehrt ist.«

Ich antworte nicht.

»Mensch, Oli«, sagt sie schließlich. »Du musst das machen!«

»Ich kann nicht«, sage ich. »Maggie … Ich kann einfach nicht.«

GOLDENER SAND

Für eine Weile verstreicht die Zeit mühelos.

Der Himmel wird weiter, die Tage länger. Und es macht mir nichts aus. Denn die Liebe wächst um mich herum wie frisches Grün nach einem Feuer, sodass mein Körper nicht mehr ungeschützt ist, ich mich nicht mehr entblößt fühle. Durch Hugo ist die Offenheit des zunehmenden Tageslichts für mich erträglich geworden. Magnolien blühen, Blütenblätter sprenkeln den Boden. Sie sind weich unter unseren Füßen, als wir barfuß durch den Regent's Park schlendern.

Wir liegen zusammen unter einem blühenden Kirschbaum, einem rosa Baldachin, und bewundern den Sonnenuntergang.

»Die blaue Stunde ist fast da«, flüstert Hugo.

Ich rolle mich auf die Seite, liege nun direkt vor ihm. Sein Atem streift sanft meine Wange.

»Die blaue Stunde?«

»Ja«, sagt er lächelnd. »Sobald die Sonne untergegangen ist, nimmt alles eine bläuliche Färbung an …« Hugo berührt meine Lippen, mein Kinn. Er streicht mir die Haare aus dem Gesicht, hält meinen Kopf in seiner Hand. Ich schließe die Augen, als er mich näher zu sich heranzieht.

Und dann küsst er mich. Sanft. Genau in dem Moment, als die Sonne hinter den Bäumen verschwindet und wir im Blau versinken.

Er lacht.

»Was?«

»Ich weiß nicht«, sagt er. »Ein alberner Gedanke.«

Ich lächle und beobachte, wie seine Wangen rot werden. »Verrat ihn mir.«

»Du bist einfach … du bist irgendwie das Coolste, was mir je passiert ist.«

Jetzt lache ich auch. Zumindest für einen Augenblick, in dem ich den Teil von mir vergesse, der sagen möchte: *Wenn du wüsstest.*

Vor meinem Schlafzimmerfenster öffnen sich winzige gelbe Knospen zu sternförmigen Blüten. Jeden Morgen gibt es mehr von ihnen, und ich merke, dass ich mit jeder neuen Blüte mehr von mir zeige. Ich lasse die Badezimmertür offen, wenn ich mich umziehe, damit ich mich weiter mit Hugo unterhalten kann. Irgendwann höre ich ganz auf, mich im Bad umzuziehen.

Ich streife mein Oberteil über den Kopf, schlüpfe aus meiner Hose, hake meinen BH auf und lasse ihn auf den Boden fallen. Langsam schiebe ich meinen Slip herunter, und während er mir auf die Knöchel rutscht, blicke ich zu Hugo. Er liegt in Trainingshose auf meinem Bett, den Oberkörper gegen ein Kissen gelehnt, und sieht mich mit lächelnden Augen an. Sein Blick gleitet über meinen Körper wie Wolken über den Himmel.

Auch ich schaue nun an meinem Körper herunter, und mir fällt ein, was einmal jemand zu mir gesagt hat: *So dünn bist du nun auch wieder nicht.* Ich hatte diese Worte selbst dann noch mit mir herumgetragen, als meine Knochen kantig hervorstanden, hatte an sie geglaubt, war vor dem Schlafengehen auf sie zurückgekommen, als wären sie mein Abendgebet.

Ich muss daran denken, wie ich zusammen mit Maggie hier in London ankam, nachdem ich zuvor einen Monat in ihrem Bett in Sydney verbracht hatte, unfähig, mich zu bewegen, unfähig zu sprechen. Wie grausam mir die Kälte beim Verlassen des Flugzeugs entgegenschlug. Wie schmerzhaft alles für mich war. Und wie Lindy und Maggie es schließlich schafften, mich wieder zum Essen zu bewegen, wie ich langsam Gewicht zulegte. Zum ersten Mal in meinem Leben machte es mir nichts aus, dass sich die Lücke zwischen meinen Beinen allmählich schloss, dass mein Bauch runder wurde und meine Arme voller. Denn die hinzugewonnenen Kilos wurden mein Panzer, ein Panzer aus Fleisch, der mich beschützte und mein Geheimnis bewahrte. In ihm fühlte ich mich sicher.

Trotzdem mied ich Spiegel, wo es nur ging. Und weil mich nie jemand in diesem neuen Körper sah, konnte ich darin existieren. Bis aus niemand *Hugo* wurde. Und plötzlich fühlte sich mein Fleisch erdrückend an.

»Komm her«, sagt er.

Ich mache einen Schritt nach vorn und lasse den Slip auf dem Boden liegen. Hugo breitet die Arme aus. Ich steige aufs Bett und atme nur flach, weil ich den Bauch einziehe. »Du bist unglaublich«, flüstert er. Beim Ausatmen entspanne ich meine Bauchmuskeln und lege mich neben ihn. Er fährt mit seinen Fingern über meine Haut, fährt die Wölbung meiner Hüfte nach, berührt die rosige Haut meiner Oberschenkel. Ich bekomme eine Gänsehaut. »Ich vergöttere dich«, gesteht er. Und ich habe plötzlich einen Kloß im Hals. Doch dann küsst er mich, beugt sich über meinen Körper und küsst die Mulde unter meinem Hals, meine Schlüsselbeine, meine Brüste, meinen Bauch. Die Innenseiten meiner Oberschenkel. Erst spüre ich seine Zunge. Und dann seine Finger, langsam und sanft. Sie berühren mich. Bis ich die Augen schließe und mich zurück aufs Kissen sinken lasse. Meine Oberschenkel beginnen zu zittern.

Im nächsten Moment ist es, als würde er flüssiges Gold in mich hineingießen. Die Wärme dieses Golds breitet sich in meinem Bauch aus, fließt meine Beine hinunter. Meine Muskeln krampfen sich um ihn herum, mein Körper fängt an zu zucken. Noch nie zuvor hatte ich dieses Gefühl – als wäre mein ganzer Körper dabei, sich zu füllen. Fast voll. Voll.

Doch dann entweicht mir ein Geräusch, und ich reiße die Augen auf. Ich sehe den Schock auf seinem Gesicht, seine großen Augen, seinen offenen Mund. Um mein erschrockenes Keuchen zu dämpfen, halte ich mir die Hände vors Gesicht und hoffe, dass er es vielleicht doch nicht gehört hat. Aber er hat es gehört. Sein Gesicht verzieht sich, weil er mühsam ein Lachen zu unterdrücken versucht. »Lach mich nicht aus!«, rufe ich entrüstet.

»Tue ich doch gar nicht!«, behauptet er und presst die Lippen aufeinander, bemüht sich verzweifelt, nicht zu kichern.

»Tust du wohl!« Ich drehe mich von ihm weg, bin unfähig, ihn anzusehen.

»Es war nur ein Furz, Oli!«, sagt er und lacht nun laut heraus. »Mich stört so was nicht! Ehrlich!«

Zutiefst beschämt ziehe ich die Knie an die Brust und

rolle mich zusammen. »Ich will einfach nur in einem Loch verschwinden und sterben«, murmele ich.

Er umfängt mich von hinten mit seinem Körper. »Tja«, sagt er, »dann musst du dir aber ein Loch suchen, in das ich auch reinpasse.«

GELBER SAND

Der Sommer kommt, und die Zeitungen sind voll mit Schlagzeilen über die ungewöhnliche Hitzewelle. Die Wiesen in den Parks sind gelb geworden, die Blumen in sich selbst zusammengesunken. »Erschreckend«, sagt Hugo immer wieder. »Einfach nur erschreckend.«

Eines Nachmittags im Juni treffen wir uns mit Natasha an der Paddington Station. Wir schlürfen gerade schwarzen Kaffee, als sie eintrifft. Hugo hält quer über den Tisch meine Hand. »Oh, ihr beide!«, sagt sie beim Näherkommen. »Da geht einem echt das Herz auf!«

Ich verdrehe die Augen, und Hugo lacht.

»Ich wusste gar nicht, dass du ein Herz hast«, sagt er, und sie zwickt ihm ins Ohr.

Ich werfe einen Blick auf die Uhr. »Wir müssen los.«

Hugo trinkt den Rest seines Kaffees in einem Zug leer. Er verzieht das Gesicht. Hustet. »Scheiße, das war keine gute Idee.«

Natasha lacht. »Deine Intelligenz verblüfft mich immer wieder.«

»Ja, ja«, sagt er. »Kommt, lasst uns gehen. Jules bringt uns um, wenn wir den Zug verpassen.«

Auf der Zugfahrt nach Oxford erzählt mir Hugo erneut

von der Arbeit seiner kleinen Schwester. Ich höre: *Laser … Gase … Kamera … explodierende Atome!* »Das ist so cool!«, schwärmt er und glüht vor Stolz. »Es ist nämlich etwas vollkommen Neues! Das hat vorher noch nie jemand gemacht.«

Ich berühre Hugos Wange, und er verstummt. »Sorry«, entschuldigt er sich verlegen. »Zu viel Information?«

»Nein, nein«, wehre ich kichernd ab. »Ich kapiere nur nicht, worum es genau geht.«

Ich muss daran denken, wie Hugo mir zum ersten Mal von seiner jüngeren Schwester erzählte. Als er meinte, sie würde physikalische Chemie studieren, hatte ich mir rein gar nichts darunter vorstellen können. Daran hat sich bis heute nicht viel geändert.

»Keine Sorge«, beruhigt mich Natasha. »Für mich ist das auch alles unverständliches Kauderwelsch.«

»Jules ist definitiv der Liebling unserer Mutter«.

Natasha wirft Hugo einen bösen Blick zu. »Aber nur, weil sie die Jüngste ist.«

»Tash ist eifersüchtig«, flüstert mir Hugo ins Ohr.

»Du flüsterst nicht besonders leise, *Hugo*«, blafft Natasha ihn an.

Ich gebe Hugo einen Kuss und drehe mich dann zum Fenster, drücke meine Wange gegen das kühle Glas. Die Felder, die draußen vorüberziehen, sind fahl und verblichen, wie tote Korallen.

Julia holt uns vom Bahnhof ab. Hugo zeigt sie mir schon von Weitem, auch wenn das gar nicht nötig gewesen wäre. Sie ähnelt ihm sehr, ist groß und schlaksig und trägt eine Hornbrille, einen Faltenrock und ein T-Shirt mit der Aufschrift: *Es gibt keinen PLANet B.*

»Oli!« Sie wirft die Arme um mich. »Endlich!« Mit einem Lächeln tritt sie zurück und sieht mich an. »Ich habe schon *so* viel von dir gehört«, sagt sie und zeigt auf Hugo. »O Gott, er kennt buchstäblich kein anderes Thema mehr! Oli, Oli, ich liebe sie sooo …«

Hugo greift herüber und hält ihr den Mund zu. »Und das ist Jules«, erwidert er mit hochrotem Gesicht.

Ich werfe ihm eine Kusshand zu.

»Echt schön, dass ihr hier seid!«, ruft Jules und umarmt ihre beiden Geschwister.

»Du siehst gut aus«, findet Natasha.

»Also, was ist der Plan?«, fragt Hugo.

Jules wirft einen Blick in meine Richtung. Ich fächere mir mit der Zeitung, die Hugo für die Zugfahrt dabeihatte, Luft zu. »Eigentlich hätte ich vorgeschlagen, dass wir Oli vor dem Mittagessen die Uni zeigen, aber vielleicht sollten wir doch zuerst zum Fluss gehen? Habt ihr Schwimmsachen dabei?«

»Ich schwimme nicht«, stellt Natasha klar.

Jules streckt ihrer älteren Schwester die Zunge raus. »Oli?«

Ich schüttle den Kopf. »Aber ich will unbedingt die Uni sehen!«

»Also dann!«, sagt sie und klatscht in die Hände. »Wie wärs, wenn wir uns zuerst mein College anschauen?«

»Perfekt!«, antworte ich.

Hugo streicht mit der Hand über meinen Rücken. Ich spüre, wie der Stoff meines T-Shirts zwischen meinen Schulterblättern feucht wird. »Alles okay?«

Ich nicke.

»Sicher?«

Ich denke an den Fluss, der sich wie eine Schlange durch die Landschaft windet.

»Ja«, antworte ich mit einem gezwungenen Lächeln. »Alles gut.«

Hugo nimmt meine Hand, als wir hinter Jules den Bahnhof verlassen. »Das Worcester College ist nur fünf Minuten entfernt«, erklärt sie. Draußen empfängt uns gnadenlos grelles Licht. Ich drücke Hugos Hand ein wenig fester, und er lächelt. Jules weist uns auf die Saïd Business School hin, die wirtschaftswissenschaftliche Fakultät, und erklärt, die Universitätsgebäude lägen über die ganze Stadt verteilt. An einer Magnolie biegen wir um eine Ecke. Die Sonne klebt an meinem Nacken.

»Da wären wir!«, ruft Jules und breitet die Arme aus. »Tada!«

»Wow«, murmele ich und spähe nach oben. Die Uhr an dem Gebäude, das vor uns aufragt, ist hell und rund. Sie schimmert wie der Mond.

Wir folgen Jules durchs Eingangstor in einen Innenhof mit perfekt gemähter Rasenfläche. Zur Rechten befindet sich ein prächtiges Gebäude mit hohen Rundbogenfenstern und Efeuranken, die sich über den Sandstein ziehen. Die ebenfalls am Gebäude hochrankenden Kletterpflanzen stehen in voller Blüte, ein Potpourri aus Rosa und Blau.

Zur Linken steht ein Gemäuer mit grauer, verwitterter Fassade. Jules informiert uns, dass es noch aus dem Mittelalter stammt, während wir durch eine Art Bogengang gehen. Hugo muss den Kopf einziehen, damit er nicht gegen die niedrige Decke stößt. Der Gang öffnet sich zu einer ausgedehnten Rasenfläche hin, die von Tulpen und Rosen umrandet ist. In der Mitte stehen drei Eichen, durch deren verwitterte Blätter Sonnenstrahlen aufs Gras fallen. Wir gehen unter ihnen hindurch wie durch einen goldenen Schauer. Dahinter verbreitert sich der Pfad und führt an einem See entlang. Am gegenüberliegenden Ufer entdecke ich zwei Schwäne.

Ein Lachen entschlüpft mir. »Unglaublich, dass das hier dein Hinterhof ist … einfach atemberaubend.«

»Ich weiß«, sagt Jules. »Ich habe solches Glück.«

»Sag das nicht«, widerspricht Hugo. »Du hast so hart dafür gearbeitet.«

»Ich behaupte ja gar nicht, dass ich nicht hart gearbeitet hätte«, sagt sie. »Ich meine, verdammt, ich bin die einzige Frau in meinem Jahrgang! Aber ich bin auch weiß, und dieses College wurde für weiße Menschen gebaut.«

»Auch wieder wahr«, räumt Hugo ein, und wir schlendern weiter, durch einen grün umrankten steinernen Bogengang zu einem Baum, der über den See hängt. Zwei Studenten sitzen lesend in seinen Ästen.

Ich denke immer noch über Jules' Aussage nach, das College sei für weiße Menschen gebaut worden, und frage sie, was sie damit genau gemeint hat.

»Na ja, heutzutage ist es natürlich nicht mehr so, dass die Collegeleitung sagt, sie wolle nur hellhäutige Studenten hier haben und keine Menschen anderer Hautfarbe. Es steht niemand am Tor, der aussortiert: Du darfst rein und du nicht. Es geht mir um die tausend Hindernisse auf dem Weg hierher, die eine nicht-weiße Person davon abhalten, es überhaupt bis zum Tor zu schaffen.«

Ich versuche mir vorzustellen, welche Hindernisse das sein könnten, stelle jedoch fest, dass ich unfähig bin, mir etwas vor Augen zu führen, was ich noch nie gesehen habe. Mir geht auf, dass mein Wissen durch dieses mangelhafte Verständnis, durch diese fehlende Vorstellungskraft *unvollständig* ist. Dass es Dinge gibt, die über meinen

Verstand hinausgehen, ist einerseits schmerzlich offensichtlich und andererseits dennoch ein Schock.

»Ich habe nie groß darüber nachgedacht, dass ich weiß bin«, gestehe ich Jules.

Jules zuckt mit den Schultern. »Das nennt sich dann wohl Privileg.«

Wir essen auf einem Markt auf der anderen Straßenseite zu Mittag und durchqueren dann das Stadtzentrum, gehen an der Bodleian Library vorbei zur Universitätskirche. Überall um uns herum sind Studenten auf Fahrrädern unterwegs, gleiten lässig und mit sommerlicher Leichtigkeit um die Kurven.

Nachdem wir vier Pfund gezahlt haben, erklimmen wir die Treppe des Kirchturms. Der Aufstieg ist steil und eng und führt zu einem Aussichtsbalkon, der so schmal ist, dass wir ihn nur hintereinander betreten können. Hugo drückt so fest meine Hand, dass ich spüre, wie das Blut in meinen Fingerspitzen pulsiert. Ich blicke über die Schulter und sehe, dass er fest die Augen zukneift. Also zwänge ich mich zwischen ihn und die Balkonbrüstung. »Hey«, sage ich und lege meine Hand an seine Wange. Er öffnet ein Auge.

»Nur wir beide«, flüstere ich.

Er lächelt. Ich küsse ihn und spüre, wie sich seine Muskeln entspannen.

Er umarmt mich fest, und ich drehe mich in seinen Armen um, sodass ich den Himmel vor mir habe. In der Ferne, jenseits der Turmspitzen und Ziegeldächer, schwebt eine Wolkenreihe am Horizont, weiß mit zartlila Rändern. Hugo legt das Kinn auf meine Schulter und flüstert mir ins Ohr: »Nur wir beide.«

Auf dem Weg nach Port Meadow, einer großen öffentlichen Grünfläche am Fluss, holt Jules bei sich zu Hause zwei Badeanzüge, Handtücher und eine Picknickdecke. Die Hitze ist drückend. Schweiß sammelt sich zwischen meinen Brüsten. Ich habe das Gefühl, nach und nach zu verwelken.

An unserem Ziel angekommen sagt Jules, dass sie die Flussauen in ihren drei Jahren in Oxford noch nie in dieser Farbe gesehen hat. Sie erstrecken sich bis zu den Wäldern in der Ferne und sind in diesem Sommer gelb wie Wüstensand. Ich entdecke einen toten Vogel zwischen den welken Grasbüscheln. Seine Federn sind verfilzt und staubig.

»Das hier ist sozusagen mein zweites Zuhause«, erklärt Jules, während sie die Picknickdecke am Flussufer ausbreitet. Natasha zieht ihre Schuhe aus und setzt sich darauf. Vor uns schlängelt sich ein kleiner, von Wildblumen umgebener Fluss, der ein Stück weiter stromabwärts in die Themse mündet. Eine Holzbrücke überspannt die Stelle, an der die zwei Flüsse ineinanderfließen. Kinder klettern aufs Brückengeländer und springen kreischend und lachend ins Wasser. Am gegenüberliegenden Ufer liegen einige Teenager rauchend in der Sonne. Irgendjemand macht Musik. Ich atme in kurzen, angestrengten Zügen.

Neben mir wickelt sich Jules in ein Handtuch, um sich ihren Badeanzug anzuziehen. Hugo streift seine Schuhe ab und zieht dann sein Shirt und seine Jeans aus. In Boxershorts und mit zwei verschiedenen Socken steht er da. Natasha zieht eine Grimasse und wendet den Blick ab. Jules lacht und nennt ihn einen Trottel. Aber er zuckt nicht mit der Wimper. Stattdessen sucht er meinen Blick und grinst. Und in diesem Moment beginnen sich die harten Kanten aufzulösen. *Ich liebe dich wirklich*, denke ich.

»Oli«, sagt Jules und wedelt mit einem Badeanzug vor mir herum.

»Oh«, murmele ich. »Äh …«

Sie gibt ihn mir, und ich merke, dass meine Hände zittern. Ich halte mir den Badeanzug vor den Oberkörper, und mein Blick fällt aufs Wasser.

Der Fluss. Eine klaffende Wunde. Ein dunkler, tiefer Abgrund.

Unwillkürlich weiche ich ein Stück vom Ufer zurück.

»Komm schon«, neckt mich Hugo. »Du hast doch wohl keine Angst vor ein bisschen Wasser, oder?« Er zupft spielerisch an dem Badeanzug, den ich an mich drücke.

»Nicht«, sage ich und schiebe seine Hand weg.

Jules macht einen Schritt auf mich zu und fragt mit gedämpfter Stimme: »Kannst du schwimmen, Oli?«

Ich zucke mit den Schultern.

Hugo berührt verständnisvoll meinen Oberarm und flüstert mir ins Ohr: »Nur wir beide …« Er lächelt. »Du brauchst dich nicht zu schämen.«

»Ich schäme mich nicht!«, schnauze ich ihn an, während die Tränen in mir aufsteigen.

Leise sagt er meinen Namen.

»Fass mich nicht an.«

Hugo zuckt zurück und ist sichtlich verletzt. Ich möchte etwas sagen, irgendetwas, aber die Worte, die mir auf der Zunge liegen, sind unvollständige Gebilde. Wie Rauch, der die Form verändert. Erstickend.

»Oli«, sagt Natasha und klopft mit der Hand neben sich auf die Picknickdecke. »Komm, setz dich neben mich, okay?«

Ich sinke auf die Decke und ziehe die Knie an die Brust, halte die Beine zusammen, drücke sie fest gegeneinander. Schließe mich. Verschließe mich. Mache alles dicht.

Hugo hockt sich neben mich, aber Natasha verscheucht ihn.

»Na komm«, sagt Jules und zieht am Arm ihres Bruders.

Er starrt mich an, starrt suchend in mich hinein. Ich drehe mich weg.

»Na komm, Hugo«, höre ich Jules wiederholen. »Lass sie mal kurz in Ruhe.«

Ich schließe die Augen. Er seufzt und geht dann weg. Blassblaue, sich entfernende Schritte.

VIOLETTER SAND

Wir verlieren kein Wort über den Fluss. Hugo geht davon aus, dass ich nicht schwimmen kann und mich zutiefst dafür schäme. Es dabei zu belassen ist so viel einfacher als alles andere. Denn wie soll man jemandem, der noch nie Feuer erlebt hat, brennende Haut erklären?

Es regnet. Ich bleibe stumm. Stunden versickern und werden zu Tagen. Die Blätter färben sich gelb. Ich bleibe stumm. Die Blätter beginnen, von den Bäumen zu fallen. Sie fallen und fallen, bis der Boden matschig und violett ist. Dunkelheit senkt sich herab, und ich kann atmen.

Im November zieht von Osten her eine Kaltfront heran. Der Wind ist bitterkalt und frostig grau, und als wir aus dem Bahnhof London Bridge treten, werde ich von einer Böe erfasst, am ganzen Körper. Ich lasse es zu, lasse mich von ihr umarmen. So fest, dass es wehtut. Denn meine Kanten sind dünn. Immer öfter fällt mir nun auf, wie porös meine Ränder geworden sind. All diese Löcher in meinem Fleisch, aus denen Teile von mir heraussickern. Ins Alles. Ins Nichts.

Über mir ist der Himmel mit Blutergüssen überzogen.

Hugo geht ein paar Schritte vor mir. Er dreht sich um und fragt: »Wie sieht er denn aus?«

Ich denke an meine letzte Begegnung mit Will, in dem Sommer, in dem er mit der Highschool fertig war. Ich war vor Weihnachten ein paar Wochen in Sydney gewesen und hatte die restlichen Sachen in der Wohnung in Manly zusammengepackt, damit mein Vater sie verkaufen konnte. Das war zwischen zwei Yacht-Überführungen gewesen, und da mein Vater immer noch stinksauer war, weil ich das Praktikum zugunsten eines Lebens auf See hatte sausen lassen, verbrachte ich den Weihnachtsmorgen mit Will und Annie und aß anschließend mit Mac und Maggie zu Mittag. Bis Silvester hatte ich schon wieder Arbeit auf einer neuen Yacht gefunden, der *King Tide*, und war an den Landspitzen vorbei davongesegelt.

Ich zucke mit den Schultern. »Es ist so ewig her, dass ich ihn gesehen habe.« Suchend lasse ich den Blick über ein Meer von Gesichtern schweifen und denke: *Er könnte jeder dieser Menschen sein.* Aber dann entdecke ich ihn doch, auf der anderen Straßenseite. Hand in Hand mit seinem Schatz. Meine Lippen verziehen sich zu einem Lächeln.

Ich winke, und er winkt strahlend zurück.

Das grüne Licht der Fußgängerampel leuchtet auf, und Will kommt herüber geeilt. Als er uns erreicht hat, lässt er die Hand seines Lebensgefährten los und umarmt mich stürmisch. Er ist sogar noch größer, als ich ihn in Erinnerung hatte. Lang und dünn, mit blondierten Haaren, einem goldenen Ohrring und einer Rosentätowierung am Hals. Wir umarmen uns herzlich, und ich spüre, wie sich die Jahre, die wir getrennt waren, auflösen. Wie Eis im Grau des Südpolarmeers.

Er macht einen Schritt zurück und sagt: »Oli, das ist Ramos.«

»So schön, dich endlich kennenzulernen!«, beteuere ich und stelle dann Hugo vor.

»Sollen wir los ins Restaurant?«, erkundigt sich Hugo.

Will nickt. »Ich erfriere gleich!«

Unterwegs frage ich Will und Ramos: »Wie war eure Reise bisher?«

»Unglaublich!«, schwärmt Ramos.

»Paris fand ich einfach toll!«, fügt Will hinzu.

Die beiden erzählen, dass sie bei einem Freund von der Kunsthochschule im elften Arrondissement wohnten, dass sie jeden Tag irgendwelche Galerien besuchten, sich mit Vintage-Klamotten vom Ein-Euro-Wühltisch einkleideten, an der Seine entlangschlenderten, sich finanziell mit Rosé und Drei-Gänge-Menüs verausgabten, unter dem Eiffelturm ein Picknick machten – auf einem Teppich aus orangerotem Herbstlaub – und in einer Gasse eine spontane Party feierten.

»Klingt wunderbar«, sage ich und bleibe stehen, denn wir sind vor dem Restaurant angekommen. »Ich freue mich so für euch!«

Drinnen ist die Heizung voll aufgedreht. Wir schälen uns aus unseren Jacken und hängen sie an einen Garderobenständer. Hugo merkt an, dass er die Hitze völlig unnötig findet.

Die Wände des Restaurants bestehen aus weißen, schwarz gefugten Kacheln, und von der Decke hängen Pflanzen. Natasha sitzt bereits mit einer Flasche Wein und fünf Gläsern am Tisch. »Das ist meine Chefin Natasha.«

Sie verdreht die Augen. »Jetzt gerade bin ich nicht deine Chefin.«

»So cool, Sie kennenzulernen!«, sprudelt es aus Will heraus. »Wir verfolgen die Ausstellungen in Ihrer Galerie schon seit … ach, schon immer.«

»Oh«, sagt Natasha. »Danke. Das hört man gern.«

Hugo schenkt uns Wein ein, während ein Kellner uns die Speisekarten bringt. Ich frage Will und Ramos, welche Art von Kunst sie machen. Ramos beschreibt, wie sich seine Fotografien seit seinem Abschluss an der Kunsthochschule verändert haben, schlicht und ergreifend, weil er jetzt keine Dunkelkammer mehr zur Verfügung hat und sie extern in einem Fotolabor entwickeln lassen muss.

»Ich glaube, dadurch ist eine gewisse Distanz in meiner Kunst entstanden … Ich habe weniger Kontrolle darüber.«

»Deine Bilder sind trotzdem der Hammer«, sagt Will und dreht sich zu mir um. »Das musst du dir ansehen«, drängt er und zieht sein Handy hervor. Als Sperrbildschirm verwendet er ein Foto von zwei nackten, verschlungenen Körpern, so abstrakt, dass man nicht weiß, welche Gliedmaßen zu wem gehören. Es gibt kein Ende und keinen Anfang.

»Wow«, flüstere ich.

Natasha senkt ihre Speisekarte. »Zeig mal«, fordert sie mich auf. Ramos verkrampft sichtlich, sein ganzer Körper spannt sich an. Natasha studiert das Foto auf dem Handy eine Weile schweigend. Aus Ramos' Gesichtsausdruck schließe ich, dass er ihr Schweigen als qualvoll und einschüchternd empfindet, aber ich weiß, dass es ein gutes Zeichen ist. Wenn Natasha nicht interessiert wäre, hätte sie längst den Blick abgewendet.

Irgendwann sagt sie: »Ja …« Ramos' Gesicht hellt sich auf. »Sehr beeindruckend.« Sie blickt zu Will. »Und was machst du so?«

»Ich bin Performancekünstler«, antwortet er. »Meistens kombiniere ich Bodypainting mit Bewegung. Mir gefällt einfach der Gedanke, dass meine Leinwand lebt und atmet.«

»Er ist wirklich großartig!«, schwärmt Ramos. »Wir gingen schon ein Jahr lang zusammen auf die Kunsthochschule, kannten uns jedoch nicht, weil wir verschiedene Schwerpunkte hatten …«

»Bis mich Ramos bei einer Performance gesehen hat«, erzählt Will weiter und wischt sich theatralisch die Haare aus dem Gesicht. »Der Rest ist Geschichte.«

Ramos lacht und zuckt mit den Schultern. »So ist es.«

Ich lächle. »Habt ihr schon mal im Rahmen einer Ausstellung zusammengearbeitet?«

»Das wäre unser Traum, oder?«, fragt Ramos an Will gewandt.

Will nickt. »Das wollten wir immer schon mal tun, aber wir haben gerade erst unseren Abschluss in der Tasche und sind noch nicht so bekannt. Da ist es schwer, ein Podium zu finden.«

»Vielleicht muss ich euch bald noch einmal hierher nach London einladen«, sage ich. »Ich würde zu gern die Wechselwirkung zwischen den auf Foto gebannten reglosen Körpern und den sich bewegenden Körpern bei einer Live-Performance sehen.«

Die beiden strahlen und sind vorerst sprachlos.

Irgendwann sagt Will: »Wir haben von deiner ersten selbst kuratierten Ausstellung nur mit Künstlerinnen gelesen.«

»Ja«, antworte ich. »Ich war hochzufrieden damit. Die Arbeiten der beteiligten Künstlerinnen kamen richtig gut zur Geltung.«

»Vivienne beobachten wir jetzt schon seit ein paar Jahren.«

»Sie ist genial, oder?«

»Und so offen, was ihre Geschlechtsumwandlung angeht«, sagt Will. »Wir kennen viele junge Leute, für die sie damit ein großes Vorbild ist.«

»Die Ausstellung hier in London war ihre erste nach der großen OP«, erzähle ich. »Es war mir eine Ehre, sie mit an Bord zu haben.«

»Toll«, findet Ramos.

»Sind deine Eltern auch zur Vernissage gekommen?«, fragt mich Will.

Ich schüttle den Kopf. »Eingeladen habe ich sie.«

»Scheiße«, murmelt Will.

»Mein Dad hat jahrelang kaum noch mit mir gesprochen, nachdem ich damals dieses Praktikum habe sausen lassen.«

»Aber du bist doch jetzt total erfolgreich …«

»Er hat die Kunstwelt noch nie ernst genommen.«

Hugo hält unter dem Tisch meine Hand und drückt sie sanft.

»Hinterher habe ich herausgefunden, dass er in der Woche der Ausstellungseröffnung sogar in London war.«

»Knallhart«, sagt Will.

»Na ja. Mum kommt mich im Februar besuchen. Das wird sicher interessant.«

Will lacht. »Eltern …«

»Wir dachten eigentlich, dass meine mit uns kein Problem hätten«, erzählt Ramos, »aber kurz vor unserer Abreise hörten wir sie zu meinen Verwandten auf den Philippinen sagen, ich würde zusammen mit meinem ›besten Freund‹ verreisen.«

Will legt den Arm um seine Schultern. »Ich *bin* doch auch dein bester Freund.«

Ramos lächelt, doch es liegt Traurigkeit darin. An den Rändern schillert es blau.

»Ich liebe dich«, sagt Will und küsst ihn auf die Wange.

»Wie hat Annie reagiert?«, frage ich Will. »Als du ihr gegenüber dein Coming-out hattest, meine ich.«

»Nicht so toll, wenn ich ehrlich bin.«

»Nein?« Ich bin schockiert. »Sie kam mir immer so fortschrittlich vor.«

»Ist sie auch«, bestätigt er. »Sie hat total viele schwule Freunde.«

»Was war dann das Problem?«

»Sie meinte, sie hätte Angst, die Leute würden mich diskriminieren, wenn ich mich für dieses Leben entscheide.« Er starrt auf den Tisch, spielt mit seiner Serviette herum. »Sie hat überhaupt nicht kapiert, dass sie die Einzige war, die mir deswegen Kummer bereitet hat.«

»Außerdem glaubt sie offenbar, du könntest dich frei entscheiden«, füge ich hinzu.

»Genau. Das hat wahrscheinlich am meisten wehgetan.«

Ein Kellner nähert sich unserem Tisch. »Seid ihr schon bereit, das Essen zu bestellen?«

»Bestellt, was auch immer ihr wollt«, fordere ich Will und Ramos auf. »Heute zahle ich.«

Die beiden werfen sich unsichere Blicke zu. *»Ernsthaft?«*, fragt Will.

»Natürlich«, antworte ich.

Wir geben unsere Bestellungen auf, der Kellner geht wieder, und Natasha füllt unsere Gläser nach.

»Mütter …«, sagt Hugo kopfschüttelnd, und Natasha spuckt beinahe ihren Wein wieder aus.

»Wie bitte?«, fragt sie.

»Okay, ich sollte vielleicht nicht pauschalisieren …«, rudert Hugo zurück.

»Nein«, blafft sie, »solltest du nicht.«

»Ist ja schon gut«, sagt Hugo. Ich weiß nicht, ob er einfach nur versucht, etwas zu einem Gespräch beizutragen, aus dem er sich ausgeschlossen fühlt. Jedenfalls schiebt er hinterher: »*Unsere* Mutter hat auch schon die eine oder andere verrückte Äußerung von sich gegeben.« Mein Körper schreckt zurück wie ein winziges Lebewesen, das sich in seinen Panzer zurückzieht. Mit einem Schlag bin ich wieder hinter der Holztür. Im Dunkeln. Durchnässt. Alles schaukelt. Stimmen dringen zu mir herein. *Die ist doch verrückt.*

»Du hältst unsere Mutter für verrückt?«, fragt Natasha wutentbrannt.

»Das habe ich nicht gesagt.«

»Aber angedeutet.«

»Du legst mir völlig falsche Wörter in den Mund.«

»Tue ich das?«

Ramos und Will haben ihre Gläser abgestellt. Will sieht mich an, mit halb offenem Mund. Er wartet darauf, dass ich irgendetwas sage, doch es geht nicht. Ich bringe kein Wort hervor.

»Warum attackierst du mich plötzlich so?«, fragt Hugo.

»Warum ich dich *attackiere*?«, wiederholt Natasha, und ihre Worte sind rasiermesserscharf. »Weil du gerade etwas sehr Problematisches gesagt hast.«

Ich schlucke und spüre den Speichel zäh meine Kehle hinunterlaufen.

»Ich verstehe nicht, warum du so eine große Sache daraus machst.«

»Hm«, entgegnet Natasha. »Vielleicht, weil du gerade angedeutet hast, dass die Frau, die dich großgezogen hat, und zwar *ganz alleine*, mitunter ein bisschen ›verrückt‹ ist.«

Hugo zuckt mit den Schultern. »Wer sich gerade verrückt verhält, bist du.«

Natasha zuckt zusammen. »*Ach ja? Tue ich das?* Oder bin ich vielleicht nur stinksauer, weil das genau die gleiche Scheiße ist, die unser Vater jahrelang gesagt hat, um sie runterzumachen, bevor er sich verdammt noch mal aus dem Staub gemacht hat?«

Ich spüre, dass Hugo mich anstarrt, schaffe es jedoch nicht, seinen Blick zu erwidern.

»Außerdem …«, beginne ich leise, während die höhnischen Stimmen immer noch an mein Ohr dringen. »Außerdem wurden Frauen früher dafür eingesperrt, dass sie angeblich verrückt waren.«

»Genau! Danke, Oli!« Natasha wirft die Haare zurück. »Kapierst du das, Hugo?«

Er murmelt kaum hörbar etwas vor sich hin.

»Was war das?«

»Es tut mir leid«, wiederholt er.

»›Verrückt‹ ist ein vorbelastetes Wort, okay?«

»Da hast du wohl recht. So habe ich das noch nie betrachtet.«

Will lächelt betont fröhlich und sagt: »Jeder von uns hat noch einen Weg zurückzulegen.«

»Will hat recht«, räumt Natasha ein. Sie reibt Hugos Schulter. »Schon gut – wir lernen alle noch dazu.«

Ich hole tief Luft, wende mich Will zu und frage, als hätte es die letzten Minuten nie gegeben: »Versteht sie es jetzt besser? Deine Mum, meine ich?«

»Ja«, antwortet er. »Es hat allerdings eine Weile gedauert. Nachdem mir klar wurde, dass sie nur aus Liebe zu mir so besorgt war, sind wir noch enger zusammengewachsen. Inzwischen hat sie wirklich verinnerlicht, dass ich nun mal so bin – und sie liebt Ramos abgöttisch.«

»Wie schön«, sage ich. Dann wird das Essen gebracht.

Während wir es uns schmecken lassen, fragt Natasha Will und Ramos, wo ihre Reise als Nächstes hingeht. Hugos Bein berührt meins unter dem Tisch.

Ich rücke von ihm ab, und er sagt nichts dazu. Er sitzt einfach nur schweigend über seinen Teller gebeugt da, bis wir unser Mittagessen beendet haben und wieder draußen auf der Straße stehen und uns von Will und Ramos verabschieden. Leise wünscht er ihnen eine gute Reise, küsst Natasha auf die Wange und dreht sich dann zu mir um. Ich weiche ihm aus und gehe los.

»Oli«, sagt er. »Oli, warte doch!«

Ich stürme weiter Richtung Bahnhof.

Hugo holt mich am oberen Ende der Treppe ein. »Oli.« Er greift nach meiner Hand. »Es tut mir leid, okay? Ich habe was Dummes gesagt, weil mir die Implikationen nicht klar waren. Das hat sich inzwischen geändert.« Er drückt meine Hand. »Ich bemühe mich, dazuzulernen. Wirklich.«

Ich hebe den Blick.

Seine Augen suchen nach mir. Dunkelbraun, mit grünen Reflexen. Es tut weh, als sich unsere Blicke begegnen. Weil er mich sieht, mich wirklich *sieht*. Gestochen scharf. Das macht mir panische Angst, weil ich denke: *Was sieht er da genau? Was kann er alles wissen?*

Als wir bei meiner Wohnung ankommen, sind meine Finger taub vor Kälte. Hugo stellt fest, dass meine Lippen schon ganz lila sind, und verspricht, mir sofort ein Bad einzulassen. Ich mache mir eine Tasse Tee in der Küche und lege die Hände darum, um sie zu wärmen. Allmählich kehrt das Gefühl in meine Finger zurück, prickelnd, in Form von winzigen Sternen.

Hugo kommt aus dem Badezimmer und verkündet: »Die Badewanne ist bereit.«

Ich folge ihm ins Bad. Kerzenschein flackert über die Kacheln. Ich atme ein. Sandelholz legt sich orange auf meine Zunge. Auf dem Wasser schwimmen getrocknete Rosenblätter, die sich durch die Feuchtigkeit entrollen. Rosa, das zu Blutrot erblüht. Ich fange an, mich auszuziehen. Hugo lehnt im Türrahmen und sieht schweigend zu, wie ich Schicht für Schicht ablege.

Ich lasse meinen Slip nach unten gleiten. Hugo wendet sich ab.

»Kommst du nicht mit rein?«, frage ich.

Er hebt den Kopf, lächelt schief. »Ich wusste nicht, ob du das willst …«

»Bitte«, sage ich, und er kommt auf mich zu, mit erhobenen Armen. Ich greife auf Hüfthöhe nach seinem Pullover und schiebe ihn bis zum Hals hoch. »Du bist zu groß«, beschwere ich mich lachend. »Hilf mir mal!«

Er grinst verlegen und zieht den Pullover über seinen Kopf. Dann schlängelt er sich aus seiner Jeans, zieht seine Socken aus. Jetzt stehen wir beide nackt im Halbschatten der Kerzen und atmen leise. Er kommt noch einen Schritt näher, sodass sich unsere nackten Oberkörper berühren, nimmt mein Gesicht sanft zwischen seine Hände und flüstert: »Ich liebe dich so sehr.«

Wie ein Gebirgsfluss, der weiß über Granitfelsen rauscht, schleifen diese Worte die harten Kanten ab.

Wenn er sie oft genug wiederholt, werden sie mich im Laufe der Zeit ganz langsam, Stück für Stück, abwetzen, bis nichts mehr von mir übrig bleibt.

Hugo steigt in die Wanne. Ich klettere ebenfalls hinein und setze mich zwischen seine Beine, mein Rücken liegt an seinem Oberkörper. Er schlingt die Arme um mich und legt sein Kinn auf meine Schulter. Ich beginne aufzutauen. Wärme kehrt in meine Knochen zurück.

»Alles okay bei dir?«, flüstert er in mein Ohr.

»Ja. Warum?«

»Du atmest so komisch.«

»Echt?« Ich tue so, als wäre ich überrascht. »Muss wohl an der Hitze liegen.«

Hugo lockert seine Umarmung. Ich spüre, wie die feuchte Stelle, an der seine Haut meine berührte, sekundenschnell abkühlt. Ein Frösteln durchfährt mich. »Nein«, murmele ich. »Halt mich fest.«

Er tut es, aber es genügt nicht.

»Fester«, sage ich.

»Sicher, dass alles okay ist?«

Ich nicke. Ohne etwas zu sagen. Mein Blick ist auf die Rosenblätter gerichtet, so zart auf der Wasseroberfläche. In Gedanken bin ich im dunklen Nass. Denke an meine Haut. An seine Haut. Daran, dass sich jetzt gerade Hautschüppchen davon lösen. Die Vereinigung von Schmutz und totem Fleisch. Hautfetzen, die wie Fischschuppen in einer Blutlache treiben.

»Noch fester«, flüstere ich.

GRAUER SAND

Wir fahren nach Brighton, mit einem Auto, das Hugo übers Wochenende gemietet hat. Warum er sich im Januar für einen Besuch am Strand entschieden hat, weiß ich nicht, aber als wir die Stadt hinter uns lassen und die Lücken zwischen den Gebäuden sich zu Feldern ausdehnen, bin ich einfach nur dankbar, mit ihm in die offene Weite hinauszufahren.

Hugo hält meine Hand, obwohl der Wagen keine Automatikschaltung hat. Jedes Mal, wenn er einen anderen Gang einlegt, muss er mich loslassen, bevor er zuverlässig zu mir zurückkehrt, seine Hand auf meinem Schoß um meine schließt.

Wir halten an einer Tankstelle, um vollzutanken und uns mit Proviant für die Fahrt einzudecken. Nachdem wir wieder auf der Schnellstraße sind, füttere ich Hugo mit Pralinen und lache darüber, mit welch kindlicher Gier er sie mir aus der Hand schnappt.

Wir fahren schweigend dahin, ohne dass dadurch eine unbehagliche Stimmung entstehen würde. Ich suche nicht nach Worten. Für den Moment ist alles perfekt, genauso, wie es ist.

Hugo hat die Ferienwohnung gebucht, und ich stelle

überrascht fest, dass sie in erster Reihe am Strand liegt und riesige Fenster zum Meer hinaus hat.

»Wow!«, ruft Hugo und legt die Schlüssel auf den Tisch. »Was für eine Aussicht!«

»Ja«, gebe ich ihm recht und lasse mein Gepäck auf den Boden plumpsen. Schnell wende ich den Blick wieder vom Wasser ab. »Sollen wir runter zur Promenade gehen? Vielleicht ein paar Lebensmittel fürs Abendessen kaufen?«

»Gerne«, antwortet er und öffnet den Reißverschluss seiner Reisetasche. »Aber zuerst habe ich noch etwas für dich.«

»Was denn?«

Er zieht ein Päckchen aus der Tasche. Braunes Geschenkpapier mit einer schmalen blauen Schleife.

»Keine Geschenke, hatten wir doch vereinbart!«

»*Du* hast gesagt, keine Geschenke«, erwidert er mit einem Lächeln und gibt mir das Päckchen.

»Aber ich habe gar nichts für dich.«

»Ist doch egal. Mein Geburtstag war letzten Monat«, sagt er mit einer wegwerfenden Handbewegung.

»Und bis zu meinem dauert es noch zwei Monate«, wende ich ein. »*Noch* bin ich nicht dreißig.« Ich nehme widerstrebend das Päckchen entgegen, knote das Geschenkband auf und wickle ein Buch aus dem Papier. *Gesammelte Gedichte* von Marianne Moore.

»Hast du schon was von ihr gelesen?«, fragt er.

Ich schüttle den Kopf und spüre, wie mir die Tränen in die Augen steigen.

»Alles okay?«, erkundigt er sich besorgt.

Ich nicke. »Mehr als okay.«

Er umarmt mich mitsamt dem Buch, sodass der Buchrücken gegen meinen Oberkörper gedrückt wird. Der leichte Schmerz fühlt sich weit entfernt an, wie aus einer anderen Zeit.

»Ich kann mich nicht erinnern, schon mal so glücklich gewesen zu sein«, sagt er. Seine Worte sind Haut und Knochen.

Und ich bin Luft.

Wir schlendern die Promenade entlang auf die Seebrücke zu. Glühbirnen, die die Buchstaben BRIGHTON PIER bilden, leuchten golden vor einem wolkenverhangenen Himmel. Hugo hält meine Hand. Er lenkt mich Richtung Seebrücke. Wellen schlagen plätschernd gegen ihre Pfosten. Jenseits der Seebrücke wälzt sich die Dünung heran. Es sieht aus wie Körper, die sich unter einer Decke umdrehen. »Komm, am hinteren Ende gibt es einen Vergnügungspark«, sagt er.

Wir verlassen den festen, verlässlichen Betonboden der Promenade und betreten die Seebrücke. Holzbretter. Durch die Ritzen sehe ich das Meer. Wie es heranrauscht und sich wieder zurückzieht. Hin und her wogender weißer Schaum. Mein Atem geht schneller. Ich schmecke das Salz, spüre es in mir drin, bis ich plötzlich nicht mehr atmen kann. Meine Muskeln krampfen sich zusammen. Ich ziehe an Hugos Hand.

»Was ist los?«, fragt er.

»Mir geht es nicht so gut«, murmele ich.

»Ist dir schlecht?«

»Ich weiß nicht.«

»Du siehst aus, als hättest du ein Gespenst gesehen.«

»Mir ist nur kalt«, lüge ich. »Können wir in die Wohnung zurückgehen?«

»Klar«, antwortet er, und wir machen uns auf den Weg

zurück Richtung Stadtzentrum. Unterwegs kommen wir an zwei Anglern vorbei. Einer holt gerade seine Angelschnur ein. Ein Fisch, der am Haken hängt, durchs Wasser gezogen wird, herausgerissen wird auf grauen Sand.

Auf dem Weg zurück in die Ferienwohnung entdecken wir einen kleinen Supermarkt, kaufen Gemüse, Tofu und grüne Currypaste.

In der Küche zerkleinere ich Karotten und Brokkoli. Hugo trägt eine Strickmütze mit Bommel, eine weite Hose, einen Wollpullover und meinen Ohrhänger. Er schneidet den Tofu und die Zucchini und schleicht sich hin und wieder zu mir, um ein Stückchen Karotte zu stibitzen. Ich kneife ihn mit gespielter Entrüstung ins Ohr. »Wenn du so weitermachst, sind bald keine mehr für unser Curry übrig.«

Er lacht und klaut noch ein Stück, steckt es in den Mund, bevor ich es ihm wieder abjagen kann.

Wir essen auf dem Sofa zu Abend. Die Nacht vor den Fenstern ist so dunkel, dass das Meer sich in Schwarz hüllt. Ich atme erleichtert auf.

»Sollen wir uns einen Film ansehen?«, schlägt Hugo vor.

»Gerne«, sage ich. »Du suchst einen aus.«

Hugo entscheidet sich für eine kitschige romantische Komödie, und ich schlafe ein, bevor irgendetwas Interessantes passiert.

Ich wache davon auf, dass er mir einen Kuss auf die Wange gibt. »Komm«, flüstert er und zieht mich hoch. »Zeit fürs Bett.«

Als ich aufwache, ist der Himmel voll kleiner weißer Schäfchenwolken, die sich aneinanderreihen wie Fischschuppen. Das Meer ist weit und verwaschen grau. Ich drehe mich im Bett von ihm weg und sehe, dass Hugo mein Geschenk auf den Nachttisch gelegt hat. Nachdem ich das Buch zur Hand genommen habe, schlage ich wahllos eine Seite auf. »Ein Grab.«

Ein Schauder wogt über meine Haut. Ich lese laut, und mit jedem neuen Satz spüre ich, wie die Wörter dicker, massiver werden. Sie verkeilen sich in meinem Hals wie Eisblöcke.

Ich lasse das Buch sinken, spüre sein Gewicht auf meinem Bauch.

Hugo rollt sich zur Seite, küsst mich auf die Wange.

Ich lächle und küsse ihn auf den Mund. Er hebt seine Hände, die bisher unter der Decke lagen, und umfasst mein Gesicht. Küsst mich. Zuerst ganz sanft. Dann leidenschaftlicher. Er küsst meinen Hals. Meine Brüste. Meinen Bauch. Nimmt meine Hüften, rollt mich liebevoll zur Seite. Jetzt liege ich mit dem Gesicht zum Fenster. Zum Meer. Ich spüre, wie er sich seinen Weg in mich hinein bahnt. Zuerst ganz vorsichtig. Dann stößt er tiefer.

Und es fühlt sich gut an. Wirklich. Bis es sich plötzlich nicht mehr gut anfühlt. Weil ich dabei aufs Meer hinausblicke und mir all die Lebewesen ausmale, die darin gestorben sind. Der Meeresgrund als Unterwasserfriedhof, auf dem totes Fleisch von der Strömung gedehnt wird und schließlich zerfällt. Zu Schlick und Sand. Grauem Sand. Eine Mischung aus Fischaugen, Hautfetzen, Knochensplittern und Schuppen.

Auf einmal bin ich herabstürzendes Wasser. Bin unter der Oberfläche. Unter Deck. Werde gedehnt. Zerreiße. Breche auseinander. Ich spüre AJs Hand auf meinem

Oberschenkel und erstarre. Alle meine Muskeln krampfen sich zusammen. Werden so hart und eng, dass ich das Gefühl habe, meine Knochen könnten brechen. Brechen und zu Schlick und Sand werden. Grauem Sand. Ein Himmel, der aus Fischschuppen besteht.

Fischgedärme, die daraus herabregnen. Ein Körper, der sich erinnert. Warum hast du nicht einfach geschrien?

Der Körper erinnert sich immer.

»Oli?«

Ich blicke über die Schulter, zitternd, hyperventilierend. Sehe Hugo. Sein aschfahles Gesicht.

»Oli? Was ist los?« Er klingt panisch. »Es tut mir leid!«, versichert er. »Was auch immer ich getan habe, es tut mir leid!«

Er zieht ihn aus mir heraus. Aber ich spüre ihn immer noch. Dort drinnen. In meinem Inneren. Ich umklammere meinen Bauch. Rolle mich zusammen. Wiege mich vor und zurück. Alles schaukelt hin und her.

Hugo umfängt mich mit seinem Körper. »Es tut mir leid, Oli«, sagt er. »Es tut mir leid.«

Er hält mich, bis ich ruhig werde. Bis ich wieder atmen kann. Bis ich sage: »Ich kann nicht mit dir zusammen sein.«

Und dann lässt er los.

BLAUER SAND

Hugo verblasst in meinem Leben wie eine Narbe. Anfangs noch dunkelrosa, dann allmählich immer heller. Selbst als die Tage zu Wochen werden, sehe ich ihn noch jedes Mal auf meiner Haut, wenn ich mich ausziehe.

In der Galerie hat Natasha aufgehört, mich zu fragen, was eigentlich passiert ist. Kein *Warum* mehr. Ich empfinde es als Erleichterung, denn ich habe keine Antworten.

Heute ist sie bereits da, als ich eintreffe. »Hast du schon deine E-Mails gelesen?«, fragt sie mich.

Ich stelle ihr ihren Kaffee auf den Tisch. »Nein«, antworte ich. »Warum?«

»Erinnerst du dich noch an Alison Waite, die Organisatorin der Antarktika-Reise für Künstlerinnen?«

Ich drehe die Zeit ein Jahr zurück, murmele: »Ja – wieso?«

»Na ja, die Expedition findet nächsten Monat statt, und die Kuratorin, die eingesprungen ist, nachdem du das Angebot ausgeschlagen hast, musste absagen. Aus gesundheitlichen Gründen, glaube ich.«

Ich spüre, wie sich mein ganzer Körper zusammenzieht.

»Sie wollen dich immer noch.«

Ich schüttle den Kopf.

»Oli, das könnte ein Riesending für dich werden!«, sagt Natasha und fügt hinzu: »Ich habe ihr versprochen, dass du zumindest darüber nachdenkst.«

Ohne Hugo sind meine Wochenenden lang und schleppend. Ich werde zur Touristin, versuche, so wenig Zeit wie möglich in meiner Wohnung zu verbringen. An einem Wochenende nehme ich mir die Tate Britain vor, am nächsten ein Buchantiquariat. Dieses Wochenende ist die National Gallery dran.

Von meiner Wohnung in Bethnal Green nehme ich die U-Bahnlinie Central Line nach Holborn, dann die Piccadilly Line zum Leicester Square. Der Himmel ist aschgrau, und der Regen fällt auf jene Weise, die mir so vertraut geworden ist: als feiner Sprühregen, der sich in meinen Haaren verfängt und bei der kleinsten Bewegung auf meinen Wangen landet. Trotz des Regens zieht ein Straßenkünstler für ein Grüppchen Kinder mit Regencapes seine Nummer durch. Ich krame in meinen Taschen nach Kleingeld, finde eine Pfundmünze und werfe sie in seinen Hut. Im Museum angekommen lege ich meine vielen Schichten ab, lasse Schal, Handschuhe und Wintermantel in der Garderobe zurück.

Stundenlang schlendere ich durch Säle mit blutroten Wänden und glänzenden Böden. Mit schweren Gliedern, einem kaum wahrnehmbaren Schmerz. Schlafwandelnd. Bis mich ein bestimmtes Bild aufweckt.

Es handelt sich um *Apollo und Daphne* von Piero del Pollaiuolo. Darauf ist ein Mann zu sehen, aufgebläht vor Verlangen, regelrecht angeschwollen. Und eine Frau, die dabei ist, sich in einen Baum zu verwandeln, einen anderen Zustand anzunehmen. Ihre ausgestreckten Arme: Äste, aus denen Blätter sprießen. Ein Bein: zerfurchte Rinde. Sie ist in der Erde verwurzelt, kann sich nicht bewegen.

Ich kenne diese Geschichte.

Und möchte den Blick abwenden. Weil ich einen wachsenden Schmerz in meiner Seite spüre, stechend violett. Ein sich erinnernder Muskel. Doch ich kann mich nicht losreißen, starre wie gefesselt auf das Bild.

Auf seinen Oberschenkel, der sich unter ihren schiebt. Der zwischen ihre Beine vordringt, sie auseinanderspreizt, die Frau öffnet. Auf seine Hände, die sie um Taille und Hüfte packen, sie nach unten ziehen. Auf ihre halb geöffneten Augen, die zu träumen scheinen. Eine träumerische Romanze. Ein Albtraum. Eiskaltes Erstarren.

Ich höre sie rufen: *Passiert das gerade wirklich?*

Und taumle rückwärts, sinke auf die gepolsterte Sitzbank in der Mitte des Saals. Blut tropft von den Wänden. Vornehmes Leder. Ein totes Tier. Ich schaudere.

Zum ersten Mal seit vielen Jahren öffnen die Wolken über der Wüste ihre Schleusen. Meine Augen füllen sich mit Tränen. Ich blinzle.

Die Tränen fallen aus mir heraus wie Regen. Füllen sämtliche Flüsse, die er in mich eingegraben hat.

SILBERNER SAND

Um kurz vor zwölf treffe ich vor dem Hotel meiner Mutter in Covent Garden ein, einem weißen Gebäude mit akkurat gestutzter Hecke. Der Eingang besteht aus breiten Glastüren mit goldener Einfassung. Ein Mann im Anzug hält mir eine der Türen auf. »Herzlich willkommen«, sagt er.

Dem Herrn an der Rezeption teile ich mit, dass ich mit Laura Winters verabredet bin. »Einen Moment, bitte«, sagt er und greift nach dem Telefon, um in ihrem Zimmer anzurufen. »Sie können dort drüben warten.« Er zeigt auf einen Sitzbereich vor einem riesigen Fenster, das Blick auf einen schwarz-weiß gefliesten Innenhof gewährt. In die Zweige der dort platzierten Zierbäumchen schmiegen sich Lichterketten. Ein Mann und eine Frau an einem Tisch in der Nähe nippen an ihren Rotweingläsern.

»Ein Glas Sekt?«, fragt mich eine Frau, die ein Tablett mit Sektkelchen in der Hand hält.

»Danke, nicht nötig.«

Kurze Zeit später geht die Aufzugtür auf, und meine Mutter tritt heraus. Ihr Seidenkleid hat die Farbe von zartrosa Perlen. Darüber trägt sie einen langen schwarzen Mantel. Ich stehe auf, um sie zu begrüßen. Als ich sie umarme, spüre ich, wie spitz ihre Rückenwirbel hervorragen. So dünn war sie noch nie.

Ihr Make-up ist makellos. Samtig schimmernde rote Lippen. Dunkle Wimpern. Goldener Lidschatten. Und an ihren Ohren hängen so schwere silberne Creolen, dass ihre Ohrläppchen heruntergezogen werden. Sie sieht aus, als wäre sie einem Gemälde entsprungen. Ich begreife, dass das nicht an ihrem perfekt geschminkten Gesicht liegt, sondern an ihren Augen, die leer und leblos sind.

Meine Mutter blickt an mir vorbei, sieht sich in der Hotellobby um. »Also, wo ist er?«, fragt sie.

»Wer?«

»Dein Freund.«

»Was?«

»Hugo.«

»Ach, stimmt ja«, murmele ich, als mir einfällt, dass meine Mutter und ich seit Weihnachten nicht mehr ausführlich miteinander gesprochen haben. »Er kommt nicht mit.«

»Warum?«

»Wir haben uns getrennt.«

»Ihr habt was?«

»Uns getrennt, Mum. Wir sind nicht mehr zusammen.«

»Aber ich bin den ganzen weiten Weg hierhergekommen, um ihn kennenzulernen«, sagt sie.

Ich zögere kurz und hole dann zum Gegenzug aus: »Und um mich zu sehen.«

»So meinte ich das nicht, das weißt du.«

Doch, ganz genau so meintest du es, denke ich, beschließe jedoch, in der Hotellobby keinen Streit vom Zaun zu brechen. »Schon gut«, sage ich. »Wo geht es hin zum Lunch?«

Das Restaurant, in dem sie einen Tisch reserviert habe,

sei zu Fuß eine Viertelstunde entfernt, sie schlage daher vor, ein Taxi zu nehmen, antwortet Mum und bittet den Portier, eins zu rufen. Kurz darauf sind wir unterwegs. Als wir unser Ziel erreichen, bin ich überrascht über das bescheidene Äußere des Restaurants. »Das müsste die Adresse sein«, murmelt meine Mutter und starrt angestrengt auf ihr Handy. »Ja, wir sind eindeutig richtig.«

Drinnen gesteht mir Mum, dass sie eine Stunde lang recherchiert hat, in welches Restaurant sie mich am besten ausführt. Ich spüre ihren aufrichtigen Stolz darauf, ganz allein dieses Lokal entdeckt zu haben, und lächle. »Das Essen hier ist rein vegetarisch«, sagt sie.

Ich blicke von der Speisekarte auf. »Ist mir auch schon aufgefallen. Echt cool, danke dir.«

Sie strahlt.

Der harmonische Moment ist jedoch nur von kurzer Dauer, denn schon mit dem nächsten Atemzug fragt sie: »Also, erzähl mal: Wie ist das mit Hugo passiert?«

»Weiß ich auch nicht so recht.«

Sie runzelt die Stirn. »Er muss dir doch irgendeinen Grund genannt haben.«

»*Ich* habe mit *ihm* Schluss gemacht, Mum.«

»Was?«, fragt sie und gibt sich keine Mühe, den Schock in ihrer Stimme zu überspielen. *»Warum?«*

Ich zucke mit den Schultern. »Das weiß ich wie gesagt auch nicht so recht.«

»Kannst du die Trennung nicht irgendwie rückgängig machen?«, fragt sie. »Es ist sicher noch nicht zu spät.«

»Ich will sie gar nicht rückgängig machen.«

»Aber er hat dir so gutgetan«, sagt sie. In Anbetracht der Tatsache, dass sie ihm noch nie begegnet ist, meint sie damit vermutlich: *Er hat dir eine gewisse Sicherheit geboten.*

Trotzdem hat sie recht. Er hat mir wirklich gutgetan. Hugo war alles. Wie das Meer: offen, großzügig und ausgedehnt.

Wunderschön, noch während man darin ertrinkt.

»Ich verstehe es einfach nicht«, sagt sie.

Ihr Satz löst eine Welle von Erinnerungen in mir aus.

Ich verstehe es einfach nicht. Wieder und wieder.

Sprich mit mir, Oli. Bitte. Flehte Hugo. Flehten auch Maggie und Mac.

Aber ich kann nicht.

Weil es diese Farbe, die ich in meinem Inneren sehe, nicht gibt. Es existiert keine Sprache für sie. Keine Wörter, die diesen Schmerz beschreiben könnten. Wie er in der Sonne schimmert. Wie er mich so vollkommen überwältigt, dass ich mit einem Schlag nichts anderes mehr wahrnehme. Hier. Dort. Überall.

Hugo erscheint vor meinem inneren Auge. Die morastigen Ränder meiner Erinnerung verfestigen sich, und ich stehe auf einmal wieder in jener Wohnung in Brighton und sehe zu, wie sein Körper zurückzuckt. Wie er in sich zusammensinkt. Sehe zu, wie sein Herz bricht. Ich möchte zu ihm eilen, möchte ihn in den Armen halten.

Doch von einem Moment auf den anderen wird Hugos Gesicht wässrig und konturlos. Seine Worte lösen sich auf, und es entsteht ein Loch der Sprachlosigkeit, in das ich hineinrutsche.

»Alles in Ordnung?«, fragt mich meine Mutter.

Ich merke, dass ich Tränen in den Augen habe. »Ja«, behaupte ich und wische mir mit der Ärmelrückseite die Augen.

»Es tut mir leid«, sagt sie. »Sprechen wir lieber über etwas anderes.«

Ich nicke, und sie fängt an, von meinem Dad zu erzählen. »Er ist gerade in Amerika. Du kennst ihn ja – ständig besucht er irgendwelche Kongresse auf der Suche nach neuen Geschäftsfeldern … Dabei sage ich ihm immer wieder, dass er endlich in Rente gehen sollte.« Zum ersten Mal fällt mir auf, wie wenige Einzelheiten sie über die geschäftlichen Aktivitäten meines Vaters preisgibt. Vielleicht, weil sie selbst nicht viel darüber weiß.

Ich frage sie, was *sie* in letzter Zeit so gemacht hat, und sie antwortet: »Ach, mir wird nie langweilig. Ich spiele viel Tennis mit Abigail. Du erinnerst dich doch an Abigail?«

»Ich glaube schon.«

»Und Fenella hat zusammen mit einer anderen Frau, Lily heißt sie, einen Lesezirkel gegründet. Wir lesen gerade ein Buch von Margaret Atwood. Hast du schon von ihr gehört?«

Ich lache.

»Warum lachst du?«

»Ach, nichts. Ja, ich kenne sie. Lest ihr *Der Report der Magd*?«

Mum schüttelt den Kopf. »Nein, das Buch heißt *Alias Grace*.«

»Finde ich toll, dass du liest.«

Jetzt lacht Mum. »Ich komme nur sehr langsam voran, aber es macht Spaß.« Sie nimmt einen Schluck von ihrem Wein.

»Wenn du willst, kann ich dir ein paar Bücher empfehlen.«

»Das wäre schön«, antwortet sie lächelnd.

Nachdem wir unser Mittagessen beendet haben, schlage ich vor, zu Fuß zurück zum Hotel zu gehen, doch Mum trägt hohe Absätze und beharrt darauf, ein Taxi zu nehmen. Wir warten eine Viertelstunde vergeblich. »Na komm, es ist wirklich nicht weit«, dränge ich, und sie folgt mir widerstrebend.

Wir kommen an Boutiquen und originellen kleinen Cafés vorbei. Ein Pärchen führt einen Dackel spazieren. Wir biegen um eine Ecke, und als mir klar wird, wo wir uns befinden, spüre ich auch schon, wie ein Regentropfen in meinen Haaren landet, gefolgt von einem zweiten. »Oli …«, setzt Mum an. Bevor sie ihren Satz zu Ende bringen kann, öffnen sich alle Schleusen, und es beginnt zu schütten.

»Schnell«, sage ich und greife nach ihrer Hand, »meine Galerie ist nur ein Stück die Straße hinunter!«

Obwohl wir rennen, sind wir völlig durchnässt, als wir die Galerie erreichen. Ich fummle nach dem Schlüssel, beeile mich, die Tür aufzuschließen. Nachdem es mir gelungen ist, stürzen wir hinein. Ich schalte die Lichter ein und blicke zu Mum. Ihre nassen Haare kleben an ihrem Gesicht, Wimperntusche läuft in schwarzen Bächen ihre Wangen hinunter, und ihr Lippenstift ist völlig verschmiert. Sie sieht aus wie ein Wasserfarbkasten, den jemand im Regen stehen gelassen hat.

Ich will mich gerade dafür entschuldigen, dass ich sie überredet habe, zu Fuß zu gehen, als sie schallend zu lachen beginnt. Das Lachen bricht aus irgendeinem Ort tief in ihrem Inneren hervor. Und dann lache auch ich. Salven in schillerndem Rosa und Silber. Aus vollem Hals, ohne jede Scham oder Reue. Es fühlt sich gut an. Wild und unbändig.

Mum holt tief Luft und öffnet die Augen. Jetzt leuchtet doch etwas in ihnen. Ein schüchterner Funke. Ganz schwach, aber er ist da. Unverzagt brennt er vor sich hin, ein großartiger Anblick.

Wir föhnen uns im Badezimmer unter dem Händetrockner und kichern wie Schulmädchen. Dann treten wir in den Hauptraum der Galerie hinaus, und ich führe Mum herum und zeige ihr unsere aktuelle Ausstellung. Zeichnungen von Wolken ziehen an den Wänden entlang, verändern in jedem Bild ihre Form.

»Weißt du eigentlich, dass ich als Mädchen gern gezeichnet habe?«, fragt Mum. »Ich wollte sogar lange Zeit Künstlerin werden.«

»Das hast du mir nie erzählt.«

»Das habe ich noch nie jemandem erzählt«, gesteht Mum und fügt dann hinzu: »Ich finde es toll, was du hier machst.« Ich spüre, wie all die Jahre der Distanz und der Sehnsucht nach ihr vorübergehend von mir abfallen. In diesem Moment ist sie ganz bei mir.

Der Regen vor der Tür hat nachgelassen. »Komm mit«, sage ich, »ich möchte dir etwas zeigen.«

Ich schließe die Galerie ab, und wir schlendern die Straße entlang zur nächsten Ampel. »Wo gehen wir hin?«, fragt sie.

Die Fußgängerampel wird grün, und wir überqueren die Straße. »Hierhin«, verkünde ich. Wir stehen vor einem Geschäft für Künstlerbedarf.

Drinnen versichert mir Mum, dass sie ganz bestimmt keinen Strich mehr zu Papier bringen könnte. »Natürlich kannst du«, widerspreche ich und bugsiere sie zur Abteilung für Zeichenbedarf, wo ich ein Bleistiftset und einen Zeichenblock für sie aussuche.

»Du musst auch etwas kaufen!«, drängt sie.

»Du hast recht«, stimme ich zu und greife nach einem weiteren Bleistiftset und Zeichenblock für mich selbst.

»Jetzt passen wir perfekt zusammen«, sagt sie. Ich lache.

Wir bezahlen unsere Einkäufe, und beim Hinausgehen beobachte ich, wie meine Mutter ihre Tüte mit Zeichenutensilien strahlend an die Brust drückt.

Als Mum an diesem Abend auf dem Weg zum Flughafen ist, ziehe ich meinen Zeichenblock und die Bleistifte aus der braunen Papiertüte. Ich setze mich mitten im Wohnzimmer auf den Boden und überlege, was ich zeichnen soll. Mein Blick fällt nach draußen, auf den Baum jenseits des Fensters, auf seine Zweige ohne Laub. Nackt und knorrig. Ich fange an, sie zu zeichnen. In der Abenddämmerung sieht es aus, als wären sie dunkle, sich dahinschlängelnde Flüsse. Obwohl der Frühling noch viele Wochen entfernt ist, verziere ich die Äste des Baums mit rosa Knospen. Kurz vor dem Erblühen.

Mitten in der Nacht wache ich auf, weil mein Handy auf dem Nachttisch vibriert. Ich blicke aufs Display und erkenne die australische Nummer. Sehe, dass ich bereits mehrere entgangene Anrufe habe. Eilig gehe ich dran.

Am anderen Ende der Leitung ist Schluchzen zu hören. Er ist völlig hysterisch. Seine Klagelaute ähneln nichts, was ich je zuvor gehört habe.

»Was?«, frage ich verzweifelt. »Mac? Was ist passiert?«

Aber ich weiß es bereits.

ROTER SAND

Es ist, als würde dein Körper dich in sich aufnehmen. Dich an einen anderen Ort bringen, einen sicheren Ort, wo du geschützt bist. Einen Ort, an dem du nichts fühlst. Nichts vom Orkan mitbekommst. Nicht den Wind. Nicht die aufgepeitschten Sandkörner, die wie Eisregen an dir vorbeizischen. Nicht das Feuer. Dein Körper nimmt dich in sich auf, damit du den Donner nicht hörst. Damit du das Reißen und Zerfetzen nicht wahrnimmst. Dein Körper nimmt dich in sich auf, damit du – zumindest für eine Weile – wieder atmen kannst.

Doch alle Unwetter ziehen irgendwann vorüber.

Und schon bald höre ich, wie sich im Bauch des Flugzeugs die Räder ausklappen. Meine Ohren gehen auf. Und dann setzt die Maschine auf, hüpft noch einmal, findet Halt. Bremst so stark, dass ich spüre, wie ich im Sitz nach vorn rutsche, wie sich der Gurt um meinen Bauch strafft.

Alle Unwetter ziehen vorüber, und dann kriechst du aus deinem Versteck und siehst, dass die Welt nicht mehr dieselbe ist. Zerbrochene Wände, gerissene Gliedmaßen, kaputte Dächer. Der Fluss ist dunkel und schlammig, mit gelblichen Rändern. Auf dem trüben Wasser schwimmen Blätter, Unrat, abgerissene Zweige.

Ich ziehe meine Tasche aus dem Gepäckfach über den Sitzen, verlasse mit den anderen Passagieren im Gänsemarsch das Flugzeug. Als ich hinaustrete, sehe ich nicht so sehr, dass die Welt nun eine andere ist, ich *fühle* es vielmehr. Dieses wilde Land aus roter Erde ist so groß, so überwältigend riesig, dass ich heulen könnte. Und das, obwohl es sich früher so klein anfühlte, Maggie. Als wären wir die Einzigen im Raum gewesen.

Ich warte am Gepäckband auf meinen Koffer, gehe durch den Zoll, verlasse das Flughafengebäude.

Die Erde ist groß, obwohl sie sich einst klein anfühlte. Aber der Himmel: Der einst so große, weite Himmel ist eng geworden. Er hängt tief, drückt auf mich herunter, würgt mir die Luft ab. In diesem Zustand spüre ich all die Kälte, und all den Schmerz.

Die Taxifahrt dauert lang. Es herrscht viel Verkehr, und es regnet. Schon bald wird mir schlecht vom Starren auf den Handybildschirm. Ich hebe den Kopf und blicke aus dem Fenster. Durch die Tröpfchen auf der Scheibe sieht es so aus, als würden die Gebäude miteinander verschwimmen.

Die Luft im Taxi riecht nach kaltem Rauch, altem Stoff und Lufterfrischer mit Vanillearoma. »Darf ich das Fenster aufmachen?«, frage ich und lasse es bereits herunter, fast panisch, als wäre die Luft im Inneren des Wagens nicht mehr existent.

»Aber Miss, es regnet doch!«

»Das macht mir nichts aus«, flüstere ich und schließe die Augen, lasse den Regen mein Gesicht erfrischen, lasse die Jahre von mir abfallen, bis ich endlich wieder auf den Rücksitz von Macs Auto klettere und ihr die Hand schüttele, sie zum ersten Mal berühre. Ihr lausche, als sie in zartem Lila ihren Namen nennt.

Maggie.

Bevor ich auch nur mein Gepäck abgestellt habe, umgeben mich schon Macs Arme. Ich fröstele, und er umarmt mich fester, und wir verharren an einem seltsamen, wunderbaren, sanften Ort. Als würde die Welt, nur für einen Moment, die Luft anhalten.

Doch dann sehe ich Coco mit einem Kauspielzeug im Maul aus Maggies Zimmer kommen. Sie lässt es in der Tür fallen, tappt zu mir hin, leckt mir den Knöchel, und ich spüre, wie ich in die blaue Leere hinter ihrem Rücken falle, wie ich darin versinke, mich auflöse.

Mac legt mir beide Hände auf die Schultern. Seine Augen sind überlaufende Seen, dunkel und voll.

»Ich kann dir nicht sagen, wie sehr wir dich vermisst haben«, murmelt er.

Ich möchte ihm antworten, wie sehr auch ich ihn und Maggie vermisst habe, wie sehr ich das *Zuhause* vermisst habe, das die beiden für mich waren, aber die Wörter bleiben mir im Hals stecken.

»Sie hat dir einen Brief geschrieben«, sagt er. »Kleinen Moment.« Er verschwindet in seinem Zimmer und taucht kurz darauf mit einem gefalteten Blatt Papier wieder auf. »Ich weiß schon, was drinsteht«, gesteht er. »Ich musste es ja für sie niederschreiben.«

Ich blicke auf das Papier in meinen Händen herab, als wäre es ein Stück von ihr.

»Ich weiß nicht, ob ich schon dazu bereit bin«, sage ich und schüttle den Kopf.

»Kein Problem«, erwidert er, nimmt mir den Brief

wieder ab und legt ihn auf den Wohnzimmertisch. »Dann ein anderes Mal.«

Ich schlafe in Maggies Bett.

Es ist alles und nichts. Wie ein Abschiedskuss. Denn wie sehr ich die Decke auch um mich herum festziehe, wie sehr ich den Rand der Matratze auch umklammere, ich habe das Gefühl, hilflos in ihrem Blau zu treiben.

Es ist ein immerwährendes Schieben und Ziehen, Schieben und Ziehen. Als wäre sie die Gezeitenströmung. Als würde sie mich überfluten und sich dann wieder zurückziehen, in einer einzigen Nacht. Maggie ist überall um mich herum. Nirgendwo.

Ich atme ein. Meine Lunge füllt sich, ist voll. Ich atme aus, und sie entschlüpft mir.

Ich rolle mich im Bett zur Seite, mit verquollenen Augen, greife nach meinem Handy und sehe, dass Natasha mir eine E-Mail von Alison Waite weitergeleitet hat. Die Betreffzeile reißt mich aus meinem verschlafenen Zustand: ANTARKTIKA.

Nimmt sie das Angebot an? Bitte baldmöglich um Rückmeldung.

Ich vergrabe das Handy unter meinem Kopfkissen, habe plötzlich das Gefühl, unter Strom zu stehen. Rastlos stehe ich auf und gehe in die Küche. Unsicher, was ich mit mir anfangen soll, schalte ich den Wasserkocher ein, löffle losen Kamillentee in eine gläserne Teekanne, gieße Wasser hinein und sehe zu, wie es gelb wird. Beobachte, wie die Blüten weich werden, wie sich die Blättchen entfalten. Dann nehme ich meine Kanne voll wässriger Blumen und einen Becher, hole den Brief vom Wohnzimmertisch und gehe auf den Balkon hinaus, der oberhalb des Hafens in die Luft ragt. Das Meer erstreckt sich tiefblau vor meinen Augen, prächtig und verwegen wie ein Yves-Klein-Körper.

Meine allerliebste Oli,
vielleicht tröstet es dich, dass alles bereits hier ist. Dass alles, was davor war, und alles, was danach kommt, bereits hier ist.

Vergangenheit. Gegenwart. Zukunft. Alles passiert gleichzeitig. Meine Liebe, im Kosmos ist alles miteinander verbunden. Auf diese Weise verlieren wir einander nie wirklich.

Ich weiß, dass es sich dennoch so anfühlt. Ich weiß, dass du leidest. Glaub mir, ich weiß, dass du leidest. Und ich weiß, dass dieser Schmerz real ist. Wenn unser Herz Kummer hat, spüren wir es in unseren Körpern, unseren Knochen. Nimm diesen Schmerz an. Er ist menschlich. Er macht uns aus. Uns und unsere Geschichten.

Aber glaube mir auch, wenn ich dir sage, dass Verlust eine Illusion ist. Abschiede sind nicht für immer, weil alles bereits hier ist, entsteht, vergeht, entsteht. Alles ändert nur die Gestalt, die Form, die Farbe.

Ein Flüstern wird zu einem Rippenknochen, wird zu einer Flussbiegung, wird zu einer Umarmung, wird zu einem Berg, löst sich in einem Kuss auf, wird zu einem Funken, wird zu einer Wolke, regnet herab, wird zu einer Mutter, wird zu einer Tiefenströmung.

Es ist überall um dich herum, Oli. Es ist alles bereits hier. Wir verlieren die Menschen nur in der Gestalt, in der wir sie kannten und liebten. Aber dem Universum bin ich nicht verloren gegangen, ich bin nur zu etwas anderem geworden.

Meine ganze Liebe, in jeder erdenklichen Farbe,
Maggie

Ich halte sie in meinen Händen. Auf meinem Schoß. Ich halte sie.

Mac fährt auf eine Ampel zu. Das Auto wird langsamer, bleibt stehen. Ich spüre ihr Gewicht. Ihr Fehlen. Dieses winzige Kästchen. Ich staune über ein reduziertes Leben, einen Körper, heruntergebrannt auf Kästchengröße, auf ein winziges Kästchen voll Asche. Alles, was sie war. Samtenes, helles Lila. Alles. Staub und purpurner Rauch.

Wir verlieren die Menschen nur in der Gestalt, in der wir sie kannten und liebten.

Ich drücke das Kästchen fest an mich.

»Alles okay, Kleine?«

Ich nicke, und eine Träne entschlüpft mir. Mac streckt die Hand aus, wischt sie mir vorsichtig von der Wange.

»Ich weiß«, sagt er. »Geht mir genauso.«

Nachdem wir aus dem Auto gestiegen sind, übergebe ich sie an Mac. Er geleitet sie ein letztes Mal hinunter zum Anleger.

Ein Schwarm Möwen erhebt sich in die Luft, die Schatten huschen über Macs Schultern wie Himmelstänzer. Ich blicke nach oben, sehe zu, wie die Vögel immer höher und höher kreisen, bis sie ganz klein sind, so klein, dass sie Aschepartikeln ähneln, die vom Wind davongetragen werden.

Die *Sea Rose* ist am Ende des Bootsstegs vertäut. Mac gibt mir das Kästchen und geht an Bord, steigt mit der behänden Leichtigkeit eines zwanzig Jahre jüngeren Mannes über die Reling. So sieht Nachhausekommen aus.

Ich reiche ihm das Kästchen nach oben, und er nimmt es mit ins Cockpit, öffnet die Luke und verschwindet unter Deck. Ich senke den Blick auf meine Füße, betrachte misstrauisch den schmalen Streifen Wasser zwischen Anleger und Schiffsrumpf. Vor meinem inneren Auge sehe ich mich hineinfallen, eingekeilt zwischen Kaimauer und *Sea Rose*. Der Druck. Die beklemmende Dunkelheit. Die Welt um mich herum verschwimmt. Alles wird schlammig-blau. Tiefseeschlick.

Doch dann höre ich, wie sich Mac unter Deck bewegt, unterhalb der Wasseroberfläche. Und mir fällt ein, dass sie auch dort unten ist, bei ihm. Luft strömt in einem süßen, tiefen Atemzug in mich hinein. Es ist, als wäre ich mitten in der Nacht unter einer Welle hindurchgetaucht. Ich greife nach oben, packe das zwischen den Relingpfeilern gespannte Seil, atme aus und überquere den Streifen Wasser. Es fühlt sich an, als würde ich den Horizont überqueren, von der Wüste in den Himmel steigen.

An Deck sind meine Beine zittrig. Ich stütze mich am Mast ab und schließe die Augen. Spüre das Schaukeln der *Sea Rose*, als wäre sie meine Wiege. Als würde sie mich trösten, mich in den Schlaf wiegen. Ein vertraut seltsames und seltsam vertrautes Gefühl. Dieses Schaukeln – hin und her, hin und her. Ich atme. Ein und aus. Hin und her.

So fühlt es sich an, nach Hause zu kommen.

Im Hafen weht kaum genug Wind, um zu den Landspitzen hinauszugelangen, aber ich kenne Mac: Er wird auf keinen Fall zulassen, dass Motorlärm den Sound von Maggies letztem Segeltörn kaputt macht. Also treiben wir – möglicherweise stundenlang – Richtung Landspitzen, nur hin und wieder von einer schwachen Böe angetrieben.

Nachdem wir North Head passiert haben, frischt endlich der Wind auf, und die *Sea Rose* erhebt sich aus dem Wasser. Ich setze mich an den Bootsrand, lasse die Füße herunterbaumeln und ziehe mit den Zehen Schneisen durchs seidige Wasser. Das Meer spritzt bis auf meine Waden. Ein Lachen drängt aus mir heraus, und ein horizontaler Spalt in der vor mir aufragenden Klippenwand scheint sich zu einem Lächeln zu verziehen.

Ich blicke über die Schulter zu Mac. Er sitzt am Steuer, hat eine Hand am Steuerrad und die andere auf dem Kästchen.

Hinter ihm liegt ausgestreckt die Tasmansee. Ich spüre, wie die Jahre von mir abfallen, wie ich zurückkatapultiert werde, bis ich wieder im Seidenkleid hier an Bord stehe und einem alten Mann mit weißem Bart vorwerfe, mich entführt zu haben.

»Ich bin so froh, dass ich auf deinem Schiff meinen Rausch ausgeschlafen habe«, rufe ich ihm zu.

»Dass du was?«, fragt er.

Ich lache und schüttle den Kopf.

Über uns erschlafft das Segel und beginnt weiß und gewaltig zu flattern. Mac greift nach unten und zieht an der Großschot. Und schon erheben wir uns wie ein Meeresvogel in die Lüfte und fliegen davon. Macs Lächeln ist breiter als der Horizont.

Wir segeln durch ein Gemälde aus Klängen. Keine Worte, nur das sonnengetränkte Gelb des plätschernden Wassers. Das Rosa von Macs Fingerspitzen, die aufs Steuerrad trommeln. Das sanfte Blau der Brise, die zwischen den Segeln hindurch streicht.

Wir segeln durch ein Klanggemälde bis nach Pittwater, wo sich der Hawkesbury River ins Meer ergießt. Während die Segel aufs Deck heruntersinken, denke ich an die Geschichte über Bäche und tiefe Seen, über Wiedervereinigungen an der Flussmündung. An die

Geschichte darüber, dass wir am Ende alle wieder zusammentreffen.

Mac greift nach dem Kästchen, bringt ein zittriges Lächeln zustande. »Es wird Zeit.«

Ich folge ihm zum Bug des Schiffs, wo er das Kästchen öffnet. Die Wolken öffnet. Meine Brust öffnet.

Und dann sehe ich sie. Sie ist Sand. Zerstoßene Muscheln.

Ich bin nur zu etwas anderem geworden.

»Danke, dass du mir geholfen hast, zu sehen«, sagt Mac feierlich.

Ich berühre Macs Hände. Gemeinsam schütten wir sie ins Meer. Und schon ist sie einfach so Teil des Ozeans, Teil meines Ozeans. Sie wird zu einer Tiefseeströmung. Muschelschalen im Gezeitenstrom. Maggie wird zu etwas anderem.

»Ich habe den Brief gelesen«, teile ich Mac mit.

»Dachte ich mir schon.«

»Woran hast du es gemerkt?«

»Daran, dass du auf einem Schiff stehst, obwohl du geschworen hast, nie wieder aufs Meer hinauszufahren.«

Mac klopft neben sich auf die Sitzbank. »Komm her, Kleine«, fordert er mich auf und bietet mir das Steuerrad an. Ich durchquere das Cockpit und setze mich neben ihn, übernehme das Steuer. Mac greift über mich und setzt das Großsegel. Ich hebe den Kopf und beobachte, wie die Falten im Segel nach und nach verschwinden. Die *Sea Rose* bäumt sich auf. Ich schließe die Augen, atme tief ein und spüre, wie mich eine Wolke aus Salz erfüllt.

Mac legt den Arm um meine Schultern und drückt mich fest an sich. »Also, was hast du jetzt vor, Oli?«

Ich blicke nach Süden, an Macs Arm vorbei. Zum offenen Meer, zum Jenseits.

Wird zu einer Wolke. Regnet ab. Wird zu einer Mutter.

Und ich denke daran, wie sie mir einst versicherte, alle Seelen dieser Erde würden irgendwann in die Antarktis zurückkehren. Wir alle würden unseren Weg nach Hause finden. Ich male mir aus, wie die Strömung sie nun dorthin trägt.

»Ich fahre mit«, antworte ich ihm, mir selbst, ihr. »Ich muss.«

Er lacht. Das Geräusch ist ein warmes Orangerot. »Sie hat mir prophezeit, dass du das sagen würdest.«

MEERESEIS

WOLKE

»… unseren Landeanflug auf Ushuaia, das wir in ungefähr zwanzig Minuten erreichen werden. Die aktuelle Ortszeit beträgt siebzehn Minuten nach neun.«

Meine Wange ruht am kalten Fenster. Ich öffne mühsam die Augen und sehe die Erde durch die Wolken heraufgreifen, sich uns entgegenstrecken. Das Flugzeug legt sich in die Kurve, und wir gleiten in weiße Watte hinab. Als wir wieder auftauchen, sind wir oberhalb einer Bergflanke, die die Farbe von Donner hat, ein archaisches Violett, so tief und dunkel wie die Zeit selbst. Schlammige Schneefelder malen die Gebirgskämme graubraun. Das Flugzeug fliegt erneut eine Kurve, und wir segeln einen steilen Berghang hinunter, umrunden einen Ausläufer. Ich lege die Hand ans Fenster. Am Rand der Glasscheibe haben sich winzige Eiszapfen gebildet. Ich fahre den dunkelvioletten Gebirgskörper, der ausgestreckt vor mir liegt, mit der Fingerspitze nach.

Je tiefer wir sinken, desto mehr Details dieses Körpers werden sichtbar: Kleckse roter Erde, Sommersprossen. Grüne Bäume, Poren in der Haut. Ich atme, ein und aus, ein und aus. Das Fenster beschlägt. Ich wische den Dunst mit dem Ärmel weg und sehe, dass die Erde sich abflacht und ins Blau des Ozeans übergeht. Der Schatten des Flugzeugs streicht flüchtig übers Wasser.

Dann berühren die Räder die Landebahn, das Bremsen setzt ein. Als wir nur noch langsam dahin rollen, lässt der Druck nach, und meine Ohren gehen auf. Ich liebe dieses Gefühl: Man merkt überhaupt nicht, dass man die Außenwelt nicht mehr so intensiv wahrnimmt, bis sie auf einmal wieder voll da ist. Im Grunde ist es wie bei einem gebrochenen Herzen: Man fühlt sich unvermittelt entblößt und wird überempfindlich gegenüber Kälte, Geflüster, Licht. Ich lehne mich zurück. Maggies Gesicht blitzt mit der gleichen unverhofften Plötzlichkeit vor mir auf, wie gerade meine Ohren aufgegangen sind, und ich habe das Gefühl, dass sich mein Herz leuchtend violett hinter meinen Rippen abzeichnet und mit einem Mal heftiger klopft.

Als das Flugzeug vollends zum Stehen kommt, gewinnt die Landschaft jenseits der Rollbahn an Kontur. Das Erste, was mir ins Auge springt, sind die Wildblumen, lange Stängel mit Blüten in Pastellrosa, lebhaftem Rot, hellem Orange. Das Zweite ist das Gras, grün mit einem Hauch von Gelb, raue Büschel, herb, wie alles hier.

Wir steigen aus der Maschine, und während ich mit den anderen Passagieren übers Rollfeld gehe, weht eine frische Brise herüber und packt mich bei der Taille. Ich fröstele, und die Kälte wandert meinen Rücken hinunter bis in die Beine.

Eine Frau mit silbergrauen Haaren und breiten Wangen sucht meinen Blick und fragt: »Spüren Sie das?«

Ich nicke und atme eine weiße, feuchtwarme Wolke aus. Beim Einatmen brennt die kalte Luft in meiner Lunge, wie ich es noch nie zuvor erlebt habe.

Die Frau lächelt. »Antarktika lässt grüßen.«

Ushuaia, wo ich die nächsten Tage verbringen werde, ist eine Ansammlung farbenfroh gestrichener Häuser, die von grauem Beton durchzogen werden. Wildblumen schieben sich durch Risse in den Gehwegen, die Straßen bröckeln an den Rändern. Nackte, mit Wasserflecken übersäte Betonmauern, überall abblätternde Farbe. Und dennoch hat man nicht das Gefühl, der Ort sei erst halb fertig oder bereits im Zerfall begriffen. Man empfindet ihn nur als windgepeitscht und verwittert.

Meine Waden brennen, als ich durch die an einem Hang gelegene Stadt nach oben spaziere. Der Aufstieg von meinem Hotel unten am Hafen ist steiler als erwartet. Ich setze mich auf eine Betontreppe, um ein wenig zu verschnaufen. Eine Einheimische mit einem Kind auf dem Rücken kommt an mir vorbei. Ich lächle gequält, atme immer noch schwer. Die Frau ist hingegen kaum ins Schwitzen geraten.

Dann ist sie weg, und ich bleibe allein zurück, auf einer Treppe über den Dächern von Ushuaia. Unterhalb von mir parken dreckverkrustete Autos und Lastwagen. Das Kreischen von Kindern ist zu hören, die in einer Gasse spielen, das Krähen von Hähnen. Zu Füßen der Stadt verläuft der Beagle-Kanal, der heute wie geriffelter Stahl aussieht. Dahinter liegt die Isla Navarino – Berge, deren Schneehauben sonnengelb glitzern. Und jenseits dieser prächtigen Gipfel beginnt die Drake-Passage, die sich bis Antarktika erstreckt. In drei Tagen werde ich aus dem Beagle-Kanal aufs offene Meer hinausfahren. Früher hatte ich immer das Gefühl, meinem Zuhause näher zu kommen, wenn das Festland blasser wurde und verschwand, wenn ich in die große Weite hinein segelte, ins ewige Blau. Jetzt fühlt sich dieses Blau erdrückend an.

Hier. Dort. Überall. Es ist sogar in meinem Inneren, fließt in meine Lunge, bis ich prallvoll bin mit Wasser und schließlich platze. Panik brandet in mir auf. Meine Knochen fühlen sich heiß an. Ich bekomme keine Luft.

Doch dann schleicht eine Böe heran, streicht durch die Stadt, weht die Treppe herauf und erfasst mich. Der Schweiß trocknet auf meiner Haut, und ich öffne den Mund. Der Wind schmeckt nach Salz. Ich atme den Geruch von Vogelfedern, Lehm und noch etwas anderem ein, was ich nicht zuordnen kann, etwas Altem, mir gänzlich Unbekanntem.

In meiner Vorstellung hat dieser Wind zuerst über Antarktika gekreist, ist aus der Stille heraus geboren worden. Ich male mir aus, wie er stärker geworden ist, die Gestalt verändert hat, die Richtung. Wie er am Meer geleckt, es gepackt, Wellen aus seinen Tiefen ausgegraben hat. Wie er nachts geheult und die Knie der Seeleute zum Schlottern gebracht hat.

Während er durch meine Haare weht und hinter mir weiter bergan stürmt, spüre ich, wie in mir ein Gefühl der Ehrfurcht erwacht, ein tiefer, unerschütterlicher Respekt für diese rauen Gräser, für diese Mutter mit ihrem Kind auf dem Rücken, für diese violette Erde, diese Menschen, diese Wildblumen.

Es ist ein stürmischer Wind. Grimmig und bitterkalt. Voller Leben. Ushuaia hält ihm stand.

Und in diesem Gedanken finde ich Trost. Denn auch ich halte stand.

Den Nachmittag verbringe ich in einem Wald, wie ich ihn noch nie zuvor gesehen habe. Der Boden ist mit umgestürzten Bäumen bedeckt, an einigen Stellen so hoch, dass man die Erde darunter nicht mehr erkennt. Die weißen, ausgeblichenen Äste liegen da wie Knochen, wie ein Walskelett an einem Strand, von dem die Zeit das Fleisch genagt hat. Ich denke an den stürmischen Wind, von dem ich am Stadtrand einen Vorgeschmack erhalten habe, denke daran, dass er regelmäßig in diesem Wald wütet, an ihm zerrt und reißt, das Holz zum Splittern bringt.

Ich bleibe einen Moment stehen, um einen Baum zu betrachten. Noch nie habe ich einen so dicken Stamm gesehen. Voller Staunen lege ich den Kopf zurück und sehe, dass der Baum so hoch ragt, dass er das Blätterdach der übrigen Bäume durchstoßen hat und bis in den Himmel zu reichen scheint. Ich höre die trockenen, knochenweißen Äste knirschen und drehe mich um. Ein junges Paar kommt hinter mir den Pfad entlang.

»Hola!«, sagt die junge Frau mit einem strahlenden Lächeln und bleibt im Schatten des Baumriesen stehen.

»Sorry«, entschuldige ich mich und krame mein bestes Spanisch hervor: *»Yo hablo inglés.«*

»Ah.« Der junge Mann lacht. »Kein Problem.«

Die Frau weist mit dem Kinn auf den gewaltigen Stamm hinter meiner Schulter. »Beeindruckend, oder?«

»Ich kann nicht glauben, wie groß er ist.«

»Mehrere Hundert Jahre alt, würde ich sagen«, spekuliert der Mann.

Ich blicke erneut am Stamm empor und flüstere: »Wahnsinn …«

»Bist du allein in Patagonien?«

»Ja.«

Die Frau streckt die Hand aus. »Ich bin Luciana, und das ist Martín.«

Ich schüttle beiden die Hand. »Oli.«

»Wollen wir ein Stück zusammen wandern?«, fragt Luciana.

»Gern. Wohin seid ihr denn unterwegs?«

Martín zuckt mit den Schultern. »Wohin wir wollen.«

Luciana lächelt und küsst ihn auf die Wange.

»Perfekt.«

Während wir gemeinsam weitergehen, nimmt Luciana Martíns Hand in ihre, und die Finger der beiden verschränken sich, verflechten sich miteinander wie Baumwurzeln tief unter der Erde. Sie sind jünger als ich, doch ihre Äußerungen ergänzen sich so mühelos, als würden sie schon seit Jahrzehnten die Sätze des jeweils anderen vollenden. Ihre gegenseitige Zuneigung ist aufrichtig, sie ist gleichzeitig von einer großen Offenheit und einer tiefen Verbundenheit geprägt. Sie kennen einander gut. Die Art, wie sie sich ansehen, wie sie dieselbe Luft, denselben Atem teilen. Ein weites Meer, gewaltig und wogend. Wer einen Blick unter die Oberfläche wirft, stellt fest, dass es unendlich komplex ist. Der Meeresgrund voller Seepocken, Meerschnecken, tanzender Algen, Fische, die in Korallenhöhlen verschwinden und wieder auftauchen. Vielleicht ist es das, was Liebe bedeutet: Das *Darunter* eines anderen Menschen zu kennen.

Martín fragt Luciana etwas auf Spanisch.

»Flechte«, antwortet sie.

Martín zeigt auf ein gekräuseltes, moosartiges Gewächs, das aus einem Baumstumpf sprießt. »Eine Flechte«, sagt er zu mir. »Sie wächst, wo die Luft besonders rein ist.«

Ich atme tief in meine Lunge hinein. Spüre, wie sich gekräuseltes Grün in mir entfaltet. Die Luft riecht nach aufgeschwemmtem Holz und feuchter Erde. Vogelgezwitscher weht durch die Zweige.

»Hat hier ein Sturm gewütet?«, frage ich.

»Ein Sturm?«, wiederholt Luciana verwundert.

»Ein Sturm, der alle diese Bäume gefällt hat«, präzisiere ich.

Sie kichert. Martín schüttelt den Kopf. »Diese Bäume sind wahrscheinlich schon vor Hunderten von Jahren umgestürzt.«

»Die Luft bewahrt sie«, fügt Luciana hinzu.

»*Bewahrt* sie?«, hake ich nach. »Wie meinst du das?«

»Patagonien ist schmal, wir haben das Meer auf beiden Seiten. Die Temperaturen bleiben fast das ganze Jahr über gleich.«

»Das ist hier wie ein Kühlschrank«, ergänzt Martín.

»Genau. Deshalb zerfällt das Holz nicht.«

Luciana kauert sich auf den Boden, berührt einen umgestürzten Baum, zieht ein Stück Rinde ab und legt das feuchtgrüne Innenleben frei. »Die meisten leben noch.«

»Wie kann das sein?«, frage ich.

»Die Bäume sind alle miteinander verbunden«, antwortet sie und klopft auf den Boden. »Unterirdisch.«

»Wenn ein Baum umstürzt, ernähren die Wurzeln der umstehenden Bäume ihn weiter«, führt Martín das Phänomen näher aus.

In meiner Vorstellung bebt die Erde, denn ich male mir aus, wie sich die Bäume unterirdisch umarmen, sich gegenseitig Nahrung einflößen. Die tiefste vorstellbare Liebe.

Luciana lächelt. »Der Wald ist eine Einheit.«

Am Nachmittag, bevor wir in See stechen, holen Luciana und Martín mich und Joan in unserem Hotel in Ushuaia ab. Joan ist eine Fotojournalistin aus New York, die ich im Frühstückssaal des Hotels kennengelernt habe, als sie mich bat, ihr den Ahornsirup für ihren Berg Pfannkuchen hinüberzureichen. Sie hat Antarktika schon vor zehn Jahren fotografiert und ist nun mit von der Partie, um unsere Reise fotografisch zu begleiten. Joan ist sich sicher, dass Antarktika mich verändern wird. Ich denke viel über diese Aussage nach: ob ein Mensch wirklich von einem Ort verändert werden kann; *wie* ein Mensch von einem Ort verändert werden kann.

Während ich nun auf der Rückbank von Lucianas und Martíns Jeep sitze, der von der Schnellstraße auf eine unbefestigte Schotterpiste abbiegt, überlege ich, was bei mir überhaupt die Ausgangsposition wäre. Was bin ich für ein Mensch? *Heute, gestern, morgen?* Ich spüre mein Gewicht, spüre meinen Körper, der auf der Rückbank auf und ab hüpft. Woher soll man so etwas wissen? Woher soll man wissen, wo die Reise hingeht, wenn man nicht weiß, an welchem Punkt man startet? *Kann* man so etwas wissen?

»Wow!«, ruft Joan und streckt ihre Kamera aus dem Fenster.

Der Jeep biegt um eine Ecke, und die Felswand vertieft sich zu einem Tal.

»Was ist das?«, fragt Joan und zeigt auf eine seltsame Schneise, die sich durch das Tal schlängelt. Entlang ihrer ausgedörrten Ränder ragen nackte Stümpfe wie Zahnstocher aus dem Boden. Dazwischen liegen umgestürzte Bäume, die jedoch ganz anders aussehen als die Bäume, die den Waldboden bedecken. Diese hier sind trocken und ausgeblichen, weiß wie Korallenknochen. Blutleer. Beide Ufer eines rissigen, ausgetrockneten Flussbetts sind damit übersät, und das inmitten eines ansonsten üppig grünen Tals.

»Sind das auch alte Bäume?«, frage ich.

Martín schüttelt den Kopf. »Biber. Man hat sie Mitte des letzten Jahrhunderts eingeführt, um sie zur Pelzgewinnung zu züchten. Als ihr Fell in der neuen Umgebung rau und kratzig wurde, hat man sie einfach freigelassen.«

»Die Regierung versucht seit Jahren, sie wieder loszuwerden, weil sie die Flüsse zerstören«, erklärt Luciana und lenkt den Jeep einen steilen Weg hinunter.

Unten angekommen parken wir auf Kies am Rand eines Sees – smaragdgrün und spiegelglatt.

»Seht mal, dort drüben«, sagt Luciana und zeigt aus dem Autofenster zum gegenüberliegenden Ufer des Sees. »Das ist Chile!«

Chile besteht aus gewaltigen Berggipfeln, dunkellila, umrandet von markantem Veilchenblau. Ich erkenne runzlige Erde und eigenartige Kerben in den Bergflanken. Erodierte Mulden, als hätte ein Riese sich mit dem Ellbogen abgestützt.

Wir steigen aus dem Auto. Joan fotografiert ein Büschel Wildblumen und richtet ihr Objektiv dann Richtung Chile. Sie lässt die Kamera sinken, dreht sich zu Luciana um und sagt: »Ich habe noch nie einen so komisch geformten Berg gesehen.«

»Dort war früher mal ein Gletscher«, erklärt Luciana.

Die eigenartigen Kerben sind also die Abdrücke eines Körpers aus Eis, den es nicht mehr gibt.

»Seine letzten Überreste sind vor ein paar Jahren geschmolzen«, sagt Martín.

»In den letzten dreißig Jahren haben wir zehn Gletscher verloren.« Luciana schließt den Jeep ab. »Jetzt gibt es nur noch drei, zu denen wir wandern können.«

»Und die sind auch auf dem Rückzug.«

Ich werfe einen Blick zu Joan hinüber. Sie hat Tränen

in den Augen. »Stellt euch vor, diese Gletscher wären Gemälde im Louvre«, sagt sie. »Gemälde, die einfach von den Wänden schmelzen. Uns Menschen ist anscheinend nicht klar, dass auch das hier Teil unserer Geschichte ist.«

Der Pfad, den wir vom See zum Beagle-Kanal entlanggehen, schlängelt sich durch dichten Wald. Unterwegs erzählt mir Luciana von den patagonischen Buchen – dass es die kleinen seien, die ihr Laub verlören und den Waldboden mit ihren ovalen Blättern sprenkelten. Die Blätter leuchten in sämtlichen Orangetönen. Obwohl der Himmel von grauen Wolken verhangen ist, bin ich noch nie durch eine Landschaft mit derart kräftigen Farben gewandert. Ich sehe gelbe, lila geränderte Moose. Orchideen in Grün, Blau und Weiß. Schwarze Wurzeln und rote Erde. Ein impressionistisches Gemälde.

»Dieser Pilz schmeckt wie ein Pfirsich, wenn man ihn zur richtigen Zeit erntet«, sagt Luciana. »Die Yámana nannten ihn *süß süß*.«

»Wer waren die Yámana?«, frage ich.

»Die Ureinwohner dieser Region«, antwortet sie.

»Die südlichste Volksgruppe der Erde«, fügt Martín hinzu.

»In der Stammessprache bedeutet *Yámana Mensch* oder *Mann*.«

»Ihre Sprache war unglaublich kurz und prägnant«, erklärt Martín. »Ein einziges Wort beschrieb zum Beispiel den Zustand: *kalt am ganzen Körper.*«

»Und ein anderes Wort den Blick zwischen zwei Personen, die beide davon ausgehen, dass der jeweils andere zuerst mit etwas anfängt, weshalb sie sich zurückhalten und abwarten«, ergänzt Luciana.

Ich sehe plötzlich Hugos Augen vor mir, wie sie tiefschwarz in mich hineintauchen. Ich kenne diesen Blick. Blau vor Verlangen und Sehnsucht. Blau vor unausgesprochenen Worten. Halt suchend stütze ich mich gegen einen Baum. Spüre die Feuchtigkeit in seiner Rinde.

»Alles okay?«, fragt mich Martín.

Ich nicke. »Mir ist nur ein bisschen schwindelig.«

»Wir sind bald am Strand. Da können wir uns hinsetzen und etwas essen.«

Luciana nimmt meine Hand. Ihre ist kühl. Wir setzen uns wieder in Bewegung, wandern weiter, immer noch Hand in Hand. Ich schließe für einen Moment die Augen, lasse mich von ihr führen und lausche den Farben des Waldes, dem Gelb eines unter einem Stiefel zermalmten Geiskrautbüschels, dem malvenfarbenen Knarzen der Äste über uns.

Ich öffne die Augen wieder, und Luciana erzählt mir von der Winterrinde, einer hier weit verbreiteten Pflanze. Die Yámana hätten sie gekaut, weil sie so vitaminreich sei, und aus ihren Blättern einen würzigen Tee gebraut. Mit den Samen hätten sie Seelöwenfleisch eine pfeffrige Note verliehen.

Wir treten aus dem Wald heraus auf einen Strand aus glatten Kieseln. Einige größere Felsen am Wasser sind mit Miesmuscheln verkrustet. Wir setzen uns zwischen Wildblumen und Grasbüschel. Martín verteilt Käsebrote.

Hinter uns erstrecken sich unregelmäßige, grasbewachsene Hügel. Es sieht aus wie eine grüne, über schlafenden Körpern ausgebreitete Decke. Martín erzählt, dass wir Tausende Jahre Geschichte zutage befördern würden, wenn wir in einen dieser Hügel hineingraben würden. »Fischknochen, Muscheln, Kleidung …«, zählt er auf und erklärt, dass die Yámana ihre Essensreste und sonstigen Habseligkeiten anzuhäufen pflegten und sich so im Laufe der Jahrhunderte immer höhere Stapel bildeten.

Ich lege die Hand auf die Erde und male mir aus, welche Geschichten sich wohl darunter verbergen.

»Die Yámana waren ein Wasservolk, oder?«, fragt Joan.

»Ja«, antwortet Luciana. »Sie gingen mit ihren Kanus im Kanal auf die Jagd und hatten Feuer an Bord, um sich warm zu halten, während sie mit Netzen aus Seetang Seelöwen fingen.«

»Was ist aus ihnen geworden?«, erkundige ich mich und muss unwillkürlich an die abgenagten und abgestorbenen Bäume in den Tälern denken. Im Grunde habe ich bereits eine traurige Ahnung, noch bevor Luciana antwortet.

»Einige haben überlebt, aber viele wurden von den Europäern ausgelöscht.« Luciana starrt auf den Kanal hinaus.

Ich denke an Joans Vergleich mit dem Louvre. *Auch das hier ist ein Teil unserer Geschichte.*

»Ich versuche mir oft vorzustellen, ich hätte vor tausend Jahren hier gelebt«, sagt Martín.

Ich schließe die Augen und male mir Wälder aus wogendem Seetang aus, bevölkert von Meerasseln, Spinnen und Krebsen.

»Mich macht es traurig, zu wissen, wie viel bereits verloren gegangen ist«, seufzt Luciana.

»Ja«, stimme ich ihr zu. »Man bekommt Angst vor der Zukunft.«

Martín isst sein Käsebrot auf, geht zu einem Busch in der Nähe und pflückt eine Handvoll Beeren. Er gibt eine davon an mich weiter. »Es gibt hier die Redensart, dass man zurück nach Feuerland kommen muss, wenn man eine dieser Beeren gegessen hat.«

Ich nehme die Beere und stecke sie mir in den Mund. Sie ist gleichzeitig süß und sauer.

Am Ende des Wanderwegs steht ein einsames Posthäuschen mit einem Schild: *Letztes Postamt am Ende der Welt.* Ich kaufe eine Postkarte und schreibe:

Lieber Mac,
du würdest nicht glauben, was für Farben ich hier gesehen habe.
Und morgen: Antarktika!
In Liebe,
Oli.

SCHNEE

Die Gangway auf die *Sea Spirit* schwankt. Womöglich schwanke auch ich. Oder wir beide.

Ein Crewmitglied, das die Gäste an Bord willkommen heißt, bemerkt mein Zögern. »Das erste Mal auf See?«

»Äh …«

»Keine Sorge«, beruhigt mich die junge Frau. »Hier wirst du im Handumdrehen zum alten Seebären!«

»Hoffentlich«, antworte ich und betrete das Schiff, spüre, wie es sich unter mir bewegt. Ein sanftes Hin und Her, zärtlich und schmerzhaft zugleich.

Ich werde zu meiner Kabine begleitet. Ihre Wände sind aus dunklem, lackiertem Holz. Als ich mich rückwärts aufs Bett fallen lasse, ertönt eine Durchsage aus der Lautsprecheranlage. Alle Passagiere werden für die Sicherheitsanweisungen in die Hauptkabine gebeten.

Dort angekommen nehmen wir auf Lehnstühlen Platz, die mit Bolzen am Boden befestigt sind. Dieses Schiff ist für *große* Wellen gebaut.

Die Frau, die mich an Bord begrüßt hat, geht nach vorn und stellt sich als Salma vor, die Expeditionsleiterin. Sie ist groß, hat breite Schultern und lange schwarze Haare. Irgendetwas an ihr schenkt mir ein Gefühl der Sicherheit.

Es liegt nicht an ihrer Körpergröße, sondern an der Art und Weise, wie sie über die Drake-Passage spricht. Sie besitzt ein starkes Bewusstsein für die Unwägbarkeiten des Meeres, das mich sofort an Mac erinnert.

Während sie die Wettervorhersage erläutert, setzt sich eine Frau auf den Stuhl neben mir und entschuldigt sich flüsternd für ihre Verspätung.

Salma lächelt und stellt die Nachzüglerin vor. »Leute, das ist Brooke, unsere Glaziologin an Bord.« Sie geht dazu über, auch den Rest der Crew vorzustellen.

Nach den allgemeinen Sicherheitsanweisungen teilen zwei Crewmitglieder Rettungswesten aus.

Brooke wendet sich mir zu. »Kennen wir uns eigentlich?«

»Nein«, antworte ich. »Nicht, dass ich wüsste.«

»Du kommst mir wahnsinnig bekannt vor. Bist du berühmt?«

»Absolut nicht«, verneine ich lachend. Jetzt lacht auch sie, und mit der Krümmung ihrer Lippen wird eine Narbe sichtbar, die sich von ihrem Mundwinkel zum äußeren Rand ihres Auges zieht. Ich lege den Kopf schräg und frage: »Bist *du* berühmt?« Denn auch mir ist an den Fältchen um ihre Augen, an der Tiefe ihres Gelächters irgendetwas sehr vertraut.

Brooke schüttelt den Kopf. »Manchmal erkennt man sich einfach gegenseitig, nicht wahr?«

Ich denke an Maggie. Daran, dass sich die erste Begegnung mit ihr eher wie eine Heimkehr anfühlte. Zwei Flüsse, die derselben Quelle entsprungen waren und wieder zusammenflossen.

Ich strecke die Hand aus. »Ich bin Oli.«

Brooke ignoriert meine Hand, beugt sich vor und umarmt mich herzlich. In mir verstärkt sich das eigenartige Gefühl, dass ich das alles schon einmal erlebt habe.

Nachdem die Sicherheitseinführung vorbei ist, lädt Brooke mich ein, noch etwas an der Bar zu trinken.

»Sorry, ich bin total k. o.«, entschuldige ich mich und spiele nervös an einem Ring an meinem Finger herum. Meine Hände zittern.

Vielleicht bemerkt sie das Zittern, denn sie fragt: »Warst du schon mal an Bord eines Schiffs?«

»Schon länger her.«

»Hast du Angst?«

»Nur davor, dass ich seekrank werde«, lüge ich. Ich glaube, sie durchschaut mich, aber sie dringt nicht weiter in mich.

»Ruh dich aus«, sagt sie.

Ich lächle. »Ja. Wir sehen uns.«

Durch das Bullauge meiner Kabine beobachte ich, wie starre Berggipfel in sanft abfallende Hügel übergehen, wie sich die Erde zerfasert und dem Meer weicht, bis das Land irgendwann nur noch ein Fleck am Horizont ist. Dann ist überall um mich herum nur noch Ozean. Der sich ausbreitet. Mir auf den Pelz rückt.

Mit wackeligen Beinen klettere ich ins Bett. Per Lautsprecher wird zum Abendessen gerufen, doch ich kann mich nicht bewegen.

Ich ziehe die Decke bis zum Hals hoch und kneife die Augen zu. Trotzdem sehe ich nichts als das Meer. Es erstickt mich. Sein Gewicht ist beklemmend. Ich spüre es überall, als würde ich auf dem Meeresgrund liegen. Im Schlick. Verheddert in Algen. Zusammengeschnürt. Von Blau umschlossen. Begraben auf einem Unterwasserfriedhof. Meine Schreie werden von derart enormen Wassermassen gedämpft, dass sie Jahrhunderte brauchen, um an die Oberfläche zu gelangen.

Ich rolle mich zur Seite und schalte die Nachttischlampe ein. Nachdem ich meine Handtasche gefunden habe, krame ich die Schlaftabletten heraus, die mir mein Arzt für den Flug verschrieben hat. Ich gehe ins Badezimmer, fülle ein Glas mit Wasser und schlucke eine Pille. Dann schlurfe ich zurück durch die Kabine, steige ins Bett und lege mich auf den Rücken. An die Decke starrend warte ich darauf, dass die Tablette mir endlich die Augenlider herunterzieht und ich nichts mehr mitbekomme.

Einige Stunden später erwache ich schweißgebadet. Die Schweißperlen umgeben mich wie eine Perlenkette. Ich setze mich auf und wische mir mit dem Nachthemd die Vertiefung zwischen den Brüsten trocken. Es ist furchtbar heiß in meiner Kabine. Ich brauche Luft. Richtige Luft. Nachtluft.

Also schalte ich die Lampe ein und stehe auf, schlüpfe in meine Thermoleggings und meine Skihose, ziehe mein Funktionsshirt, meinen Fleece und meine Daunenjacke an. Dann folgen Handschuhe, Skisocken, eine Wollmütze und meine Wanderstiefel. Als Letztes wickle ich noch einen Schal um meinen Hals.

Jetzt gehe ich erst recht ein vor Hitze.

Er war in meinem Traum.

Vier Jahre sind vergangen, und er taucht mit der übel riechenden Intensität von Fischeingeweiden in meinem Traum auf.

In meinem Traum war er genauso wie vor vier Jahren in meinem Körper: unerträglich. Damals, heute, für immer? Sperma, das an meinen Oberschenkeln heruntertropft.

Er mag seinen Schwanz aus mir herausgezogen haben, aber er ist nie verschwunden. Das ist es, was einen fertigmacht. Dieses nachhaltige Verweilen, dieses Klebenbleiben, sodass ich ihn in jedem stillen, untätigen Moment aufs Neue spüre. Wenn ich an einer Ampel warte. Oder in der kurzen Pause, bevor die Dusche angeht und ich eigentlich auf eine andere Empfindung warte. Dann spüre ich ihn tief in mir drin. Er ist immer noch da, breitet sich aus, rot und prall, verschafft sich Platz. In meinem Körper findet ein Ausdehnen statt, als würde ein Schlauch Luft in meine Lunge pumpen, die Atemluft eines anderen Menschen, bis sie prallvoll ist und meine Rippen auseinandergedrückt werden. Bis meine Haut sich spannt. Bis sie reißt. Blut und Sperma. Die Atemluft eines anderen Menschen in mir, wohingegen ich selbst nicht mehr atmen kann. Ich bekomme keine Luft. *Ich bekomme keine Luft.*

Hastig stürze ich die Treppe zum Oberdeck hinauf, schiebe mich durch die Tür, platze hinaus in die Dunkelheit.

Atmen ist eine bewusste Entscheidung, oder nicht?

Ich stolpere, knicke mit dem Fuß um, falle hin und schlage auf dem Boden auf. Der Aufprall fährt mir durch alle Knochen, immerhin fühlt es sich lebendig an. Ich rapple mich auf, ziehe mich an der Reling hoch, hangle mich am Handlauf entlang bis zum Bug des Schiffs. Dort umklammere ich mit beiden Händen die Reling, während das Schiff eine Woge erklimmt, an ihrer Rückseite hinuntergleitet und in die herannahende nächste Welle kracht. Die Gischt spritzt hoch wie ein aufgeschreckter Schwarm silbrig glänzender Vögel. Der Himmel hingegen drückt nach unten, scheint sich über mich zu beugen. Das Schiff wird von der nächsten Welle angehoben, und der Himmel wirkt so nah, dass ich das Gefühl habe, durch die Haut der Nacht zu stoßen und im Dahinter zu verschwinden.

Das Schiff erbebt. Es fällt nach unten, kracht in ihn hinein. Er ist hier. Allgegenwärtig. Er stellt mir nach. Immer noch. Sucht mich an meinem Zufluchtsort heim: in meinen Träumen.

Ich kralle mich an die Reling, das Blut pulsiert, meine Fingerknöchel sind weiß. Die Nacht ist nasser Samt. Ich atme ein. Die Luft zerschneidet meine Lunge. Schlitzt mein Fleisch auf.

Das Schiff hebt sich, sinkt wieder nach unten, kracht in die nächste Welle. Mein Körper wird gegen die Reling gedrückt, und in der Dunkelheit bricht etwas Wildes, Animalisches aus mir hervor. Ich schreie.

Ich schreie nicht wie eine Jungfrau in Nöten, wie Rapunzel auf ihrem Turm, ich schreie wie zwei tektonische Platten, die auf dem Meeresgrund auseinandergerissen werden. Aufwirbelnder Schlick, Sand und Felsbrocken. Lava, die aus der Kluft entweicht. Heiße Lava, die aus mir herausströmt. Ich brülle.

Und spüre, wie ich aufplatze. Auseinanderklaffendes Fleisch. Schlick und Sand und Felsbrocken. Lava brodelt in mir hoch. *Er* brodelt in mir hoch. Ich BRÜLLE. Er reißt mir die Kehle auf, kratzt, krallt sich fest, lässt nicht los.

Und da wird es mir klar: Ich bin hier. Seit Jahren. Zusammengeschnürt. Von Blau umgeben. Auf dem Meeresgrund. Im Schlick. Doch jetzt gerät der Boden in Bewegung. Lava fließt. Es strömt durch kalte violette Höhlen, breitet sich aus, *ich* breite mich aus. Ich bewege mich. Ich schwelle an.

»HIER BIN ICH! ICH BIN HIER!«, schreie ich. Und genau in diesem Moment spüre ich, wie er durch die Oberfläche stößt. Glühend rot spritzt es durch die schwarze Nacht.

»HÖRT MICH AN!«, schreie ich. »HÖRT MICH JETZT AN!«

Die Tränen fließen, heiß und rosa. Hier bin ich. Ich lebe. Mein Inneres liegt frei. Ich bin hier. Ich wische mir mit der Ärmelrückseite die Augen ab. Hier bin ich. Ich habe überlebt. Ich habe überlebt!

Ich atme ein, und der Nachthimmel füllt mich mit Muschelschalen und Salz.

Kränkliches Gelb erblüht am Himmel zu Sternen. Hier bin ich. Ich entscheide mich, zu atmen.

GLETSCHER

Auf dem Weg zum Frühstück laufe ich Brooke über den Weg.

»Guten Morgen«, sage ich.

»Einen wunderschönen guten Morgen«, antwortet sie, und ich lache.

Brooke betrachtet mich prüfend. »Du wirkst irgendwie verändert.«

»Inwiefern?«, frage ich.

»Als hättest du deine Seemannsbeine wieder.«

Mein Lächeln zwickt mir in die Wangen. »Ja. Sieht wohl so aus.«

Sie klopft mir anerkennend auf den Rücken. »Na los«, drängt sie, »ich sterbe vor Hunger.«

Zwei der Künstlerinnen, die ich im Rahmen von WOMXN in London ausgestellt habe – Holly und Vivienne – nehmen auch an der Expedition teil. Wir treffen am Frühstücksbüfett auf sie, und ich stelle sie Brooke vor. Dann setzen wir uns alle zu Joan an den Tisch.

Während wir frühstücken, unterhalten wir uns darüber, was Holly und Vivienne seit der Ausstellung gemacht haben. Holly war in New York, Vivienne in Paris.

»Ich habe mich noch gar nicht richtig bei dir bedankt«,

sagt Vivienne an mich gewandt. »Seit der Ausstellung nehmen die Leute meine Kunst viel ernster.«

Ich platze fast vor Stolz. »Das sollten sie auch«, antworte ich.

»Also, ich schaffe es immer noch nicht so ganz, dass die Leute meine Arbeit ernst nehmen«, seufzt Brooke. »Vor allem die Männer. Vor allem die Männer, mit denen ich ausgehe.«

»Ha!«, ruft Joan. »Das Gefühl kenne ich.«

»Wahrscheinlich sind sie ganz eingeschüchtert«, mutmaßt Holly.

»Nein, bei mir ist es das Gegenteil«, erwidert Brooke. »Männer versuchen mich immer kleiner erscheinen zu lassen. Ein Typ, mit dem ich mal ausgegangen bin, nannte meinen Doktortitel in Philosophie an der Uni Oxford ›mein kleines Projekt‹. Und ein anderer hat immer erzählt, ich hätte beruflich mit ›Eis und solchem Zeug‹ zu tun.«

»Mein letzter Freund hat mich mal gefragt, wann ich mir einen richtigen Job suche«, erzählt Holly.

Wir brechen in fröhliches Gelächter aus.

»Tja«, sagt Brooke trocken. »Hier unten am Südpol, am Fuß eines Gletschers, der größer ist, als diese Kerle es sich jemals vorstellen könnten, wurde mir klar, dass ich ein verdammter Superstar bin.«

»Bravo, genau so ist es!«, sagt Joan und hebt ihr Glas mit Orangensaft.

»Und wisst ihr was?«, fährt Brooke fort. »Ich liebe mein Leben, genau so, wie es ist. Ich brauche nur jemanden an meiner Seite, wenn er dieses Leben bereichert.« Ihr Lächeln ist weiter als der Himmel. »Mir macht es keine Angst, eine Frau zu sein.«

Darauf stoßen wir alle an.

Später versammeln sich diejenigen von uns, die nicht unter Seekrankheit leiden, in der Hauptkabine zum Kartenspielen. Wir spielen Shithead, und ich lache, bis mein Bauch schmerzt. Es fühlt sich gut an. Weil dieser Schmerz aus ungeniertem, ehrlichem Vergnügen entsteht. Und es ist mir völlig egal, dass ich ständig verliere, denn ich habe das Gefühl, trotzdem gewonnen zu haben.

Beim Mittagessen verkündet Salma, dass wir die Hälfte der Strecke nach Antarktika bereits hinter uns haben, fügt jedoch hinzu, dass der zunehmende Seegang unsere Fahrt vermutlich verlangsamen wird.

»Das Südpolarmeer«, sagt sie, »ist der perfekte Ort, um sich in Geduld zu üben.«

Als wir an unserem dritten Tag auf See aufwachen, lässt der Seegang, der in der Nacht seinen Höhepunkt erreicht hat, bereits wieder nach. Das Schiff kommt allmählich zur Ruhe. Salma versammelt uns in der Hauptkabine für die Ankündigungen des heutigen Morgens. Sie teilt uns mit, dass wir uns der Antarktischen Halbinsel nähern und dass derjenige, der als Erster einen Eisberg sieht, einen Preis erhält.

»Glückwunsch, ihr habt alle die Drake-Passage überlebt!«, ruft sie, und wir jubeln und klatschen lautstark.

Beim Frühstück erfahre ich, dass einer der Köche, Alex, Australier ist und in der Küche ein Glas Vegemite aufbewahrt. Zum ersten Mal seit Jahren streiche ich den Hefeextrakt auf meinen Toast und grinse wie ein kleines Kind.

Brooke stößt zu mir, als ich mir gerade einen Kaffee mache. »Man kann jetzt wieder gefahrlos rausgehen«, verkündet sie.

»Sollen wir an Deck frühstücken?«

»Du kannst offenbar Gedanken lesen.«

Ich klappe meinen Toast zusammen, wickle eine Serviette darum und nehme meinen Becher Kaffee mit in meine Kabine, um mich dick zu vermummen. Ich war nicht mehr draußen, seit wir in die Drake-Passage hineingefahren sind, und nun, da wir uns viel weiter südlich befinden, ist die Luft schneidend kalt. Es ist eine Kälte, die einen vollkommen verschlingt, wie wenn man sich verliebt: ganz und gar, ohne jede Gnade.

An Deck treffe ich auf Brooke, und wir gehen gemeinsam zum Bug nach vorn.

»Hallo!«, ruft uns jemand zu.

Wir blicken zur Brücke hinauf und entdecken eine Frau in Uniform, die uns zuwinkt.

»Wer ist das?«, frage ich Brooke.

»Unsere Kapitänin Georgia. Eine Hammerfrau«, sagt Brooke.

Kurz darauf erscheint steuerbord ein Albatros über dem Schiff. Ich tippe Brooke auf die Schulter. »Schau mal! Da!«

»Ist sie nicht wunderschön?«, fragt Brooke, während der Vogel vor uns quer übers Schiff fliegt, mit weit ausgebreiteten Flügeln – ein geschmeidiger Schatten, der übers Deck gleitet. »Sie ist noch jung. Ausgewachsen wird sie doppelt so groß sein.«

»Unglaublich«, flüstere ich und denke an Mac. Und dann … denke ich an Maggie und Coco. An ein anderes Meer zu einer anderen Zeit. Die Erinnerung blitzt in mir auf, durchströmt meinen Körper, wirkt so greifbar, dass ich das Gefühl habe, die Hand ausstrecken und Mac und Maggie berühren zu können. Ihre Hände halten zu können.

Ich denke an Robynne, heimgekehrt hierher, in die Antarktis. Und ich höre mich selbst, wie ich Mac vor all den Jahren auf der *Sea Rose* eine Frage stelle: »Überlegst du manchmal, welchen Sinn das alles hatte?«

»Den Sinn, dass sie gelebt hat«, antwortete er.

Brooke packt meinen Arm und holt mich zurück in die Gegenwart. »Oli!«, ruft sie. »Schau! Dort drüben!«

Ich folge ihrem Zeigefinger und sehe ihn: unseren ersten Eisberg, einen dicken weißen Klotz am Horizont. Wir rennen Richtung Hauptkabine, um es den anderen zu sagen.

Salma steht an der Treppe.

»Eisberg!«, rufe ich. »Eisberg!«

Brooke lacht. »Das darfst du nicht rufen! Hast du den Film *Titanic* nicht gesehen?«

Unser erster Landgang findet auf der Halbmondinsel statt, einem sichelförmigen, felsigen Eiland.

Bevor wir von Bord des Schiffes gehen, müssen wir unsere Kleider absaugen, um sämtliche Pflanzenrückstände aus Südamerika zu beseitigen, und unsere Expeditionsstiefel in einem Quarantäneraum waschen. Ich trage so viele Schichten, dass ich watschle, statt zu gehen. »Wie ein Pinguin«, zieht Brooke mich auf.

Wir klettern steuerbord in Schlauchboote, die sich Zodiacs nennen. In meinem Boot sitzen Brooke, Vivienne, Holly, Joan und Alice, eine Bildhauerin und Textilkünstlerin aus Australien. Ihr dichter roter Haarschopf weckt in mir das Gefühl, mich unter Wikingerinnen zu befinden, furchtlosen Frauen, die am Ende der Welt dem Ozean trotzen.

Als wir uns dem Strand nähern, weist uns Brooke auf

einen alten Holzkahn hin, der am Ende der Insel Schiffbruch erlitten hat.

Ich stelle mir die Männer vor, die hier vor mehr als hundert Jahren an Land gegangen sind. Gespenster, die aus ihren Booten steigen. Erste Schritte auf dieser zerklüfteten Mondhälfte.

Brooke hilft mir aus dem Schlauchboot. Wellen küssen sanft den Strand, der aus glatten Kieseln besteht, rund und weich von so viel Intimität.

»Ein *echter* Pinguin!«, ruft Brooke und zeigt auf eine Ansammlung von Pinguinen auf dem Höhenzug oberhalb des Strands. »Das sind Kehlstreifenpinguine. Sieh dir ihre Gesichter an – als würden sie Hauben tragen, die mit schmalen Riemen unter dem Kinn befestigt sind.«

Vivienne klettert als Nächste aus dem Boot. Sie hält ihre Kamera hoch in die Luft, damit sie kein Spritzwasser abbekommt. »Oh, mein Gott«, schwärmt sie. »Die sind ja entzückend!«

Ich helfe den anderen beim Aussteigen. Dann stoßen wir das Zodiac vom Strand weg, damit Salma zum Schiff zurückkehren und eine weitere Gruppe Expeditionsteilnehmer holen kann.

Der Himmel ist weit und offen, kristallklar. Mir fällt ein, was Salma gestern beim Abendessen gesagt hat: »Die Antarktis ist die Lunge des Planeten.« Ich atme in diesen Ort hinein. In den Himmel. Spüre die ganze Welt durch mich hindurch strömen.

Wir wandern zum Ende der Insel, wo eine gewaltige Felswand senkrecht aus der Erde ragt. Während ich sie umrunde, blicke ich an ihr empor und werde von tiefer Ehrfurcht erfasst. Der Fels ist schwarz, als hätte ihn jemand verkohlt, und orangefarbene Flechten züngeln wie

Flammen an ihm empor. Am Fuß der Felswand liegen Seelöwen, die sich so perfekt in die Landschaft einfügen, dass Vivienne beinahe gegen einen von ihnen stößt. Er richtet den Kopf auf und beäugt sie neugierig. Sie macht einen Schritt zurück und sagt: »Entschuldige, Schätzchen, schön weiter faulenzen.« Wir anderen brechen in Gelächter aus.

Zurück am Kieselstrand fällt mir auf, dass entlang des Ufers seltsame gallertartige Wesen mit je einem blutroten Punkt herumliegen. »Was sind das für Tiere?«, frage ich Brooke.

»Normalerweise leben sie in den Gewässern vor Südamerika, aber weil das Meer hier immer wärmer wird, rücken sie weiter nach Süden vor.«

»Ist das etwas Schlechtes?«, fragt Holly.

»Ja«, antwortet Brooke und geht in die Hocke, um die Tiere genauer zu untersuchen. »Sie fressen das gleiche Plankton wie der Krill. Das bedeutet, dass der Krill erstmals Futterkonkurrenz bekommt.«

»Also gibt es bald weniger Krill?«

Brooke nickt. »Genau – und hier hängt *alles* vom Krill ab.«

Über Nacht fahren wir von der Inselgruppe der Südlichen Shetlandinseln zur Antarktischen Halbinsel weiter. Ich erwache von Salmas aus den Lautsprechern schallender Stimme. Sie liefert uns den Wetterbericht und informiert uns über die Aktivitäten des heutigen Tages. Nach dem Frühstück geht es mit einer Kajaktour los. Es klopft an meiner Tür.

Als ich sie öffne, stehe ich Brooke gegenüber.

»Willst du meine Kajakpartnerin sein?«, fragt sie und grinst.

»Na klar!«, rufe ich, worauf sie mich begeistert abklatscht.

»Dann zieh dich schnell an – Georgia meinte gerade, sie und die anderen hätten von der Brücke aus Schwertwale gesehen.«

»Schwertwale!«, rufe ich. »Also Killerwale?«

»Ja«, bestätigt Brooke lachend. »Ist das Gleiche.«

Ich eile zurück in die Kabine und beginne, mich anzuziehen. Brooke kommt mit rein und lässt sich auf mein Bett plumpsen. »Am besten ziehst du eine Thermostrumpfhose oder -leggings an. Darüber kommt dann der Trockenanzug fürs Kajakfahren«, erklärt sie.

»Ist die hier okay?«

Sie nickt, und ich zwänge mich in meine Leggings, ziehe einen Pullover über den Kopf und werfe meine Jacke über. Und schon sind wir beide durch die Tür und rennen wie kleine Kinder durchs Schiff aufs Oberdeck. »Da drüben!«, kreischt Brooke und zeigt nach Backbord.

Ich folge ihrem Blick und entdecke unzählige Schwertwale, die zwischen Eisblöcken die Köpfe aus dem Wasser strecken. Der Himmel erwärmt sich und wird rosa, und obwohl bereits die Sonne aufgeht, ist der Mond noch oberhalb der Eisschicht zu sehen. Mir fällt ein Foto ein, das ich einmal in einem Buch über Wale sah, in einem Wohnzimmer, in dem Pflanzenwurzeln wie Tentakel in Wassergefäßen schwebten. Genau die Szenerie, die ich jetzt vor Augen habe, beschrieb ich damals einer Frau, die meine Stimme als rote Pinselstriche wahrnahm. Plötzlich ist da das Gefühl, dass mich die Zeit einholt. Oder vielleicht eher, dass ich in der Zeit zurückfalle. Zurück durch die Seiten, durch hauchdünne Jahre. Zurück zu ihr.

Brooke hält meine Hand, und mir geht auf, dass ich weine.

»Alles okay?«

»Ja«, antworte ich mit tränenfeuchtem Lächeln. »Ich habe nur gerade eine alte Freundin wiedergesehen.«

Nach dem Frühstück ankern wir in einer windgeschützten Bucht. Brooke und ich klettern zuerst in unser Kajak und werden ins Wasser hinuntergelassen. Dann paddeln wir los. Das Meer verwandelt sich in Glas, und wir gleiten durch den Himmel, umgeben von blauen, sich im Wasser kräuselnden Bergen.

Ich blicke über die Schulter und frage Brooke: »Hast du auch manchmal das Gefühl, dass dir dieser Ort eigenartig vertraut vorkommt?«

»Absolut«, nickt sie.

»Ja … Woran liegt das?«

Brooke zuckt mit den Schultern. »Ich kannte meine leibliche Mutter nicht, lernte sie erst kennen, als ich fünfundzwanzig war. Unsere erste Begegnung fand in einem Park statt, in dem ich noch nie war, in einem Bundesstaat, den ich noch nie besucht hatte, und ich traf eine Frau, von der ich noch nicht mal den Namen kannte. Und trotzdem war da dieses Gefühl der Vertrautheit. Als würde sich mein Körper an ihren erinnern.«

Ich drehe mich wieder nach vorn und betrachte die Antarktische Halbinsel, die sich vor uns erstreckt. Ein Körper. Androgyn. Bedeckt von einem Gletscher, einem gefrorenen Fluss, der sich vom Himmel ins Meer schiebt.

»Bei Antarktika ist es genauso«, sagt Brooke. »Der Körper erinnert sich … Wenn man ins Eis blickt, sieht man im Grunde seine eigene Herkunft. Diese Herkunft liegt in so weiter Ferne, dass man sie nicht bewusst erkennt, aber der Körper erkennt sie. Der Körper weiß, woher er kommt.«

Neben dem Kajak schwimmt ein Stück Eis im Wasser. »Das ist Gletschereis«, erklärt Brooke. »Es ist so klar, weil im Laufe von Millionen von Jahren jede Luft herausgepresst wurde. Diese Gletscher …« – sie zeigt nach vorn – »brauchen Tausende von Jahren, um einen Berg hinunterzufließen. Für eine Strecke, die du oder ich in fünf Sekunden zurücklegen könnten, braucht ein Gletscher wahrscheinlich fünfzigtausend Jahre.«

Ich spüre, wie die Luft aus mir herausströmt, spüre ein Innehalten zwischen zwei Herzschlägen.

Ich werfe einen Blick auf meine Uhr. Sie ist stehen geblieben wegen der Kälte.

Brooke lächelt. »Jetzt lebst du nach der Zeit der Natur.« Sie reicht mir ihr Paddel und fragt: »Hältst du das mal kurz?«

Dann beugt sie sich über die Kajakwand, fischt den Eisbrocken aus dem Wasser und legt ihn sich auf den Schoß.

»Dürfen wir das überhaupt?«, frage ich.

»Der schmilzt sowieso«, antwortet sie. »Außerdem ist er perfekt für unsere Baileys on Ice heute Abend.«

»Du bist genial«, sage ich.

Brooke grinst.

Inzwischen haben die anderen zu uns aufgeschlossen – Joan und Alice in einem Kajak, Vivienne und Holly in einem zweiten. Und dahinter folgen noch mehr Frauen, lachend und plaudernd.

»Okay, Leute«, ruft Catherine, die Kajakführerin, und hebt ihr Paddel in die Luft. »Wir sind jetzt alle mal ganz leise und lauschen dem Gletscher.«

Wir nehmen unsere Paddel aus dem Wasser und legen sie uns quer über den Schoß, halten die Luft an.

Aus der Ferne ist ein Knacken und Ächzen zu hören. Das Eis reibt, liebkost, schiebt, zieht. Wie die verschlungenen Körper zweier Liebender. Wie Hugo und ich, wenn wir uns bei den Händen hielten. Und da ist auf einmal dieses Gefühl, dass alles gleichzeitig passiert. Denn als ich über die Kajakwand in die Strömung blicke, geht mir auf, dass dieses Gewässer sich über die ganze Welt erstreckt. Von hier fließt es durch Unterwassergräben und tropische Korallenriffs. Umtost Kaps und hoch aufragende Klippen. Strömt durch tiefe Kanäle und flache Buchten. Wandert Flüsse hinauf, schlängelt sich durchs Land. Zu Hugo. Zu der Stelle, an der er in meiner Vorstellung in diesem Moment am Ufer der Themse steht und übers Geländer ins selbe Wasser starrt. Unsere Spiegelbilder verschwimmen miteinander. Weit entfernt und doch so nah.

»Danke«, flüstere ich in die Strömung hinein. »Für alles.« Ich weiß, dass ihn meine Worte, die in weiten Wellenbewegungen durch dieses uralte Meer getragen werden, irgendwann erreichen werden. Irgendwann wird er mich hören.

EISBERG

Für unseren Landgang in Neko Harbour klettern wir erneut ins Zodiac und werden von Salma ans Ufer gebracht. Auf dem Weg dorthin kommen wir an einem Eisberg vorbei, der so hoch ist wie ein zwanzigstöckiges Gebäude. »Wow!«, ruft Vivienne. »Können wir näher ranfahren?«

Salma schüttelt den Kopf. »Leider nicht. Was ihr seht, ist nur ungefähr ein Zehntel des Eises, das unter der Wasseroberfläche treibt. Wenn ich näher ranfahre, riskiere ich eine Kollision.«

Der Eisberg ist die eindrucksvollste Skulptur, die ich je gesehen habe. Erst nach und nach realisiere ich, dass er eines Tages geschmolzen und ein Teil des Ozeans sein wird, dass Verlust und Schönheit untrennbar miteinander verbunden sind.

»Eisberge tragen ihre Geschichte auf ihrer Oberfläche«, erklärt Salma. »Anhand dieser Furchen könnte man zum Beispiel ablesen, wann diese Seite unter Wasser war, und vielleicht sogar, für wie lange.«

Brooke stupst mich an. »Und das ist nur der sichtbare Teil. Was meinst du, was noch alles für Geschichten unter der Oberfläche schlummern!«

Ich halte ihre Hand in meiner und stelle mir vor, auch wir wären Eisberge. Wir alle. Frauen, die zur Oberfläche drängen. Von denen man nur den kleinen Teil sieht, der über diese hinausragt. Doch darunter breiten wir uns aus. Beanspruchen mit Nachdruck unseren Platz.

Neko Harbour ist eine sanft geschwungene Bucht. Sie reicht von einer mit Pinguinen bedeckten Landzunge zu einem Berg, der so hoch aufragt, dass er die Sonne verdeckt und unser Schiff winzig erscheinen lässt.

Ich erklimme die Gletscherzunge oberhalb des Strandes und lasse den Blick über das uralte Eis schweifen. Brooke kommt zu mir gerannt. »Fühlst du dich nicht auch riesengroß hier?«, fragt sie mich strahlend.

»Groß?«

»Ja, groß. Ich fühle mich wie eine Riesin!«, sagt sie. »Immer wenn ich hier in Antarktika einen Mann dabeihabe, erzählt er mir, wie klein und unbedeutend er sich durch die Umgebung fühlt. Ich glaube, dieser Ort bringt die Männer völlig durcheinander. Vereinfacht gesagt spüren sie ständig den Drang, die Dinge, die sie sehen, zu erobern, sozusagen ihren Schwanz hineinzustecken.«

Ich muss lachen über ihre Formulierung.

»Ich meine das ernst!«, protestiert Brooke. »Weil Männer so daran gewöhnt sind, der große, starke Part zu sein. Wir hingegen verbringen unser ganzes Leben damit, klein zu sein. Oli …« Sie stellt sich hinter mich, nimmt meine Arme und breitet sie seitlich aus wie Flügel. »Das ist deine Chance, dich auszudehnen!«

Ich spüre, wie meine Brust weit wird. Ich erhebe mich auf die Zehenspitzen. Strecke die Finger aus. Werde eine Riesin.

»Nehmt euch in Acht«, flüstert mir Brooke ins Ohr. »Denn ich bin furchtlos und daher unbezwingbar.«

»Nehmt euch in Acht«, wiederhole ich, rufe es in die Weite. »Denn ich bin furchtlos und daher unbezwingbar!«

Wir lassen uns zurück in den Schnee fallen, müssen beide hysterisch lachen. Die Last in meinem Inneren fällt von mir ab wie schuppige Haut.

Ein paar von uns wollen die Nacht an Land verbringen. Nicht in Zelten, sondern in Schlafsäcken. Wir legen an einem felsigen Strand an, der von festem, komprimiertem Schnee umgeben ist, und wandern zu einem Plateau hinauf.

Im schwächer werdenden Tageslicht graben wir mit Schaufeln unsere Betten in den Schnee und legen dann Isomatten und unsere wasserfesten Schlafsäcke hinein.

Die Wolkendecke ist dicht, daher wird die Umgebung zu einer schwarzen Gruft, nachdem das letzte Licht verschwunden ist. Tiefschwarze Nacht, überall um uns herum.

Wir schlüpfen in unsere Schlafsäcke.

Die Erde kommt nach und nach zur Ruhe. Irgendwann ist die Stille so intensiv, so greifbar, dass ich die Hand ausstrecken und sie berühren könnte.

Ich fühle mich an eine Nacht an Deck erinnert, in türkisblauer See.

Die Stille, die ich mir hier schön und romantisch vorgestellt hatte, wirkt eigenartig beängstigend.

In den frühen Morgenstunden wache ich von einem Donnern auf, das durch die Bucht hallt. Ein Gletscher! Das Stimmorgan des Bergs beginnt zu kalben. Es bekommt Risse, schiebt sich übereinander, explodiert und mahlt. Ich setze mich in meinem Schlafsack auf.

Am gegenüberliegenden Ufer brechen uralte Eisbrocken ab und verschwinden im Meer. Ein himmlisch verheerender Anblick. Dieses Donnern. Im Eis eingeschlossene Geschichten stürzen ins graue Wasser hinab, werden Teil von etwas anderem. Es sind die Geschichten dieser Welt, die nun Strudel bilden in einem großen Becken, die zusammenfließen und heimkehren. Heim in die Dunkelheit, der wir alle entstammen. Die Dunkelheit, in die wir alle zurückkehren werden.

Zwischen uns und dem Gletscher ist das Meer eine blaugrüne Glasscheibe. Sie wird in der Mitte von einem Buckelwal entzweigebrochen, der zum Atmen an die Oberfläche kommt.

Ich lächle. »Guten Morgen, Maggie. Ich wusste, dass du mich hier finden würdest.«

Beim Abendessen sitzt Holly neben mir und fragt mich, ob ich noch mit dem jungen Mann zusammen sei, den ich ihr bei der Vernissage in London vorgestellt hätte.

Alles in mir zieht sich zusammen, ich mache mich ganz klein und schüttle den Kopf. »Wir haben uns getrennt«, sage ich. »Vor zwei Monaten.«

»Oh, tut mir leid«, murmelt sie. »Gehts dir gut mit der Trennung?«

»Ja. Glaube ich zumindest.«

Sie greift nach meiner Hand, hält sie fest in ihrer.

»Er war perfekt«, fahre ich fort. »Aber trotzdem war es nicht richtig.«

Sie drückt meine Hand und sagt: »Wir sind alle für dich da.«

»Danke«, erwidere ich. »Ich glaube, ich musste mir über ein paar Dinge klar werden. Und ich hatte das Gefühl, dabei allein sein zu müssen.«

Brooke, die auf meiner anderen Seite sitzt, ergreift meine freie Hand. »Es tut immer weh, jemanden zu verlassen, den man liebt«, sagt sie. »Das war sehr mutig von dir.«

Am ganzen Tisch nehmen sich die Frauen bei den Händen.

»Es ist das tiefste Rot«, murmele ich vor mich hin.

Brooke sieht mich fragend an. »Was sagst du?«

»Tiefrot … ein tiefes, sattes Rot.«

Holly drückt wieder meine Hand. »Was denn, Oli? Was ist rot?«

»Vergewaltigung«, sage ich. Das Wort landet schwer auf dem Tisch. »Ich wurde auf einem Schiff vergewaltigt.« Nachdem ich dieses lang gehütete Geheimnis preisgegeben habe, fühle ich mich schwach und zittrig. Ich scheine irgendwo in der Ferne dahinzutreiben und bin doch ganz nah. »Das habe ich vorher noch nie jemandem erzählt.«

Die Frauen sagen nichts. Sie nehmen nur meine Wahrheit entgegen und bewahren sie.

Wir bleiben lange so sitzen. Hand in Hand. Alle möglichen Geschichten landen auf dem Tisch. Eine Frau erzählt von ihrer Ehe, die den Tod eines Kindes überlebt hat. Eine andere beschreibt ihr Leben als alleinerziehende Mutter, berichtet, wie wenig Geld sie zur Verfügung hatte und dass ihre Tochter heute trotzdem ihren Doktor in Physik macht. Wieder eine andere Frau erzählt die erschütternde Geschichte ihrer Trennung von einem sie misshandelnden Partner. Wir halten uns noch ein wenig fester bei den Händen. Eine Frau schildert uns, dass sie gerade Insolvenz anmelden musste.

Mir geht auf, dass ich nicht allein bin. Wir alle tragen Narben mit uns herum. Aber eine Narbe bedeutet, dass unsere Verletzungen dabei sind, zu verheilen. Eine Narbe ist der Beweis, dass wir überlebt haben.

»Die hier habe ich einem Mann zu verdanken«, sagt Brooke und lächelt, damit wir die Narbe sehen, die von ihrer Lippe zu ihrem Augenwinkel verläuft. »Wisst ihr, was das Komische daran ist?«, fragt sie. »Das Komische ist, wie oft Frauen zu mir sagen: *Keine Angst, du bist trotzdem schön*. Als wäre das mein Ziel im Leben! Ihr wisst schon, dieses ganze ›Egal, wie du aussiehst, du bist schön‹-Gerede ...« Brooke lacht. »Ich meine: Wen interessiert das? Warum muss ich mir überhaupt über so etwas Gedanken machen? Ich will, dass mir jemand sagt, du bist eine tolle Frau, oder mit dir kann man Spaß haben, oder du bist anspruchsvoll oder witzig. Warum ist schön sein wichtig? Warum ist es *das* Wichtigste? Schön für wen? Sagt mir, dass ich eine Heldin bin. Sagt mir, dass ich ein Genie bin. Nein, noch besser, sagt mir, dass ich ein verdammter Orkan bin. Ja, genau das will ich sein – ein Orkan.«

Sie atmet tief ein und bläst eine Lunge voll Luft in die Runde. Kraftvoll. Triumphierend.

Wir entscheiden uns dazu, zu atmen, nicht wahr?

Zum Nachtisch gibt es Baileys auf Gletschereis. Wir stehen an der Bar und stoßen miteinander an. Yassmin, die Dichterin an Bord, steigt auf den Tisch vor der Bar, und Brooke läutet eine Glocke am Tresen, um für Ruhe zu sorgen.

Yassmin faltet ein Blatt Papier auseinander, räuspert sich und beginnt zu lesen: »Ein Gedicht für Edgar Allan Poe. Er schrieb: *Der Tod einer schönen Frau ist ohne Zweifel der Gipfel jeder Poesie.*«

Im Raum ist Gemurmel zu hören.

»Nun ja«, fährt Yassmin fort, »darauf antworte ich Folgendes: *Basaltkringel. Und schwarze Perle. Seidig gelbe Austernschale. ›Der Tod einer schönen Frau …‹ Ihr Basaltkringel. Ihre schwarze Perle. Ist ›ohne Zweifel der Gipfel jeder Poesie‹.*«

Yassmin schüttelt den Kopf, den ganzen Körper.

»Erde werden. Ein Sarg, von Laub umrankt. Mit blauem Mohn bestickt. ›Vereinsamte Lippen‹ beschreiben am besten. Die anmutigen Schnüre. Ihres blauen Drachen … Ohne Zweifel? Wie ich mir erlaube, anderer Ansicht zu sein! Wie ich mir erlaube, zu widersprechen! Du irrst so sehr, Edgar. Und wie du dich irrst.«

Aus dem Publikum ertönen Beifallsrufe. Yassmin erhebt die Stimme. Sie ist voluminös, so kräftig, dass ich eine Gänsehaut bekomme.

»Denn Erde werden ist nicht IHR Gedicht. Erde werden. Ist. Nur. Ein Vers.«

»Bravo!«, ruft jemand.

»Eine Frau ist eine Konstellation. Mehr Worte, als dir je im Traum einfallen würden. Sie ist Basaltkringel und schwarze Perle. Glatte rosa Austernschale. Dunkelrote Strömungen und Sternanis. Unendlich tief ist dieser Kelch. Frau schwillt an. Frau nimmt wieder ab. Zwei Lippen, die sich berühren. Gebogene Wirbelsäule und geschwungener Oberschenkel. Autorin. Dichterin. Künstlerin. Die Einzige, die beschreibt mit Fug. Ihres blauen Drachen Flug.« Sie holt tief Luft, stampft mit dem Fuß auf den Tisch. »So!«, ruft sie. *»Edgar Poe, ich muss dir sagen. Wenn du an der Schönheit ihres Todes festhältst. Entgeht dir die Erhabenheit jedes ihrer Atemzüge. Wie traurig für dich. Denn so wirst du nicht sehen. Wie das Meer eine Wolke ausatmet. Einen rosa Fluss im Himmel.«*

Yassmin hebt die Arme und nimmt den begeisterten Jubel ihres Publikums entgegen. Ich applaudiere von ganzem Herzen.

Als wir durch die Meerenge ins Innere von Deception Island hineinfahren, liege ich auf meinem Bett und blicke aus dem Fenster. Die Insel hat die Form eines Hufeisens. Vulkanschwarz.

Im Quarantäneraum treffe ich auf Brooke und die anderen, die gerade in ihre Expeditionsstiefel schlüpfen. Ich ziehe meine ebenfalls an und schnüre sie zu.

»Bereit?«, fragt Brooke.

Ich verstaue meinen Schal in meinem roten Parka. »Bereit!«

Wir steigen ins Zodiac und fahren an Land, durch Wasser, das aussieht wie grüne Seide. Ein Gletscher grenzt an den Strand, eine schwarz-weiß marmorierte Wand. Vulkanascheschichten mischen sich unter das uralte Eis. Eine Geschichte, die die Zeit gesponnen hat.

Als wir an Land gehen, hat sich dichter Nebel auf die Insel herabgesenkt. Der Boden ist tiefschwarz. Wie Hugos Augen. Wie AJs Haare. Ein Schauder durchläuft mich.

Ich entferne mich von der Gruppe, gehe am Fuß des Gletschers entlang und erklimme einen Grat. Jetzt bin ich weit genug entfernt, dass ich die Stimmen der anderen nur noch gedämpft wahrnehme, als wäre ich unter Wasser. Irgendwann bin ich so tief abgetaucht, dass ich niemanden mehr höre.

Ein pulsierendes Rauschen liegt in der Luft. Wie kleine Wellen, die an die Küste schlagen. Ich folge dem Geräusch, gehe hierhin, schweife dorthin. Bis mir aufgeht, dass das Rauschen in meinem Inneren ist. Blut, das in meinen Schläfen pulsiert.

Eine Stimme flüstert: *Komm, leg dich auf meinen Schatten.* Ich setze mich hin, lasse mich nach hinten auf die geschwärzte Erde sinken. Auf den Schatten von allem, was davor war. Ich spüre das Gewicht meines in sich hineinsinkenden Körpers. Hole tief Luft. Spüre, wie der Himmel auf mich herabstürzt, wie ich ihn in mir aufnehme. Und es geht mir gut. Ich bin hier. Ich ziehe meine Handschuhe aus. Grabe die Hände in die Erde. Unter der Oberfläche ist sie warm. Wie Asche, die noch lange nach Erlöschen des Feuers die Hitze bewahrt. Ich bewahre die Hitze.

Du hast mich in Brand gesteckt, denke ich. *Und ich habe überlebt.*

Brooke kommt auf die Anhöhe herauf und legt sich neben mich. Sie schließt die Augen.

»Brooke?«, flüstere ich.

Sie öffnet ein Auge. »Ja?«

»Dieser Ort ist irgendwie seltsam. Aber ich fühle mich trotzdem zu Hause.«

Sie lächelt. »Wüsten und Eis sind uns Frauen nicht fremd. Wir leben seit Jahrtausenden hier.«

Ich denke an Maggie. Wilde Veilchen in der Tundra.

Brooke holt tief Luft. »Okay«, sagt sie, setzt sich auf und greift nach meiner Hand. »Komm mit ... wir springen alle vom Schiff.«

»Ins *Wasser*?«

»Ja!«

»Wie denn?«

»So wie Gott dich schuf?« Sie lacht. »Danach fühlst du dich wie neugeboren. Du hast morgen Geburtstag, das passt doch perfekt.«

»Du spinnst«, sage ich.

»Glaub mir«, beteuert sie und hilft mir auf die Beine. »Das Wasser wird dich verändern, Oli. Hinterher bist du nicht mehr dieselbe.«

DUNKELROSA MEER

Ich fröstele, spähe übers Achterdeck und erblicke Brooke. Sie grinst, und ihre Narbe wird zu einer Sonnenfalte. Von unten und von oben her läuft sie ineinander, eine wundersame Linie, die sich von rosa Lippe zu blauem Auge erstreckt. Brooke zwinkert. Ich lächle, und mein Gesicht schmerzt.

Ein letztes Ausatmen. Ein letztes Einatmen. Meine Lunge füllt sich, ist voll.

Und dann springe ich.

Unter Wasser öffne ich die Augen. Eisberge schweben im Grau, die Dunkelheit ist endlos, alles dehnt sich aus. Walgesang ist zu hören. Der Anfang oder das Ende eines Lieds.

Es ist eine Melodie, der Ruf des Ozeans. Meine Melodie schwillt an und nimmt wieder ab. Diese Geschichte endet hier. Dunkles Salz. Schwarze Perle. Atmen ist eine bewusste Entscheidung, oder nicht?

Atmen ist eine bewusste Entscheidung, denke ich. Und plötzlich besteht alles aus dunklem Salz, ein Hals voll schwarzer Perlen. Diese Geschichte beginnt hier, am Ende der Welt. Hier, wo die Stille so dicht ist wie ein Muskel, ein uralter, starker Körper. Dieser Körper bekommt Risse, eine Felswand bricht ab, verschwindet im Meer. Der Rand Antarktikas, die Außenhaut, fällt ab, und die in ihren Poren eingeschlossenen gefrorenen Geschichten tauen auf und werden Teil des Jenseits.

Jetzt bin ich darunter. Ich bin bei ihr. Bei dir. Die Atemwolke in meiner Lunge ist dunkelrosa, ein Kunstwerk. Mein Körper ist geschliffenes Kristall, Gletschereis. Das zurückweicht. Vergeht. Entscheidungen Erinnerungen Träume Schmerz Augen lächeln Hände berühren lachen kämpfen gegen Tränen. Die Interpunktion ist völlig falsch.

Hört meine Schreie.

Ich bin eine gewaltige Strömung, eine Königin der Meere, voll und rund, schwelle an, sprudle über. Ich bin eine Flut. Ich bin stark. Ich bin eine Riesin. Ich bin eine Gletscherwand, die Risse bekommt. Ich breche ab. Ich verschwinde im Meer. Und alle Geschichten in mir werden Teil des Jenseits.

Gerade habe ich dich eingeatmet.

DANK

Ich möchte gern zunächst die traditionellen Eigentümer der Gebiete und Gewässer anerkennen, auf denen ich für dieses Buch recherchiert habe. Ich erkenne die traditionellen Eigentümer von Landstrichen in ganz Australien an und würdige ihre fortdauernde tiefe Verbundenheit mit Natur, Wasser und Kultur. Ihren Ältesten der Vergangenheit, Gegenwart und Zukunft gilt mein Respekt.

Oli habe ich auf See entdeckt, und mit der Zeit und der Hilfe vieler Lehrmeister lernte ich eine Sprache, die es mir erlaubte, ihre Geschichte zu erzählen.

Ich danke meinem Vater Will Hardcastle, der mir beibrachte, den Wind auf offenem Meer zu lesen, noch bevor ich Wörter lesen konnte. Ich danke meiner Mutter Lindy Hardcastle, die mich lehrte, Stürme auf hoher See zu überstehen. Und ich danke meiner Großmutter Maggie Hardcastle, die alles las, was ich je zu Papier gebracht habe … Ich wünschte, du hättest auch dieses Buch noch lesen können.

Vielen Dank an Alison und Dave Molloy von Prosail in den Whitsundays. Euch habe ich meine erste Begegnung mit dem Korallenmeer zu verdanken. Peter Lowndes und Sarah Goddard-Jones mit ihrer *Wine-Dark Sea*: Danke, dass ich mit euch die Ostküste Australiens entlang segeln durfte. Den Moment, in dem wir gemeinsam in einem Garten aus blühenden Korallen Walgesängen lauschten, werde ich nie vergessen. Ohne euch wäre Oli Mac und Maggie nie begegnet.

Dem Team von Chimu Adventures danke ich dafür, dass es mich ans Ende der Welt mitnahm. Auch Samuel Johnson möchte ich in diesem Zusammenhang danken, denn sein Vertrauen in mich als Künstlerin hat mir erst ermöglicht, dorthin zu gelangen. Danke an alle, die mich auf meinen Abenteuern in Patagonien und Antarktika begleitet haben. Besonders Gwenllian Bateman und Alicia-Rae Olafsson, die die Stille Antarktikas mit mir geteilt haben.

Entdeckt habe ich Oli auf See, aber niedergeschrieben habe ich ihre Geschichte, während ich als Stipendiatin am Worcester College der Universität Oxford studierte. Die Großzügigkeit der Stifter meines Stipendiums ermöglichte mir dieses ungeheure Privileg. Ich kann mit Worten nicht beschreiben, wie dankbar ich für diese Chance bin. In Oxford studierte ich bei Dr. Daniel Matore, Dr. Henry Mead und Professor Sir Jonathan Bate und fand mit ihrer Hilfe eine Sprache, mit der ich Olis Geschichte erzählen konnte. Als ich *Unter Deck* schrieb, las ich Professor Sir Jonathan Bate den gesamten Roman laut vor. Danke, dass Sie mit solcher Sorgfalt und solch offener Großzügigkeit zugehört haben. Danke, dass Sie meine Wahrheit entgegengenommen und bewahrt haben.

Mein Dank gilt auch den großartigen Frauen, die im Laufe der Geschichte mit ihrer furchtlosen Erzählkunst und ihrem leidenschaftlichen Kampf für den Feminismus das Fundament dafür gelegt haben, dass mir das Schreiben dieser Geschichte überhaupt möglich war. Ich danke vor allem meinen literarischen Heldinnen Rebecca Solnit, Marianne Moore, Mina Loy und H.D., deren Arbeit besonders viel Einfluss auf die Entstehung von *Unter Deck* hatte.

Vielen Dank auch an Professor Elleke Boehmer von der Universität Oxford, die mich für 2019 als ihre wissenschaftliche Hilfskraft einstellte und mir so Gelegenheit gab, eingehender zum

Thema Literatur über Antarktika zu recherchieren. Im Zuge dieser Recherchen stieß ich auf Edgar Allan Poes frühe Darstellung Antarktikas in seiner Kurzgeschichte *Das Manuskript in der Flasche* (1833) sowie seinen Essay *Die Philosophie der Komposition* (1846). Ihm entstammt das Zitat *»Demnach ist der Tod einer schönen Frau der Gipfel jeder Poesie, und am geeignetsten, dieses erhabene Thema zu beschreiben, sind ohne Zweifel die Lippen des vereinsamten Liebenden.«*

Ich danke meinen Agenten Benython Oldfield, Sharon Galant und Thomasin Chinnery dafür, dass sie sich von Anfang an für diese Geschichte eingesetzt haben. Mein Dank gilt auch dem Team von Allen & Unwin, vor allem meiner Herausgeberin Kelly Fagan, die schnell zu meiner Freundin und Heldin wurde. Danke, dass du an diese Geschichte geglaubt hast, als selbst ich es nicht tat. Ich danke auch meinem Lektoren-Dreamteam Christa Munns, Ali Lavau und Aziza Kuypers. Danke, dass ihr mich gleichermaßen gefordert und gefördert habt.

Außerdem möchte ich meinen lieben Freundinnen und Freunden danken: Johann Go, Charlie Ford, Kirk Watson, Martin Rosas Carbajal, Ed Chan, Coby Edgar, Isa Frank, Alexander Darby und Yassmin Abdel-Magied. Danke für eure gründlichen Anmerkungen, eure frühe Kritik und eure Unterstützung bei meiner Recherche.

Ich danke der Familie Dabalà in Italien dafür, dass sie während meiner Semesterferien so großzügig ihr Heim für mich öffnete. Bei euch habe ich mich sicher genug gefühlt, meine schwierigsten Kapitel zu schreiben. Jacquetta Hayes danke ich dafür, dass sie zugehört hat, als ich *Meeresungeheuer* erstmals in Worte fasste. Vielen Dank auch an meine Schwester Georgia und meine Freunde in Australien und England für ihre Unterstützung bei diesem Abenteuer. Und schlussendlich danke ich meinem ersten und letzten Leser Robbie Mason. Dieses Buch ist dir gewidmet.

Sophie Hardcastle wurde 1993 in Australien geboren. Sie studierte in Oxford Englische Literatur und in Sydney Kunst mit Schwerpunkt Malerei. Sie ist Autorin, Künstlerin und Drehbuchautorin. Sie hat schon für diverse Zeitschriften Artikel verfasst und wurde mehrfach ausgezeichnet. Die Antarktis hat sie selbst bereist.
Unter Deck ist ihr erster Roman in deutscher Übersetzung.